grafit

Chemnitzer Str. 31, 44139 Dortmund
Internet: http://www.grafit.de
E-Mail: info@grafit.de

Umschlagfoto: Angelika Möthrath © www.fotolia.de
Druck und Bindearbeiten: CPI – Clausen & Bosse, Leck
ISBN 978-3-89425-371-4
3. Auflage 2013

Werner Schmitz

Das Karpaten-Projekt

Kriminalroman

grafit

Der Autor

Werner Schmitz, Jahrgang 1948, lebt in seiner Heimatstadt Bochum. Nach der Schulausbildung arbeitete er fünfzehn Jahre als Kommunalbeamter. Ende der Siebzigerjahre verließ Schmitz das Rathaus und begann mit dem Schreiben von Kurzgeschichten. Es folgten journalistische Lehrjahre bei einer Stadtillustrierten im Ruhrgebiet und dem WDR-Lokalradio Dortmund.

In den Achtzigerjahren veröffentlichte Schmitz drei Kriminalromane: *Nahtlos braun, Dienst nach Vorschuss* und *Auf Teufel komm raus,* »einen der besten Krimis, die in den letzten Jahren in deutscher Sprache geschrieben wurden« (FAZ-Magazin).

Von 1989 bis 2006 arbeitete Werner Schmitz als Reporter im Inlandsressort des *Stern.* Sein Themenschwerpunkt: Verbrechen. 1994 wurde Schmitz' Bericht über den gewaltsamen Tod eines deutschen Juden für den Egon-Erwin-Kisch-Preis nominiert. Zehn Jahre später folgte mit *Schreiber und der Wolf* der vierte Kriminalroman des Autors.

Zeitgleich mit diesem Buch erschien im Landwirtschaftsverlag Münster die von Werner Schmitz aufgezeichneten Lebenserinnerungen *Mit der Sonne steh ich auf* einer Siebenbürger Sächsin.

Mehr Infos unter www.tz-werner.de

Bitte nicht am Bär packen! Fängt am brummen. Der Wärter

Legendäres Schild am Bärengehege des Gelsenkirchener Zoos

Alle Personen in diesem Buch wurden vom Autor erfunden. Etwaige Ähnlichkeiten mit Lebenden oder Toten sind zufällig.

1

Mit der Dämmerung dringt der Duft in den Wald. Die Abendbrise bläst ihn bergan. Buchenblätter tuscheln über saftige Melonen, Gräser wispern von saurer Milch, Brombeerranken umschlingen einen Fetzen Fischdunst. Die dösende Bärin hebt nicht einmal den Kopf. Nur ihre fleischige Hundsnase saugt den Geruch auf, zerlegt ihn in seine Bestandteile und gibt ihn seufzend wieder frei. Ein Speichelfaden rinnt aus den Lefzen der Bärin ins vorjährige Laub. Schmatzend schluckt sie ihre Gier.

Noch ist es nicht dunkel genug. Noch schlafen ihre Zwillinge, maunzen im Traum und zucken mit den Tatzen, wie wenn sie jetzt die Rötelmäuse fingen, die ihnen morgens entwischt waren. Unter der Buchenwurzel hatte die Bärin das Nagernest ausgegraben. Wie Wassertropfen spritzten die Mäuse auseinander, viel zu schnell für die Patschpfoten der kleinen Bären. Nur sie selbst hatte eine erwischt. Das Klümpchen blutigen Breis spuckte sie den Jungen hin. Natürlich war wieder das Weibchen schneller, schnappte seinem Bruder den Happen vor der Nase weg.

Zum Sattwerden reichte das Mäuschen genauso wenig wie das Maul voll Himbeeren, das sie mittags auf der Lichtung naschten, und die Asseln unter dem umgedrehten Stein. Mühsam war das Fressen im Wald, weite Wege, wenig Wert. Kein Vergleich mit dem nächtlichen Schlemmen am Fuße des Hangs. Fruchtglibber fand sich dort, süßer als Honig. Brei, der nach Mais schmeckte. Knochen, deren Mark die Bärin lutschte. Alles ohne lästige Lauferei. Direkt vor ihrer Nase an den Waldsaum gekippt.

Die Bärin war dem Abfall erlegen. Widerstrebend zuerst, weil über allem der Geruch der Gefahr waberte, Ausdunst der Zweibeiner, die ins Bärental eingedrungen waren, Geruch des einzigen Feindes, den sie fürchtete. Dass ihre Pranken einen Mann mit einem Schlag töten konnten, wusste die Bärin noch nicht. Ihre Mutter hatte sie gelehrt, Menschen aus dem Wege zu gehen, damals auf den Almen unter den weißen Bergen. Wo sie im Frühjahr von den Wurzeln des Bärenklaus lebten und im Herbst von Baumfrüchten und Beeren. Nur im Sommer, wenn die Bergwiesen von Tieren wimmelten, stahlen sie ab und an ein Schaf oder gar einen Esel.

Am Ende der Kindheit hatte die Alte sie fortgejagt, vertrieben aus dem Paradies im Gebirge. Wochenlang stromerte sie allein durch die Gegend, herumgeschubst von den erwachsenen Bären, denen sie begegnete, hungrig wie noch nie in ihrem Leben. Bis sie weit unten im Tal diesen Buchenwald fand, der nach Himmel und Hölle zugleich roch. Nach zwei durchhungerten Tagen, den Duft des Fraßes ständig in der Nase, überwand die junge Bärin ihre Angst. In der Dunkelheit schlich sie zum Menschenmüll. Die anderen taten es ja auch. Drei Dutzend Bären lungerten im Hang über den Häusern. Mürrische Männchen, die die Fangzähne fletschten, wenn man ihnen zu nahe kam. Halbstarke Geschwister, Mütter mit zwei, drei oder gar vier Jungen. Der Abfall machte alle satt.

Langsam kommt Leben in die kleinen Bären. Aus Schweinsäugelchen blinzeln sie in die hereinbrechende Nacht. Ihre Nasen pflügen das Fell der Bärin, finden am Brustkorb die Zitzen der Mutter, saugen selbstvergessen. Die Bärin brummt zufrieden. Vor sechs Monaten hat sie die Kleinen geboren. Mitten im Winter, in der selbst gegrabenen Höhle unter dem Wurzelteller einer umgeworfenen Fichte. Winzige Wesen, die im Dunkeln schliefen und tranken und wuchsen, bis der Schnee schmolz und der Frühlingswind ihnen den Höhlenmief aus dem Fell blies.

Seitdem streift sie mit ihnen umher. Durchkämmt tagsüber die Hügel auf der Suche nach Fressbarem und landet abends doch wieder beim Müll, der sie satt macht und ihre Milch fettig. Irgendwann im Frühsommer hat sie eine Tonne umgeworfen, damit die Jungen auch davon fressen konnten.

Als es dunkel genug ist, setzt sich die Bärin auf und hält die Nase in den Wind. Deutlicher dringt jetzt der Duft durch das Dickicht. Hangaufwärts hört sie es knacken. Der alte Griesgram, der dort haust, ist auch schon auf den Pranken. Die Bärin stützt sich auf die Vordertatzen, schüttelt das Laub aus dem Pelz. Schnaufend setzt sie sich in Bewegung, durch den Tunnel, den ihr Kommen und Gehen in den Jungwuchs gebohrt hat. Am Rande der Dickung, wo der Hochwald beginnt, verharrt die Bärin. Als ob es noch ein Zurück gäbe. Wie wenn sie nicht längst süchtig wäre nach dem Zeug da unten.

Verschwommen sieht die Bärin die Lichter der Menschen im Tal. Sie hört die Stimmen der Zweibeiner und trabt trotzdem genau auf sie zu. Als Erste will sie am Abfall sein, sich die besten Happen sichern. Ihre beiden Jungen tapern hinterdrein. Das Kerlchen wie immer am Schluss.

Ein kurzes Zögern noch an der Waldkante, ein über die Schulter geworfener Blick auf die Jungen, dann tritt die Bärin ins Licht. Leichtfüßig hopst sie auf die Mauer, die die Mülltonnen gegen den Hang abschirmt, balanciert auf der Krone entlang. Ihre Augen sind auf die Menschen gerichtet. Seit das Wetter besser ist, warten die abends am Abfall. Nur ein paar Sprünge entfernt stehen sie und werfen den Jungtieren Leckerbissen zu. Schon steht das Weibchen auf den

Hinterbeinen, versucht die Happen mit dem Maul zu fangen. Ihr Bruder macht es ihr nach und plumpst prompt auf den Pürzel. Das gackernde Schreien, in das die Zweibeiner ausbrechen, nervt die Bärin. Sie wufft in Richtung ihrer Jungen, will sie in der Nähe haben, mit ihnen in Ruhe im Abfall stöbern. Sie richtet sich auf, legt die Tatzen auf eine Mülltonne und wirft sie um. Eine Flut von Fressbarem ergießt sich auf den Grund. Auffordernd grunzt die Bärin den Kleinen zu.

Doch die hören nicht hin. Ganz nahe sind sie den Menschen gekommen. Das Weibchen tänzelt auf den Hinterbeinen und fängt die Bissen im Fluge. Der kleine Bär steht auf allen vieren daneben und staunt. Ein Mensch geht auf ihn zu. In der Hand hält er etwas Helles, das die Bärin nicht kennt. Sie hat das Fressen unterbrochen. Bewegungslos beobachtet sie den halbwüchsigen Zweibeiner, der ihrem Jungen auf den Pelz rückt. Nur die nach hinten gelegten Ohren verraten ihre Erregung.

Der Menschenjunge ist jetzt bei dem zaudernden Bärchen angekommen. Er hält ihm das weiße Zeug hin. Der Kleine beschnüffelt es, schlabbert und schlürft. Der Zweibeiner dreht den Bären den Rücken zu. Er ruft. Die weiter weg stehenden Menschen gackern laut. Das Bärenjunge will mehr von dem weißen Saft, der fast wie die Milch der Mutter schmeckt. Es umrundet den Menschen, verschwindet hinter ihm. Die Bärin brüllt auf. Mit drei Sätzen ist sie bei ihrem Jungen. Wischt den Menschen, der im Weg steht, mit der Pranke weg. Stubst ihre Kinder vor sich her. Zurück in den Wald. Weg von den Schreien am Müll.

Die Bärin findet keine Ruhe in dieser Nacht. Überall im Buchenwald trifft sie auf Artgenossen, die der Lärm der Menschen von den Fressplätzen vertrieben hat. Jaulen vernimmt sie unten beim Müll, auf- und abschwellendes Heulen wie von einem verrückt gewordenen Riesenwolf. Kreiselndes Licht zuckt zwischen den Stämmen. Hungrig durchstreifen die Petze den Wald. Im Hohlweg trifft die Bärin auf den missmutigen Altbären mit der hängenden Unterlippe. Schmachtend starrt er ihre Kleinen an. Die Bärenmutter blafft in die Richtung des Alten, hetzt über den Hügelkamm und verschwindet im Adlerfarn. Zum Glück folgen ihr die Jungen. Bei einem Stopp vor dem Bachbett bemerkt sie das Menschenblut, das noch an ihrer Tatze haftet. Schaudernd schleckt sie es ab.

2

Hannes Schreiber stand allein in einer Ecke des Foyers, nicht weit von der Drehtür, die draußen Gäste schluckte und drinnen wieder ausspuckte. Er stützte einen Ellenbogen auf den Stehtisch, saugte an seiner Zigarette und nickte der Frau vom Empfang zu. In rote Kostüme hatten sie die Mädels zur Feier des Tages gesteckt, passend zum Licht, das den Glaspalast der *Magazin*-Redaktion für einen Abend in eine Lounge verwandelte.

Die Empfangsdame verdrehte die Augen in Schreibers Richtung. Der wichtigste Kerl der Hauptstadt hatte sich vor ihrem Tresen aufgebaut und weigerte sich, seinen Namen zu nennen. Weil er der Präsident des Zentralverbandes der deutschen Alternativmedizin war. Weil er im *Magazin,* zu dessen Sommerfest 2005 er gerade eingetroffen war, kürzlich erst zu Wort gekommen war. In einer Titelgeschichte über Fußpilz, an der Hannes mitgearbeitet hatte. Daher kannte er den Typen.

Schließlich nestelte der Alternativmedizin-Präsident eine Visitenkarte hervor und schnippte sie auf die Theke. Die Frau vom Empfang nahm sie mit spitzen Fingern auf, studierte sie sorgfältig, ließ ihr Laptop den dazu passenden Namen auf der Gästeliste suchen und begrüßte, als er gefunden war, den Präsidenten aller heimischen Heiler mit einem »Schön, dass Sie da sind, Herr Müller«.

Der Abend war noch jung. Die Sonne rutschte gerade hinter die Dächer im Westen, die wirklich wichtigen Gäste ließen sich Zeit. Nur die Legenden kamen früh. Legenden waren alt und wollten zeitig zu Bett. Schreiber beobachtete den Mann, der in den Siebzigerjahren einmal Außenminister gewesen war. Im kognakbraunen Maßanzug mit beigen Nadelstreifen schritt der *elder statesman* schnurstracks auf einen weichen Sessel zu, ließ sich darin nieder und hielt Hof. Ein paar angejahrte Künstler stolzierten herein, Schriftsteller, die keinen Einkaufszettel schrieben, ohne die Medien von diesem literarischen Vorhaben zu unterrichten. Filmemacher, die behaupteten, alle Angebote aus Hollywood abgelehnt zu haben. Sie ließen sich widerwillig zu aktuellen Projekten befragen, schwadronierten lieber von vergangenen Großtaten und tranken ihren Rotwein sehr schnell.

Hannes nahm einen Schluck von dem Bier, das eine sächsische Großbrauerei für das Fest gespendet hatte. Das Glas war zu groß, und weil er nicht schnell genug trank, schmeckte das Pils schal. Es war das erste Sommerfest des *Magazins,* seit er als Reporter ins Berliner Büro gewechselt war. Hannes fremdelte. Er hatte gehofft, seinen beruflichen Sinkflug in der Hauptstadt stoppen zu können. Das Gegenteil war eingetreten. Alle spielten sie hier irgendwelche Rollen, und selbst wenn ein Politiker ihn für ein Porträt näher heranließ, achteten seine Aktentaschenträger darauf, dass ihr Herr und Meister gut ›rüberkam‹. Nach einem halben Jahr Berlin schwante Schreiber, dass er in diesem Schauspiel eine Fehlbesetzung war.

Langsam füllte sich das Foyer des Medienhauses an der Spree mit dieser Mischpoke aus Politik und Journalismus, Showbiz und Lobbyismus. Ein Heuschreckenschwarm, der den Himmel über Berlin verdüsterte und, wo er einfiel, abgefressene Büfetts zurückließ. Eine Karawane, deren Kamele jeden Abend in einer anderen Oase getränkt wurden. Sie soffen, als hätten sie eine lange Durststrecke hinter und eine noch längere vor sich.

Eine merkwürdige Stimmung überlagerte das Fest, eine Art lärmender Stillstand zwischen den Zeiten. An Schreibers Nachbartisch tuschelten zwei Mittvierziger. »Was für ein Beamter bist du? Können die dich an die Luft setzen?« Kopfnicken. Die Regierungspartei hatte alle Landtagswahlen verloren. Ihr Kanzler wollte Neuwahlen, um dem Spuk ein Ende zu machen, so oder so.

Ein paar seiner Minister waren dennoch zum Sommerfest des *Magazins* gekommen. Stefan Bartelmus, Schreibers Chefredakteur, begrüßte sie artig am Eingang. Bartelmus war Anfang fünfzig, wirkte aber mit seinem vollen Blondhaar und den blitzblauen Augen deutlich jünger. Er trug selbst an diesem Abend keine Krawatte und wirkte wie immer, wenn Politiker in der Nähe waren, unbeholfen. Hannes sah, wie Bartelmus sich zwischen zwei Gästen abwandte und am Fingernagel kaute. In seinem Büro mit Hafenblick tat er das nie. Dort griff Bartelmus ungeniert in die NIVEA-Dose und cremte sich, von Besuchern unbeeindruckt, das jungenhafte Gesicht ein. Hamburg war sein Heimspiel, Berlin war Hauptstadt.

Die Ministerialen an Schreibers Nachbartisch hatten offenbar Galgenhumor. »Guck dir mal unsere Chefs an«, raunzte der kleinere, »wirken jetzt schon wie ein Schattenkabinett.« Tatsächlich standen die Minister auf einem Haufen und hielten sich an ihren Gläsern fest. Als sie endlich beschlossen, sich unters Partyvolk zu mischen, teilten sich die Menschentrauben vor ihnen wie das Rote Meer. Manche grüßten mit einen knappen Kopfnicken. Andere grinsten hämisch.

Mittags beim Italiener hatte Hannes sich von einem Kollegen den Unterschied zwischen vermeintlich und wirklich wichtigen Festbesuchern verklaren lassen. Auf jeder Party gebe es Geher und Steher, meinte der altgediente Politikredakteur. »Die Geher kannst du vergessen, Schreiber. Die suchen nur einen, den sie vollquatschen können. Die Steher sind die Stars. Die müssen ihr Publikum nicht suchen. Um die scharen sich die Leute und lachen wie irre über die schlappsten Sprüche.« Hannes sah den Verteidigungsminister, nur von seiner Gattin begleitet, durch den Saal irren und wusste Bescheid.

Als das Fest schon zu verläppern schien, tauchte die Spitzenfrau der Opposition auf. Aus allen Ecken hasteten Fotografen herbei und überschütteten sie mit Blitzlicht. Stefan Bartelmus strahlte mit ihr in die Kameras. Der Saal hatte plötzlich einen Mittelpunkt, um den sich alles drehte. Zwei Talkshowqueens drängelten dahin. Sie trugen dieselbe Sorte Blazer wie die Kandidatin, und zum selben Figaro gingen sie auch.

Ihre Begleitung brauchte die Kanzlerkandidatin niemandem vorzustellen. Diana Steinkamp war die Tochter eines der großen Schuhverkäufer des Landes. Sie hatte es im Dressurreiten einst bis ins Olympiateam gebracht und kürzlich mit viel Bohei ihre eigene Schuhlinie *Di* vorgestellt, Ökopumps aus mit Dorschtran gegerbtem Leder, die Birkenstöcke wie Tretboote aussehen ließen. Ein Fotograf wollte unbedingt die High Heels der Kollektion, die Diana Steinkamp an diesem Abend eigenfüßig trug, mit aufs Bild bekommen. Er kroch vor den Damen auf dem Bauch. In Berlin wurde die Steinkamp als nächste Umweltministerin gehandelt.

Als der ärgste Auflauf vorbei war, krallten sich die beiden Frauen Stefan Bartelmus und redeten auf ihn ein. Zuhörer scheuchte die Kandidatin mit einer Bewegung aus dem Handgelenk weg. Bartelmus nickte Zustimmung zu jedem Halbsatz der Politikerin. Bartelmus redete nicht, er hörte zu. Bartelmus brüllte nicht, er säuselte. Nach einer Weile sah er sich suchend im Saal um. Als seine Augen Schreibers Blick begegneten, zeigte er mit dem Finger auf ihn und winkte ihn heran.

Der Reporter blickte sich vorsichtshalber um, aber da war niemand außer der Wand. Er drückte seine Zigarette aus, trank sich noch einen Schluck Mut an und wollte gerade los, als Bartelmus schon »Hannes!« brüllte. Ein paar Dutzend Köpfe fuhren herum. Unterwegs spürte Schreiber die Blicke, die ihm folgten.

Bartelmus stellte den Reporter vor. »Das ist Hannes Schreiber, unser Mann für wilde Tiere.« Schreiber gab der Spitzenfrau die Hand und wunderte sich, dass sie ihn mit der Linken an den Arm fasste wie einen alten Bekannten. Wenn sie wollte, konnte die Kandidatin warm und gewinnend lächeln. Vor Schreck machte Hannes einen Diener. Diana Steinkamp begrüßte ihn eher distanziert, eine Frau um die vierzig mit langen, fransigen Haaren und einem breiten Mund, den sie zu einem spärlichen Lächeln verzog.

»Schreiber hat für uns eine Geschichte über die Rückkehr der Wölfe geschrieben. Bei der Recherche ist er fast erschossen worden.« Bartelmus gab gern damit an, dass seine Leute ihren Hintern für sein *Magazin* riskierten, auch weil die investigativen Zeiten des Blattes längst vorbei waren.

»Ach Sie waren das.« Es war nicht herauszuhören, wie Schreibers Bericht bei Diana Steinkamp angekommen war. »Dann interessieren Sie sich bestimmt auch für Bären.«

»Wenn es keine Berliner Bären sind.«

Man lachte mäßig über Schreibers Schnack. »Es geht um rumänische Braunbären«, sagte die Steinkamp.

Die Kandidatin machte Anstalten sich zu absentieren. »Diana, am besten stellst du Herrn Schreiber in aller Ruhe dein Projekt vor. Ich muss mich mal dem Volke zeigen.« Sie blitzte noch mal in die Runde und gesellte sich zur nächsten Gruppe. Bartelmus dackelte hinterher.

»Wichtige Geschichte«, raunte er Hannes im Vorbeigehen zu. »Vermassel es nicht!«

Schreiber nickte. Er kannte Stefan lange genug, um zu wissen, dass Bären auf dem Balkan seinen Chef ähnlich interessierten wie Läuse in Litauen. Aber das *Magazin* galt in konservativen Kreisen immer noch als linksliberal, und das galt es zu ändern, spätestens jetzt. Eine von der Kandidatin protegierte *Magazin*-Geschichte passte perfekt in die Zeit.

»Wollen wir zu mir nach oben?« Im Hintergrund hatte eine Tangotruppe begonnen, die Luft aus ihren Akkordeons zu quetschen. Hannes hatte keine Lust, gegen den Lärm anzuschreien. Außerdem hatten seine Ohren beim Schießen gelitten. Gespräche vor Geräuschkulisse ließen sie pfeifen.

Diana Steinkamp grinste. »Mein Dad hat mir zwar verboten, abends zu fremden Männern aufs Zimmer zu gehen, aber das liegt schon etwas zurück.«

Gemeinsam gingen sie zum Lift, der an diesem Abend nur mit Hausausweis in Bewegung zu setzen war. Eine Vorsichtsmaßnahme, weil die Sekretärinnen am Morgen nach dem letzten Sommerfest einen Mann unter ihrem Schreibtisch gefunden hatten, der dort seinen Rausch ausschlief.

Hannes führte die Steinkamp auf die Dachterrasse und legte ihr die Hauptstadt zu Füßen. Der fette Mond glitzerte im Spreewasser, die Reichstagskuppel strahlte wie ein gerade gelandetes Ufo. Der Blick vom zehnten Stock auf das nächtliche Berlin machte Eindruck auf Menschen aus der Provinz. Schreiber stand oft hier, wenn sein Alltag lang geworden war.

An diesem Abend blies ein zugiger Wind aus Osten. Diana Steinkamp trug einen löchrig gestrickten Schlabberpulli, dem man seinen Preis nicht sofort ansah. Sie fröstelte. »Gehen wir rein!« Nicht fragend, bestimmend.

Obwohl er nicht auf Besuch eingerichtet war, wirkte Hannes' Klause wie extra aufgeräumt. Der Schreibtisch blank, ein paar Unterlagen in Klarsichtmappen gestapelt, Bücher in Reih und Glied in den Regalen. Der Reporter war als junger Mann Beamter gewesen, dies waren die Spätfolgen.

Die Steinkamp stand mitten im Raum und betrachtete die Souvenirs an der Wand. »Sie sind ja ganz schön rumgekommen«, sagte sie.

»Das schon.« Schreiber verschwieg, dass die Erinnerungsstücke von Storys stammten, die beim *Magazin* durch den Rost gefallen waren. Es war seine berufliche Klagemauer, die Galerie der gescheiterten Geschichten. Eine Szene mit Bartelmus fiel ihm ein, während Diana Steinkamp die Wand abschritt, aus den Zeiten, als Stefan sein Ressortleiter gewesen war. Sie hatten eine von Schreibers besseren Reportagen gemeinsam druckfertig gemacht, als der Anruf aus der Chefredaktion einlief. Bartelmus hatte zugehört und dann den Hörer kommentarlos auf die Gabel geworfen.

»Wieder mal umsonst gearbeitet?« Hannes' Frage sollte sich tough anhören, tat es aber nicht. Der Reporter hatte sich auch nach fünfzehn Jahren *Magazin* nicht damit abgefunden, für den Papierkorb zu arbeiten.

»Nicht umsonst, Hannes«, sagte Bartelmus und griff zur NIVEA-Dose, »nur vergebens.«

»In Barcelona war ich dabei.« Steinkamps Satz riss Schreiber aus seinen Erinnerungen. Sie hatte sich seine Olympiakappe aufs linke Ohr gezogen. Ihre Augen blitzten wie Romy Schneiders auf Bob Lebecks Foto. Schade, dass kein Fotograf hier ist, dachte Hannes.

»Eigentlich hätte ich schon vier Jahre vorher in Seoul starten sollen, aber da hat man einen älteren Herrn vorgezogen.« Diana Steinkamp nahm die Kappe ab und hängte sie an die Wand zurück. »Olympia ruft die Jugend der Welt«, tönte sie, »und wer kommt? Dr. Reiner Klimke auf Ahlerich.«

Schreiber lachte. »Wir wollten über Bären reden.«

»Genau.« Die Steinkamp ließ sich in einen Besuchersessel plumpsen und schlug die bejeansten Beine übereinander. »Die Bären.« Sie strich sich in der Art, die ihm bei jüngeren Frauen in den letzten Jahren öfter aufgefallen war, das Haar aus der Stirn: Gespreizte Finger fuhren durch die aschblonde, schulterlange Mähne. »Ich trag mein Haar heut' offen«, hatte Heinz Erhardt geulkt, wenn er mit derselben Bewegung die Strähnen auf der Halbglatze richtete.

»Wir lassen einen Großteil unserer Schuhe in Rumänien produzieren«, begann die Steinkamp. »Mein Vater ist in den Siebzigern hingegangen, um Kosten zu sparen. Es muss abenteuerlich gewesen sein am Anfang, aber der Senior hat den Laden zum Laufen gebracht. Irgendwie kann der es mit den Rumänen. Fragen Sie mich nicht, warum.«

»Tu ich aber.«

Ein Lächeln, das Zähne zeigte. »Ich dachte, ich sollte über Bären reden.«

»Nur zu!«

»Mein Vater hat mich von klein auf mit auf die Jagd genommen. Wir haben zusammen auf dem Hochsitz gehockt und Hirsche geguckt. Als Mädchen fand ich das toll. Nur die Brunft irritierte mich. Platzhirsche fand ich schon mit zwölf daneben.«

Hannes hatte die Hirschbrunft in Schottland erlebt und wusste, wovon die Steinkamp redete. Diese gehörnten Burschen gaben alles, um ihre Gene an die nächste Generation weiterzugeben. Zwei Wochen röhren, rudeln, rammeln, danach lagen die Herren Hirsche abgekämpft in der Botanik.

»In Rumänien hat es mein Vater natürlich auch mit der Jagd versucht. Das war nicht einfach, weil unter Diktator Ceauşescu die Jagd für Ausländer gesperrt war. Der Senior wollte aber unbedingt einen Karpatenhirsch schießen. Er hatte ein paar Bücher darüber gelesen. Das muss vor dem Krieg so angesagt gewesen sein wie eine Großwildsafari. Dad hat jedenfalls nicht lockergelassen. Er hat diesem und jenem unter die Arme gegriffen und am Ende seinen Hirsch gekriegt. Einen Bären hätte er auch gern geschossen, aber daran war damals noch nicht zu denken. Bären durfte nur Ceauşescu schießen.«

»Alle Bären?«

»In ganz Rumänien. Der Mensch hat manchmal zwanzig am Tag abgeknallt. Sie wurden ihm zugetrieben. Ein paar von seinen Höflingen waren wohl dabei, aber die trauten sich kaum zu schießen. Höchstens dass einer mal einen kleinen Bären gekillt hat. Die andern waren für den größten Weidmann der Karpaten reserviert.«

Schreiber hätte sich gern eine Zigarette angesteckt, ließ es aber bleiben, um die Steinkamp nicht zu stören. 1989 hatten die wendigsten unter seinen Paladinen Ceauşescu erschießen lassen, dachte er. So glich sich alles im Leben aus.

»Ceauşescu ist schon ein paar Jahre tot«, sagte Hannes. Er wollte langsam wissen, was Diana Steinkamp mit den rumänischen Bären vorhatte.

Sie kräuselte die hohe Stirn, die der Vater ihr vermacht hatte. »Nach Ceauşescus Tod war für die Bären erst mal Schluss mit Fettlebe. Vorher waren sie regelrecht gemästet worden. Jetzt wurden sie gewildert. Und dann kamen die Trophäenjäger aus dem Westen. Die zahlten Zehntausende für einen großen Bären, und Rumänien ist ein armes Land. Es gibt heute nur noch halb so viele Bären wie vor der Revolution. Und es werden immer weniger.«

»Dagegen wollen Sie was tun?«

Sie nickte. Ein unter dem Haar versteckter Brilli blitzte an ihrem Ohr. Klein war der nicht.

»Was?«

Die Steinkamp sah ihn spitzbübisch an. »Ich habe jemanden kennengelernt, eine Art Bärenflüsterer.«

»Robert Redford in Rumänien«, entfuhr es Schreiber. Am Tonfall hörte man, was er von Flüsterern hielt.

Das Lächeln in Steinkamps Gesicht gefror. »Ist es eigentlich Pflicht, dass Journalisten sich über alles lustig machen?«

»In meinem Alter schon.« Hannes war längst auf der falschen Seite der fünfzig angelangt und nahm vieles nicht mehr ernst. Das Lachen schmeckte manchmal bitter, aber es schützte ihn vor dem Wahnwitz der Welt. Nicht jedem gefiel diese Art Humor. Schreiber dachte an Bartelmus und ruderte zurück. »Es tut mir leid, wenn Sie sich hochgenommen fühlen«, samtpfötelte er, »für einen schlechten Spruch möchte ich keine gute Geschichte verlieren.«

»Schon gut. Sie sind nicht der erste Mann, der mich nicht ernst nimmt. Manche merken, dass das ein Fehler ist. Den Rest lass ich dumm sterben.«

Oder über die Klinge springen, dachte Hannes den Satz weiter. Der Reporter war an die Sorte Frau geraten, die ihm am meisten Mühe machte. Powerfrauen waren Machtmenschen. »Dumm sterben stell ich mir schrecklich vor«, sagte er.

Diana Steinkamps Gesicht verzog sich ins Süßsaure. Sie rückte sich zu einem neuen Anlauf im Sessel zurecht. »Also gut. Der Mann ist Deutscher, hat hier Biologie studiert und war danach lange in Alaska unterwegs. Er hat Grizzlys in Nationalparks vor Wilderern beschützt. Jetzt treibt er sich in den Karpaten rum und versucht, den Trophäenjägern die Tour zu vermasseln.«

»Wie macht er das?«

»In Rumänien werden die Bären an der Fütterung abgeknallt. Vom sicheren Hochsitz auf fünfzig Meter Distanz. Wer den Bären helfen will, muss sie von der Fütterung fernhalten.«

»Stell ich mir schwierig vor, einen hungrigen Braunbären vom Fressen abzuhalten.«

»Der Typ schafft das.« Der Bärenflüsterer schien der Steinkamp mächtig imponiert zu haben. Ihre Augen, von denen Schreiber nicht sagen konnte, ob sie blau, grau oder grün waren, strahlten so siegesgewiss wie vorher unter der Kappe. Das stand ihr wirklich gut.

»Wie macht er das?« fragte Hannes freundlich.

Diana Steinkamp hatte den neuen Ton registriert. »Betriebsgeheimnis«, flötete sie und schwang sich aus dem Sessel. Sie stand vor Schreibers Tisch und lächelte auf ihn herab. »Wenn Sie nach Rumänien kommen, zeigt er es Ihnen.«

Der Reporter beeilte sich, aus dem Drehstuhl hochzukommen. »In Rumänien war ich noch nicht. Hab ich da was verpasst?«

Die Steinkamp strich ihren Pullover in Form. Lange, feingliedrige Finger glitten über den Stoff. »Lassen Sie sich überraschen«, sagte sie.

3

Im Flugzeug von München nach Sibiu las Schreiber das Buch, das ihm ein befreundeter Biologe geliehen hatte. Das heißt, er las nicht, er verschlang die Schwarte. *Bear Attacks* wimmelte von Bärenangriffen. Stephen Herrero hatte Hunderte Attacken auf Menschen untersucht, ihre Ursachen erforscht und Ratschläge für das Verhalten im Bärengebiet entwickelt. Hatte es Sinn, auf einen Baum zu klettern, wenn ein Bär angriff? War es empfehlenswert, sich tot zu stellen? Wann kämpfte man besser mit allem, was man hatte, gegen den attackierenden Petz?

Das sind dann wirklich die letzten Fragen, dachte Hannes. Aber er konnte das Buch einfach nicht aus der Hand legen. Am meisten erregte ihn die Geschichte von den beiden Jägern, die in Alaska einen Elch geschossen hatten. Sie brauchten mehrere Tage, um das Fleisch zum Camp zu schleppen. Nur das Fell des Elchs hing noch in einem Baum nahe der Stelle, an der sie das Tier zerlegt hatten. Forest Young, einer der beiden Jäger, entschloss sich zu einem letzten Gang, um die Elchhaut zu bergen. Was dann passierte, schilderte Herrero vergleichsweise trocken.

Als er unbewaffnet am Erlegungsort ankam, stellte Young fest, dass Bären ihn übernommen hatten – sie hatten die zurückgelassenen Innereien mit Stöcken und Moos abgedeckt. Forest ging zu dem Baum und begann gerade, das Fell herunterzuholen, als er hundert Yards entfernt zwei Bären bemerkte. Er nahm an, es seien Grizzlys, war aber nicht beunruhigt. Aufgrund seiner Erfahrungen mit Bären war er überzeugt, dass sie ihn nicht belästigen würden.

Schreiber dachte an das gemütliche Jagen in Deutschland, wo allenfalls Kolkraben auf ihren Anteil warteten, wenn er ein erlegtes Reh im Wald ausweidete. In Alaska war das anders.

Sofort griff ihn eines der Tiere an. Immer noch unaufgeregt schwenkte Forest die Arme und rief – das normale Verhalten in solch einer Situation. Aber dieser Bär ließ sich nicht bluffen. Forest sprang auf den untersten Ast eines Baumes. Er war kaum zwei Meter geklettert, als der Grizzly das Unterholz wegräumte, sein rechtes Bein umklammerte und ihn vom Baum zerrte.

Auf dem Boden gelandet hielt der Bär ihn mit einer Tatze fest und biss in seine rechte Hüfte. Er riss eine Menge Fleisch heraus. Forest stieß dem Petz seine Fäuste ins Gesicht – was dem Angriff einer Maus auf eine Katze gleichkam. Ihre Gesichter trennten nur drei Handbreit Luft, während der Bär Forests Fleisch und Kleider zerfetzte. Beim Einprügeln auf den Bärenkopf brach Forests Hand, und der Bär zerschredderte seine unteren Extremitäten.

Young beschloss, sich tot zu stellen, und fiel auf die Seite. Der Bär hielt sofort inne und wäre vielleicht verschwunden, wenn Forest nicht unwillkürlich gestöhnt hätte. Der Bär biss ihn in die Seite und legte seine Blase frei. Der Schmerz war fürchterlich, aber Forest bewegte sich nicht. Der Bär biss noch ein paar Mal, riss drei Rippen los und öffnete den Brustkorb. Forest blieb still und bewegungslos. Der Bär ging weg.

Young versuchte, sich zu entspannen. Er redete sich ein, der Bär sei gegangen, aber das Tier kam zwei- oder dreimal brüllend zurück und inspizierte sein Opfer. Der Boden bebte unter ihm. Forest lag da und wartete darauf, dass der Bär ihn jeden Moment in Stücke risse. Nach einer Weile musste der Mann den Kopf drehen, um die Atmung zu erleichtern und die Flüssigkeit in seinem Mund ablaufen zu lassen.

Das war zu viel. Hier kam der Bär wieder! Er musste die veränderte Position des Mannes mitbekommen haben, denn er attackierte Forest von Neuem, fasste seinen Hintern, biss auf den Knochen, hob sein Opfer hoch und schüttelte es. Forest fürchtete, sein Kopf flöge weg oder seine Wirbelsäule bräche durch. Dann ließ der Bär ihn fallen und verschwand.

Schreiber schluckte. Es hieß, amerikanische Grizzlys seien aggressiver als ihre europäischen Vettern. Ursus arctos horribilis, Schrecklicher Braunbär, hatten Biologen ihn einst benannt, während der europäische Bär ohne Horror im Namen auskommen musste. Der Biologe, der ihm das Buch geliehen hatte, hielt das für Haarspalterei. »Ich würde mich an deiner Stelle nicht darauf verlassen, dass ein rumänischer Braunbär weniger schrecklich ist als ein amerikanischer, Hannes.«

Worauf hast du dich da wieder eingelassen?, fragte sich Schreiber. Er klappte das Buch zu, trank den letzten Schluck Gin Tonic aus dem Plastikbecher und schloss die Augen. Eine Stimme aus dem Bordlautsprecher holte den Reporter aus seinen Gedanken. »Meine Herren, wir beginnen nun unseren Landeanflug auf Sibiu. Legen Sie bitte Ihren Sicherheitsgurt wieder an und bringen Sie die Stewardess in eine aufrechte Position.«

Es saßen tatsächlich nur Männer im Billigflieger, Monteure im Auslandseinsatz, die über den Spruch des Stewards von Herzen lachen konnten, und die unvermeidlichen Koofmichs im Geschäftsanzug, die sich nach dem Durchblättern des FOCUS zur Info-Elite zählten.

Als die Maschine fast am Boden war, gab der Pilot plötzlich Gas. Die Motoren brummten bedenklich. Weiter vorn sprang die Klappe eines Gepäckfachs auf. Die Turbo-Prop gewann wieder an Höhe.

»Neulich hatten sie hier ein Pferd auf der Landebahn«, sagte der Typ auf der anderen Seite des Ganges, »das hat beim Start einen Reifen vor den Kopf gekriegt.«

»Und?«, fragte Hannes.

»Das Pferd war tot.«

»Und der Flieger?«

»Dem fehlte nichts.«

Es dauerte eine Weile, bis der Witzbold in der nachtblauen Uniform sich wieder zu Wort meldete. Am Aufstöhnen der Rumänen an Bord merkte Schreiber, dass der Steward keine guten Nachrichten verkündete. Wegen Nebels könne die Maschine in Sibiu nicht landen, hieß es kurz darauf auf Deutsch. Man werde nach Timişoara ausweichen.

»Wo liegt Timişoara?«

Der Experte von gegenüber wusste auch das. »Vielleicht 250 Kilometer von hier. An der ungarischen Grenze.«

»Geht ja noch.«

»Sie waren noch nicht in Rumänien, oder?«

Schreiber schüttelte den Kopf.

»Die werden uns mit dem Bus zurückschaffen«, meinte der Kenner. »Falls sie einen auftreiben. Der braucht dann fünf Stunden bis Sibiu.«

Der Mann kannte sich aus. Es verging eine Stunde, bis sie in Timişoara einen Bus gechartert hatten, und weitere fünf, ehe der am Flughafen von Sibiu hielt. Gegen vier Uhr morgens faltete Hannes seine Einsneunzig aus der Bank und stakste steifbeinig zum Eingang.

Terminal war ein großes Wort für den Wartesaal vor dem

Check-in. Er lag im Halbdunkel und war menschenleer. Diana Steinkamp hatte ihm einen Fahrer schicken wollen, aber Schreiber konnte keinen finden. Er kramte in seinem Rucksack nach der Karte, die sie ihm ›für alle Fälle‹ in die Hand gedrückt hatte. *Villa Diana, Sat Măgura 141, Comuna, jud. Braşov.* Dorf Măgura, Gemeinde Moieciu, Kreis Braşov. Auf der Landkarte, die Hannes zu Rate zog, sah das nicht allzu weit weg aus.

Die Kunde von den gestrandeten Passagieren hatte sich unter Sibius Taxifahrern schnell verbreitet. Betagte Droschken kurvten vor, schluckten Koffer und Klienten und verschwanden in der Nacht. Schreiber geriet an einen jungen Kerl, der »Fiffti Jurro for tu aua« verlangte, nachdem er Diana Steinkamps Visitenkarte buchstabiert hatte. Hannes dachte an die Erbsenzähler in der Spesenabteilung, die ihn fragen würden, warum er keine öffentlichen Verkehrsmittel benutzt habe, nickte und stieg ein.

In Sibiu hatte sich der Nebel verzogen. Das alte Hermannstadt der Siebenbürger Sachsen badete in einem diffusen Dunst. Der Taxifahrer drückte ein Knöpfchen am Armaturenbrett. Aus den Boxen des Dacias drang Balkanpop. Schreiber streckte sich und schloss die Augen. Manches war mühsam auf Recherchereisen, aber im Vergleich mit dem Affenzirkus in Berlin war es die reinste Erholung, in einem rumänischen Taxi vor sich hin zu dösen. Er dachte an die Karpatenwälder, von denen ihm ein Jagdfreund vorgeschwärmt hatte. Wölfe hausten dort seit ewigen Zeiten, Tiere, deren Wiederauftauchen in der Lausitz hysterische Debatten ausgelöst hatte. Begeistert begrüßt von weit weg wohnenden Städtern, beschimpft und beschossen von beuteneidischen Jägern.

Nach einer Weile verirrten sich Schreibers Gedanken. Er

genoss dieses Gefühl, immer wenn es sich einstellte. Hannes hatte keine Erfahrungen mit illegalen Drogen, aber vielleicht war dieses Gefühl schwerelosen Gedankenflugs zwischen Tag und Traum damit vergleichbar. Wenn er Glück hatte, schossen ihm dazu Texte durchs Hirn, schöner und schärfer, als er sie im Wachen jemals formuliert hatte.

If my thought-dreams could be seen, they probably put my head in a guillotine. Schreiber hatte zu jeder Gelegenheit einen passenden Dylan-Vers parat. Der Frau von der Oder, die er immer noch liebte, war das auf den Senkel gegangen. »Your own personal Jesus« hatte Vera seine Dylan-Verehrung bespöttelt, den brüchigen Bass des alten Johnny Cash perfekt nachahmend.

Der Sänger aus Sibiu, der im Autoradio schmalzte, hörte sich kein bisschen an wie Bobby D. oder Johnny C. Sein Geknödel holte Schreiber in die Wirklichkeit zurück. Sie hatten die Stadt inzwischen verlassen und der Dunst wurde dichter. Auf der Rumänienkarte, die Schreiber im Licht seiner Kopflampe studierte, sah er, dass die Überlandstraße einem Fluss folgte. Daher die Milchsuppe, die dicker wurde, je länger sie fuhren. Alles wäre halb so schlimm gewesen, wenn die Scheibenwaschanlage des Taxis funktioniert hätte. Weil sie das nicht tat, verschmierte ein Film die Frontscheibe, den das menschliche Auge nicht durchdringen konnte, Schreibers jedenfalls nicht. Er stieß seinen Chauffeur mit dem Ellenbogen an und wies mit der Nase Richtung Fensterglas.

»Nu problem«, versetzte der Fahrer. Er stoppte den Wagen am Fahrbahnrand, zog einen Schuh und Strumpf aus, tauchte die Socke in eine Pfütze, wienerte damit die Windschutzscheibe und fuhr weiter. Lange hielt der Durchblick nicht an. Immer öfter stieg der Mann aus, um seine Socke zu befeuchten. Es waren um diese Zeit nicht viele Fahrzeuge unterwegs. Ein Trucker, der den Dacia im Nebel übersah, hätte gereicht, um das Taxi mit Inhalt zu Klump zu fahren. Hannes suchte den Knopf für die Warnblinkanlage, während der Fahrer sich nach der nächsten Pfütze umsah. Beide wurden nicht fündig.

Schreiber war froh, als der Dacia hinter Fogarasch von der Hauptstraße abbog, um sich über die Dörfer zum Ziel vorzukämpfen. Mit Regenwasser gefüllte Schlaglöcher, deren Tiefe er nicht mal erahnen konnte, umkurvte der Droschker durch abruptes Reißen am Lenkrad, Straßenhunde humpelten davon, sobald sie das Scheinwerferlicht traf. Die Dörfer, die sie durchfuhren, lagen im Koma. In einer Stadt namens Zărneşti bremste der Fahrer neben dem ersten Menschen, den sie sahen, und fragte nach dem Weg. Der Mann am Straßenrand hielt eine längere Rede und bewegte dabei die Arme wie ein italienischer Polizist auf einer Kreuzung ohne Ampel.

»Nu problem.« Der Fahrer lächelte nervös. »Măgura twänti minits. Willitsch in mauntin.«

Der Asphalt verlor sich auf dem Weg in die Berge, die Schlaglöcher nicht. Rechts und links der Piste ließen sich Felswände im Nebel erahnen, ein kleiner Bach kreuzte die Fahrbahn. *Parcul National Piatra Craiului*, verkündete ein Schild am Straßenrand. Das war also der Nationalpark Königstein, über den Schreiber im Internet gelesen hatte. Auf Serpentinen kletterte der Dacia bergan. Der Nebel lichtete sich, und als das Taxi den Wald verließ, glaubte Hannes, er habe eine Erscheinung. Vor ihm leuchtete eine Almlandschaft in der Morgensonne.

Der Taxifahrer hielt an. »Măgura«, sagte er und wies mit einer ausladenden Armbewegung nach vorn, als gehörten die Bergweiden und alle darauf verstreuten Häuser ihm. Dann knautschte er eine Schachtel Zigaretten aus seiner Kunstlederjacke und hielt sie Schreiber hin. Sie rauchten schweigend. Schräg fiel das Morgenlicht auf die bucklige Welt. Wo die Wiesen noch nicht gemäht waren, breiteten sich Blütenteppiche aus. Fichten warfen lange Schatten. In den Senken waberte der Dunst.

Schreiber kurbelte die Fensterscheibe herunter und blies den kratzigen Rauch der Filterlosen hinaus. Zur Rechten stiegen bewaldete Vorberge an, überragt von den Kalkwänden des Königsteins. Der Berg strahlte weiß gegen den wolkenlosen Karpatenhimmel. Kilometerlang zog sich sein Kamm, wie ein Riegel, den das Bergdorf dem Rest der Welt vorgeschoben hatte.

»Nicht schlecht«, sagte Hannes. Der Taxifahrer nickte beifällig und sagte ein rumänisches Wort, das sich ein bisschen wie ›famos‹ anhörte. Anstalten, die Villa Diana zu finden, machte er nicht. Versunken in den Sommermorgen hockte der Stadtmensch aus Sibiu hinter dem Steuer und strahlte von innen. Schreiber brachte es nicht übers Herz, ihn zu stören. Du kommst noch früh genug zu spät, sagte er sich und bestaunte die Bergwelt, die den Nebel überragte. In solchen Momenten fand der Reporter, es gebe keinen schöneren Beruf als den seinen.

Irgendwann knuffte ihn der Kraftfahrer in die Rippen. *»Carte de visite«*, verstand Hannes und reichte ihm den kleinen Karton mit Diana Steinkamps rumänischer Adresse. Wenn sie Haus Nummer 141 in dieser Streusiedlung finden wollten, brauchten sie Glück oder einen Einheimischen, der sie hinführte.

»Nu problem«, meinte der Taximann und warf den Dacia wieder an. Er folgte der Schotterpiste, die sich durch das Dorf schlängelte, und hielt nach ein paar Hundert Metern abrupt an. Von einem Reklameschild an der Hauswand blickte ein goldener Bär majestätisch auf sie herab. Anscheinend warb er für Bier. Der Fahrer stieg aus und verschwand hinter der Haustür. Ein paar Minuten später kam er freudestrahlend zurück. »Nu problem.«

Sie kurvten noch eine Weile durch die Gegend, ehe der Dacia vor einem Staketenzaun stoppte. Statt *Ende der Welt* hatte jemand *Villa Diana* in den hölzernen Torbogen geschnitzt. Nach achtzehn Stunden Reise war Schreiber am Ziel.

4

Die Villa Diana klebte auf halbem Hang. Handtellergroße Holzschindeln, vom Wetter geschwärzt, schuppten das Dach. Die Hauswände trugen eine blecherne Haut, in die eine Art Wabenmuster gestanzt war. Es sollte wohl dem Schindeldach ähneln. Gestrichen war das Metallkleid in einem stumpfen Grün. Den Landsitz einer Unternehmerfamilie hatte Hannes sich anders vorgestellt.

Er löhnte den Taxifahrer, bestand auf einer Quittung, hängte seinen Rucksack um, suchte den Eingang des Etablissements und fand ihn an der Seitenfront. Es gab keine Klingel und auf Schreibers Klopfen tat sich nichts. Hannes sah den Dacia, der ihn gebracht hatte, ein paar Hundert Meter entfernt in einer Kurve verschwinden. Von jetzt auf gleich fühlte er sich verlassen, übernächtigt, hungrig, fremd. Dies war die dunkle Seite des Mondes, den er gerade noch angehimmelt hatte.

Schreiber setzte den Rucksack wieder ab und sah sich um. Hinter ihm, ein paar Schritte den Hang hinunter, stand ein Holzbau, der eine Scheune gewesen sein mochte, bevor man ihn auf Ferienhaus getrimmt hatte. Die Tür stand offen, Hannes trat »Hallo« rufend ein. Von einem Flürchen gingen ein paar Türen ab. Hinter einer hörte er jemanden wirtschaften. Er klopfte an und trat in eine Art Sommerküche, in der ein Mann hantierte. Er war kräftig gebaut wie einer, der sein Leben lang körperlich gearbeitet hat. Vom Alter her war der Mann in jenem Niemandsland angesiedelt, das sich jenseits der sechzig erstreckte. Er war eher klein und trug eine blaue Schürze vor dem Bauch.

»Bună ziua«, grüßte Hannes. Er hatte, wie immer vor Auslandsreisen, ein paar Brocken der Landessprache aus dem Internet gefischt, um die Leute wenigstens in ihrem Idiom begrüßen zu können. Den Einheimischen gefiel das überall – außer in Frankreich.

»Wenn schon Rumänisch, dann *Bună dimineața*«, gab der Mann mit der Schürze zurück. Sein breites Gesicht verriet keine Regung. »Sie können auch einfach ›Guten Morgen‹ sagen. Ich bin der Merresmisch.«

»Der wer?«

»Michael Merres«, sagte der Alte und hielt Schreiber eine klumpige Hand hin.

Der Reporter nannte seinen Namen. Die Hand, die er drückte, hatte eine Menge Kraft. »Ich bin mit Diana Steinkamp verabredet.«

»Ich weiß.«

»Sie wollte mich am Flughafen abholen lassen. Aber die Maschine wurde umgeleitet.«

»Ich hab bis Mitternacht gewartet.« Der Merresmisch versteckte seinen Unmut nicht. Er wandte sich dem Kochtopf auf dem Gaskocher zu und rührte mit einem dicken Kochlöffel in einem gelben Brei.

»Polenta?«

Merres schüttelte widerwillig den Kopf. »Palukes«, brummte er, »gibt's bei uns zum Frühstück.« Der Mann rollte das r wie Carrrolin Rrreiber vom Bayerrrischen Rrrundfunk. Er beachtete Schreiber nicht weiter, sondern rührte in der Pampe herum, bis sie zäh wie Kleister am Kochlöffel klebte. Als der Brei eine fette Blase warf, zog er den Topf vom Feuer, stürzte den Inhalt in eine flache Schüssel und goss Mich dazu. Er nahm zwei Löffel aus der Tischschublade, legte sie vor die beiden Hocker und stellte die Schüssel in die Mitte.

»Sieht aus wie ein riesiges Spiegelei, Ihr Polackes«, meinte Schreiber und setzte sich auf einen der Hocker.

Merres zischte: »Palukes.« Es gab keine Teller auf dem Tisch, ein Schöpflöffel fehlte auch. Der Alte stach ein Stück von dem gelben Brei ab und löffelte es mit ein wenig Milch hinunter. Schreiber sah interessiert zu.

»Keinen Hunger?« Der Merresmisch sah den Reporter aus blassblauen Augen todernst an.

»Doch.« Schreiber wusste nicht, wozu die Schau, die der Alte abzog, gut sein sollte. Er war nicht einmal sicher, ob es überhaupt eine Schau war. Er wusste nur, dass er diesen Palukes mit dem Merresmisch auslöffeln musste, wenn er im Spiel bleiben wollte. Also griff er zum Löffel und tat es dem Alten gleich, baggerte ein Klümpchen Brei aus der Schlüssel, ließ den Löffel voll Milch laufen und steckte ihn in den Mund.

Es war wirklich Maisbrei, eine leicht klumpige Polenta, die der Mann gekocht hatte. Etwas gewöhnungsbedürftig zum Frühstück, aber sehr sättigend. Hannes nahm den nächsten Löffel, und dann noch einen und noch einen. Seit dem Flugzeugfutter am vergangenen Nachmittag hatte er keinen Happen gegessen.

Schweigend leerten die Männer die Schüssel. Schreiber

stoppte erst, als nur noch krümeliger Maisbrei in der Milch schwamm. »Rumänisches Rezept?«

Merres schüttelte den Kopf. »Sächsisch«, sagte er. »Der Rumäne macht den Maisbrei anders. Der nennt das *mămăligă.*« Er stellte die Schale schräg, um den Rest Milch-Maisbrei zu löffeln. Zum Schluss setzte er die Schüssel an den Mund. Das Rinnsal Milch, das sich auf sein Kinn verirrte, wischte Merres mit dem Handrücken weg. Fehlte nur noch, dass er zufrieden rülpste. Dieser Kerl tat so, als ob Schreiber Luft für ihn wäre.

»Ist Frau Steinkamp noch nicht eingetroffen?«, fragte er vorsichtig.

Der Alte fuhr mit knotigen Fingern durchs Haar, das ihm voll und dunkel vom Kopf stand. »Die hat noch in Bukarest zu tun. Will heute Nachmittag hier sein.«

»Und was ist Ihr Job hier, außer Milchsuppe kochen?« Hannes ging der einsilbige Kauz langsam auf den Geist.

»Ich pass aufs Haus auf.«

»Ah, so«, dehnte Schreiber, »dann können Sie mir sicher auch mein Zimmer zeigen.«

»Kann ich.« Der Merresmisch sprang behände auf und verließ die Küche. Schreiber hinterher. Über eine Holzstiege ging es in den ersten Stock. Das Zimmer, das Merres ihm auftat, hatte alles, was er brauchte: Bett, Schrank, Tisch, Stuhl.

»Badezimmer ist unten neben der Küche«, sagte der Alte und schloss hinter sich die Tür. Hannes warf noch einen Blick aus dem Fenster auf den Königstein und fiel rücklings aufs Bett. Er war so müde, dass ihm nicht mal eine Dylan-Zeile einfiel, die auf den Merresmisch gepasst hätte.

5

Sie hatte kein Signal. Seit dem Abend, an dem der Junge getötet worden war, hatte sie von Ursel kein Signal mehr empfangen. Katharina Orend reckte den Arm mit der Telemetrieantenne, so hoch sie konnte, und wartete auf das »tiek, tiek, tiek« des Empfängers, der in der Lederhülle vor ihrer Brust baumelte. Es blieb auch an diesem Abend aus.

Seit vier Monaten trug Ursel das Funkhalsband, das Katharina ihr angelegt hatte. Ursel war die erste Bärin, die sie besendert hatte, und dies war ihr erster Job als Wildbiologin. Ursel hatte sie in einer Bärenfalle gefangen, die sie mit den Förstern am Hang über den Müllcontainern aufgestellt hatte. Das Ding sah aus wie ein Hundezwinger, nicht ganz so hoch, dafür aber stabiler gebaut.

Weil sie ehrlich zu sich war, erinnerte sich Katharina der Angst, die die im Käfig randalierende Bärin ihr gemacht hatte. Die Hände, in denen das Blasrohr zitterte, als sie den Betäubungspfeil durch die Gitterstäbe in den Hintern der Bärin schoss. Ioan, der Förster, der sie begleitete, bekam ihr Nervenflattern mit und grinste in seinen Schnauz. Als die Hellabrunner Mischung endlich wirkte, ging Katharina mit weichen Knien in die Falle. Sie atmete das aasige Aroma des großen Tieres ein und schluckte das Würgen. Mit Ioans Hilfe vermaß sie die Bärin und schlang ihr den Sender um den Hals. Gemeinsam wuchteten sie die Betäubte aus der Falle. Nahebei im Unterholz raschelten und maunzten die Jungen der Bärin.

Hinter geschlossenen Türen und Fenstern ihres Dacia Pick-ups warteten sie auf das Erwachen der Bärin. Im Qualm der filterlosen Carpaţi-Zigaretten, die Ioan paffte, einem Kraut, mit dem man zur Not auch Bären betäuben konnte, fiel Katharina der Name ein: Ursel. Wie ihre Tante Ursula, die in Rumänien geblieben war, als Katharinas Eltern Anfang der Neunzigerjahre mit ihrer vierzehnjährigen Tochter nach Deutschland auswanderten. Die Orends waren Siebenbürger Sachsen, Angehörige der deutschsprachigen Minderheit Rumäniens, deren Vorfahren vor achthundert Jahren vom ungarischen König im Karpatenbogen angesiedelt worden waren.

Nach einer halben Stunde kam Leben in die Bärin. Wacklig wie ein Fohlen nach der Geburt stand sie vor dem Käfig und glotze die Eisenstangen an. Torkelnd blickte sie sich noch einmal um und verschwand dann in den Büschen.

Vor einem halben Jahr war Katharina nach Rumänien zurückgekehrt. Als frischgebackene Biologin mit dem Auftrag, das Müllbärenproblem in Braşov zu lösen. Ihre Professorin hatte ihr den Job verschafft. Katharina wusste genau, dass die Tierschutzorganisation, die das Projekt finanzierte, sie nur genommen hatte, weil sie als einzige Bewerberin Rumänisch sprach. Aber das war ihr egal. Hauptsache, sie konnte endlich anfangen zu arbeiten. Zehn Jahre hatte sie nach dem Abitur verbummelt, hatte in Kneipen gekellnert und in Callcentern gejobbt. Es wurde höchste Zeit für einen Anfang im richtigen Leben.

Katharinas rechter Arm, der immer noch die Antenne in die Abendluft reckte, war bleischwer. Ohne große Hoffnung, ein Signal von Ursel einzufangen, marschierte sie noch einmal die *Strada Jepilor* Richtung Talschluss hinauf. Genau an der Waldkante hatte ein Ignorant von Stadtplaner, als der Stadtteil Răcădău in den Achtzigerjahren ins Ragodatal geklatscht worden war, Buchten für die Müllcontainer aufmauern lassen. Dass in dem Wald Bären lebten und menschlicher Abfall sie magisch anzog, schien die Plattenbauer von Braşov nicht gekümmert zu haben. Von den Problemen mit Müllbären im Yellowstone-Nationalpark hatten sie noch nie gehört. Rumänien unter Ceauşescu war von der westlichen Welt abgeschnitten.

Langsam wich die Wärme, die sich zwischen den Achtstöckern von Răcădău staute. Der Julitag war heiß gewesen, an die vierzig Grad. In den Blechwagen am Rand der *Jepilor*-Straße müffelte der Müll. Den zwei Romafrauen, die wie Katharina die Container abklapperten, schien der Gestank nichts auszumachen. Sie schoben die Deckel der Behälter zurück und stocherten mit Stöcken im Abfall. Verwertbares stopften sie in Plastiktüten. Eine war so voll, dass Katharina den Aufdruck entziffern konnte: *Aldi Süd.* Wenn ihr Vater hier wäre und die Abfall fleddernden Frauen gesehen hätte, müsste sie sich wieder einen Sermon über den Rumänen als solchen anhören. Zum Glück war der Alte weit weg und sprach ohnehin nicht mehr mit ihr, seit sie den Job in Braşov angenommen hatte. »Nach Rumänien zurückgehen, wie kannst du uns das antun, Treni!«, war sein letzter in den Hörer gebrüllter Satz gewesen. Seitdem hatten sie nicht mehr miteinander gesprochen.

Katharina Orend schaute auf die Uhr. Halb zehn. Sobald es dunkelte, würden die Bären aus dem Wald auftauchen und die Roma vom Müll vertreiben. Die ersten Kids lungerten schon auf dem Bürgersteig herum, Jungen und Mädchen von zwölf, dreizehn Jahren, die den Tod des Jugendlichen vor zwei Wochen entweder verdrängt hatten oder die Sache mit den Bären gerade deshalb geil fanden. Ab und an überquerte einer der Jungen die Straße, rannte vielleicht fünf Meter in den Wald und rülpste und rief: *»Futu-te în cur, urs!«*, oder: *»Du-te în pizda mă-tii!«* Katharina wunderte es, wie schrecklich sich rumänische Flüche auf Deutsch anhörten. »Fick dich in den Arsch, Bär!« oder gar: »Geh in die Fotze deiner Mutter!« Dabei bedeuteten sie hier nicht viel mehr als »Leck mich!« oder »Geh zum Teufel!«. Nur Jüngelchen wie die auf der *Strada Jepilor* kamen sich verwegen vor, wenn sie so fluchten. Vor allem, weil die Girlies, die auf der sicheren Seite der Straße zurückblieben, darüber kicherten.

Um kurz vor zehn begannen die Straßenhunde von Răcădău wie auf Kommando zu bellen. Immer giftiger kläfften die Köter, für Katharina ein sicheres Zeichen, dass die Bären im Anmarsch waren. Sie brachte die Antenne ins Auto, trank einen Schluck Mineralwasser und ging zu der Straßenecke bei der Schule, wo sich immer mehr Leute zusammenrotteten. Manche ließen sich sogar aus der Stadt mit dem Taxi hierher bringen, Touristen, die die Bären von Braşov begaffen wollten.

Demnächst hängen sie in den Hotels noch Schilder auf, dachte Katharina. *Jeden Sommerabend, 22 Uhr, Răcădău, Fütterung der Raubtiere.*

Dann war der erste Bär da. Wie aus dem Nichts sprang er auf die Mauer, die die Müllcontainer umgab, und balancierte ein paar Meter die Krone entlang. Es war das mittelalte Männchen, das Katharina, weil es immer als Erstes auftauchte, Frühaufsteher nannte. Es war nicht besonders groß für sein Alter und verkrümelte sich, sobald stärkere Bären am Müll erschienen. Das Fell umschlabberte ihn, als ob er es zwei Nummern zu groß gekauft hätte. Es war von einer stumpfen Schwärze, nicht einmal im Licht der Straßenlampen, die um Punkt zehn stotternd ansprangen, glänzte es. Der Frühaufsteher war nicht gut in Form.

Katharina blies eine blonde Strähne aus der Stirn und trug den Vorfall in das Formblatt ein, das sie für die Bärenbeobachtung entwickelt hatte. Ort, Zeit, Tier, Zustand, Besonderheiten. Sie hatte eine Weile gebraucht, um die einzelnen Bären auseinanderhalten zu können. Zuerst war ihr die unterschiedliche Farbe der Tiere aufgefallen. Die Viecher hießen zwar alle Braunbär, aber ihre Felle changierten von Zimt bis Schwarz. Außerdem waren sie nicht gleich groß. Es gab Bärenjunge aus diesem Winter und Jährlinge, die von ihren Müttern geführt wurden. Davon tummelten sich etwa zwei Dutzend an der *Jepilor*-Straße. Und dann waren da noch zehn bis zwölf erwachsene Bären, Weibchen zumeist, aber auch ein paar Brummbären mit narbigen Schädeln. Den ältesten hatte sie Scarface genannt, einen mittelalten Rabauken Ribéry. Katharina liebte Fußball, und der kleine Dribbler mit den schrecklichen Narben hatte es ihr besonders angetan.

Drei Dutzend Bären auf einen Kilometer *Jepilor*-Straße, dachte die Biologin. Was musste eigentlich noch passieren, bis dieser Schwachsinn aufhörte?

Ein zweiter Bär war aufgetaucht, größer als der Frühaufsteher. Sein Fell war deutlich heller. Katharina glaubte nicht, dass sie das Männchen schon kannte. Der Bär richtete sich auf, legte die Vordertatzen auf einen Container und schob ihn, wie wenn er bei der Braşover Müllabfuhr arbeitete, auf dem Bürgersteig vor sich her. Als der Wagen über die Bordsteinkante kippte, ergoss sich der Inhalt auf die Fahrbahn. Alte Schuhe, zerlumpte T-Shirts, einen kaputten Wäscheständer wischte der Bär mit den Tatzen beiseite, um an die kleinen Leckerbissen zu kommen, die sich dazwischen verbargen. Schmatzend schmauste er Kartoffelschalen, leckte Marmeladenreste aus zersplittertem Glas, verschlang ein Stück verschimmelten Käse und einen Zipfel vergammelte Wurst.

Keine zehn Meter entfernt standen die Kids. Einer der Jungen hatte ein Fotohandy und schoss Blitzlicht auf den Bären. Er ging bis zur Mitte der Straße und knipste, was das Gerät hergab. Widerwillig brummend zog sich der Bär ein Stück in den Wald zurück. Der Junge mit dem Handy kehrte zu seiner Clique zurück. Die Mädchen bewunderten die Fotos auf dem Display.

Ein paar Autos waren inzwischen hinzugekommen. Sie stoppten mit der Schnauze in Richtung der Müllcontainer. Die Fahrer ließen den Motor laufen und blendeten das Fernlicht auf. Aus den Autoradios drang Balkanpop. Eine Flasche *ţuică* kreiste. Im öden Răcădău war der Bär los.

Eine silbern schimmernde Bärin mit ihren drei Jungen tauchte unter den Buchen auf. Im Licht der Autoscheinwerfer glitzerte sie grau wie ein Grizzly, und so hatte Katharina Orend sie auch genannt. Die Bärin strebte zum Müll, doch ihre Jungen liefen auf das Flachdach der Garage, die neben den Containern in den Hang gebaut war. Von der Dachkante betrachteten die Bärchen das Spektakel zu ihren Füßen wie Neuankömmlinge ein Kinderspiel, bei dem sie gern mitgemacht hätten, sich aber noch nicht trauten. Die drei waren kaum größer als Schäferhunde, von der Straße aus wirkten sie noch kleiner.

Die Mädchen der Clique quietschten entzückt, als sie die Kleinen auf dem Dach entdeckten. Eines von ihnen rannte über die *Jepilor* und stellte sich vor das Garagentor. Die Bärchen flüchteten von der Dachkante, aber als das Girlie einen Keks aus der Tasche zog und hochhielt, kamen sie vorsichtig tapsend zurück. Das Mädchen war nicht groß, selbst auf Zehenspitzen und mit gerecktem Arm reichte ihre Hand nicht an die Kante. Weil sie ein kurzes Top trug und eine Jeans, die knapp über dem Schamhaar endete, sah man viel von ihrem nackten Leib, wenn sie sich dem Bärchen auf der Garage entgegenstreckte. Die Jungen, die zuschauten, pfiffen und johlten.

Am Anfang ihrer Arbeit war Katharina in solchen Situationen eingeschritten. Nachdem sie öfter angeschrien und einmal ins Gesicht geschlagen worden war, hatte sie es gelassen. Es war ein Job für Herrn Sisyphos aus Griechenland. Kaum hatte sie an einer Ecke jemandem davon abgeraten, sich vom Bären zerfleischen zu lassen, versuchte es hundert Meter die Straße rauf ein anderer. Das Einzige, was hier helfen konnte, waren bärensichere Müllcontainer und eine Polizeistreife. Darum kämpfte Katharina seit Monaten vergeblich.

Das vorwitzigste Mitglied des Bärentrios hatte sich wieder zum Rand der Garage vorgewagt und schnupperte den Duft des Leckerbissens, der zwanzig Zentimeter unter seiner Nase in der Luft hing. *»Este foarte drăguţ«*, riefen die anderen Mädchen, und Katharina musste ihnen bei aller Besorgnis recht geben. Der kleine Bär war wirklich sehr putzig.

Leider war er auch sehr waghalsig. Immer weiter neigte er sich über die Kante, bis sich nur noch sein pummeliger Bärenhintern auf dem Dach befand. Katharina sah nach der Alten. Grizzly stand noch beim Müll, aber sie fraß nicht mehr. Den breiten Kopf hatte sie Richtung Garage gedreht, ihre Augen leuchteten in einem matten Orange. Langsam bewegten sich ihre Wangenmuskeln unter dem silbernen Fell. Als ob sie auf etwas kauen würde, mahlte ihr Unterkiefer. Die Ohren hatte die Bärin angelegt. Sie stand auf dem Sprung.

»Ho! Atenţie!«, rief Katharina über die Straße. Das Mädchen an der Garage sah sich nach ihr um. Dabei sank ihre Hand mit dem Keks ein wenig tiefer und der Kopf des kleinen Bären machte die Bewegung mit. Er versuchte noch, sich mit den Vordertatzen am Holz des Garagentores abzu-

fangen, aber seine Krallen fanden keinen Halt. Kopfüber fiel das Junge vom Dach, platschte wie ein Medizinball auf den Beton vor der Garage und schrie wie am Spieß.

Danach ging alles sehr schnell. Grizzly brüllte auf. Ein elektrisierendes Geräusch, das die Autoradios übertönte und den Menschen, die es hörten, Schauer über den Rücken jagte. Mit zwei, drei Galoppsprüngen war die Bärin bei der Garage. Ein Prankenhieb traf das Mädchen am Bauch und schleuderte es auf den Beton. Katharina hoffte, dass Grizzly nun ihre Jungen schnappen und mit ihnen im Wald verschwinden würde. Das tat sie nicht. Die Bärin riss das Maul auf und biss in die Schulter der Kleinen, die jetzt schrie wie ein Hase, den der Hund gepackt hat. Mühelos hob die Bärin das Mädchen hoch, schüttelte es wie einen nassen Lappen und warf es mit einer kurzen Bewegung des Kopfes gegen die Garagentür. Dann setzte sie nach und vergrub ihre weiß blinkenden Fangzähne im Schädel des Mädchens. Das Krachen der Knochen klang kalt über die Straße. Katharina schrie auf und rannte los, direkt auf die Bärin zu.

6

Das Pochen drang in seinen Schlaf wie ein nächtlicher Güterzug, der lange auf ein freies Gleis gewartet hatte und sich nun Waggon für Waggon in Bewegung setzte. Schreiber kannte dieses Anrucken aus seinen Bochumer Jahren. Er hatte nahe einer Eisenbahnbrücke gewohnt und in den Nächten nach der Trennung von seiner Frau den mit Opel Kadetts beladenen Zügen gelauscht. Es brauchte eine Weile, bis ihm aufging, dass dies Rumänien war und nicht der Ruhrpott und der Güterzug ein Klopfen an der Tür.

»Moment«, murmelte er und stand auf. Es gab kein Waschbecken im Zimmer und auch keinen Spiegel. Schreiber strich das Resthaar über seinen Ohren glatt und öffnete.

Diana Steinkamp musterte ihn amüsiert. »Ausgeschlafen?«

Sie trug beige Reithosen mit braunem Wildleder auf der Innenseite der Schenkel. Kognakfarbene Stiefel reichten bis ans Knie. Die aufgerollten Ärmel ihrer Bluse ließen kräftige, von der Sonne gebräunte Arme sehen. Das Haar hatte Diana Steinkamp zu einem Pferdeschwanz verschnürt. Sie wirkte nicht kostümiert. Man merkte, dass sie in Reiterklamotten groß geworden war.

»Sie sehen angeschlagen aus«, sagte die Amazone, als Hannes vor lauter Betrachten keinen Ton herausbrachte.

Schreiber seufzte. »Ich hab eine Lederallergie. Immer wenn ich beim Wachwerden im Bett noch die Schuhe anhabe, schmerzt mein Schädel.«

Die Steinkamp lächelte spärlich. »Den kannte ich schon von meinem Vater. Wir sind schließlich im Schuhgeschäft. Ich wollte Sie eigentlich zu einem kleinen Ausritt einladen. Sie können doch reiten, oder?«

»Vor Jahren hab ich's mal auf Islandponys probiert. Da fällt man nicht so tief. Seitdem weiß ich, wo beim Pferd vorn und hinten ist.«

»Das ist doch schon mal was. Merres hat für Sie einen lammfrommen Wallach gesattelt. Die Reithosen von meinem Ex müssten Ihnen auch passen. Schuhgröße?«

»Fünfundvierzig.« Erst mit diesem wildfremden Kerl aus einer Schüssel löffeln, dann mit einer Olympionikin durch die Berge reiten – dieser Job begann anstrengend zu werden.

»Passt auch«, entschied die Steinkamp wegen der Schuhgröße, verschwand und tauchte kurz darauf mit einer fast weißen Hose über dem Arm und Reitstiefeln in der Hand wieder auf. Sie drehte sich nicht um, als Hannes die Jeans herunterließ und in die Stretchhosen ihres Exlovers, Exmannes oder wer weiß was für eines Ehemaligen schlüpfte. Auf einem Bein bedenklich schwankend, quälte er sich in die Stiefel. Schreiber hätte gern in den Spiegel geschaut, um wenigstens grob über den Spaßfaktor seiner Verkleidung informiert zu sein.

Diana Steinkamp schien sein Problem zu kennen. »Stilvoll wie ein englischer Jagdreiter«, frotzelte sie. »Fehlt nur noch die scharlachrote Jacke.«

Hinter der Scheune wartete der Merresmisch mit den Pferden. Das kleinere war eine hellbraune Stute mit blonder Mähne. Sie sah aus wie ein Pferd gewordener Caffè Latte. »Das ist Saba«, stellte Frau Steinkamp vor. »Ein Kisberi-Halbblut. Sehr vorwärtsgängig und springfreudig. Saba liebt lange, schnelle Galoppaden.«

»Angenehm, Schreiber«, sagte Hannes und tätschelte der Stute den Hals. »Ich bin ein Ruhrpott-Vollblut. Schwergängig und trinkfreudig. Ich liebe Fußballspiele mit Verlängerung und Elfmeterschießen.«

Die Steinkamp lachte. Es war das erste Mal, dass Schreiber ihr mehr als ein müdes Lächeln entlockt hatte. Neue Hoffnung keimte in ihm. Vielleicht würde er die Schale, in der die Jungunternehmerin steckte, doch knacken können. Leicht würde es mit Lady Di nicht. Das Lachen in ihren Augen verschwand so schnell, wie es gekommen war. »Bei Saba brauchen Sie sich nicht einzuschmeicheln«, sagte sie. »Die Königin reite ich.«

Das andere Pferd, das Merres am Zügel hielt, war einen halben Kopf größer als die Milchkaffeestute. Es glänzte in der Sonne wie eine aus der Schale geplatzte Kastanie. Der Exhengst schaute Schreiber gelangweilt an. Reiter und Pferd waren auf Augenhöhe. »Soll ich dieses braune Gebirge erklimmen?«

»Kuri ist ein sanfter Riese. Er kommt auch aus Ungarn. Ein liebenswerter, zuverlässiger Wallach ohne schlechte Angewohnheiten.«

»Gegensätze ziehen sich an«, sagte Hannes und hob das Seitenblatt des Sattels hoch. Während des Flachsens hatte er versucht, sich an die Handgriffe zu erinnern, die vor dem Aufsitzen fällig waren. Er strammte den Bauchgurt, schob zur Kontrolle eine flache Hand zwischen Fell und Riemen. Okay, dachte er, mitsamt Sattel um den Pferdebauch rotieren werd ich schon mal nicht. Was kam als Nächstes? Richtig, Steigbügel auf Armlänge einstellen.

Als er an den Sattel fasste, meldete sich Merres. »Passt schon«, knurrte er, wie wenn der Reporter seinen Sattelkünsten misstraute.

Im Reitunterricht hatten sie Schreiber eingeschärft, dass er alles selbst kontrollieren solle. Weil er es sich mit dem Alten nicht verderben wollte, verzichtete er darauf. Er schob den linken Stiefel in den Steigbügel, fasste mit beiden Händen den Sattel vorn und hinten, stieß sich mit dem rechten Bein ab und schwang sich aufs Pferd. Elegant sah das sicher nicht aus, aber zu seinem Erstaunen saß Schreiber im ersten Anlauf oben.

»Wie fühlen Sie sich?«, fragte Diana Steinkamp, die inzwischen auch aufgesessen war.

»Wie Liz Taylor.«

»Wie bitte?«

»Die Katze auf dem heißen Blechdach«, erklärte sich Schreiber. »Ein Hollywoodstreifen aus den Fünfzigern. Mit Elizabeth Taylor in der Titelrolle.«

»Das war vor meiner Zeit.« Diana Steinkamp setzte ihr

Pferd in Marsch und Kuri trottete hinterdrein. Hannes nahm sich vor, dem Wallach seinen Willen zu lassen. ›Was ist der Sieg einer Katze auf einem heißen Blechdach?‹, hatte Paul Newman die Taylor in jenem Film gefragt. Ihre Antwort: ›Oben bleiben, solange sie kann.‹

Im Schritt ritten sie den Hang hinab. Erst als sie eine ebene Wiese erreichten, ließ die Steinkamp ihre Stute antraben. Schreiber hätte gern länger bewundert, wie sich Reiterin und Pferd bewegten. Wie ein einziges elegantes Lebewesen. Doch der sanfte Riese unter ihm sah sich gemüßigt, es den Damen gleichzutun. Beim Traben hüpfte Hannes wie ein Rhesusäffchen mit Hämorrhoiden. ›Loslassen‹, hatte die Lehrerin in solchen Momenten über die Reitbahn gebrüllt und: ›Locker bleiben, Hannes!‹ Schreiber schob seinen Hintern im Sattel nach vorn, richtete sich auf und versuchte, die Bewegungen des Pferderückens mitzumachen. Das ging eine Weile gut, ehe ihn Kuris Kreuz wieder hammerhart am Steiß erwischte.

Die Steinkamp sah über seine Nöte hinweg. »Der Berg da drüben ist der Bucegi«, rief sie. »Noch höher als der Königstein.«

Hannes warf einen schnellen Blick auf den gewaltigen Felsklumpen im Osten und konzentrierte sich dann wieder auf den Rhythmus des Pferdes. Als er langsam ein Gefühl für Kuris Trab zu entwickeln glaubte, galoppierte Saba an. Wieder folgte der Wallach, ohne dass er ihn treiben musste. Auf die Schnelle hätte er ohnehin nicht gewusst, wie das nun wieder ging. Er ließ Kuri rennen. Eine Art Angstlust überfiel ihn. Angst, vom Pferd zu fallen und sich den Hals zu brechen. Lust, von Kuris Hufen die Erdschwere in Grund und Boden stampfen zu lassen. Die Heuwiese wischte dahin, den Bergwind im Gesicht flog Schreiber voran. Er ritt nicht, es ritt ihn. Kein Gedanke an Bartelmus und sein *Magazin.* Kein Kummer wegen Vera und ihrem neuen Kerl. Keine Sorgen um seine Söhne.

Am Waldrand fielen die Pferde in einen leichten Trab. Auf einer Schafstrift ging es bergan. Hannes kannte sich nicht aus, ein prima Grund, seinen Wallach immer hübsch hinter Saba herzockeln zu lassen. Die Stute schlug mit dem blonden Schweif. Der Pferdeschwanz ihrer Reiterin wippte. Es gab eine Menge schlechterer Arten, sein Geld zu verdienen, als mit Diana Steinkamp durch die Karpaten zu reiten.

Oben in Măgura waren sie noch ein paar Menschen begegnet, Bauern in verschwitzten Hemden, die die Sense schwangen, Frauen mit Holzrechen, die das Heu zusammenharkten. In dem Altholz, durch das sie nun ritten, war es kühl und still. Selbst die Vögel schwiegen. Grün gefiltertes Licht drang durch die Kronen der Buchen. Das Schnauben der Pferde klang weit durch den Wald.

Diana Steinkamp umkurvte einen Windwurf, stoppte die Stute und schwang sich aus dem Sattel. Musste das sein? Hannes war froh, oben zu sein, und hatte vor, den Sattel erst bei der Villa Diana wieder zu verlassen. Aber Frau Steinkamp führte ihren Zossen am Zügel weiter und ihm blieb nichts, als vorsichtig vom Pferd zu rutschen und ihr zu folgen.

Hinter dem Windwurf saß ein Mann auf einem gestürzten Ahorn und sah ihnen entgegen. Er trug ein flecktarnfarbenes Hemd mit langen Ärmeln und Cargohosen gleichen Musters. Seine Augen verbarg er hinter einer schwarzen Sonnenbrille. Unter dem dunklen Tuch, das er sich um den Kopf gebunden hatte, lugten blonde Fransen hervor. Das Alter des Mannes war schwer zu schätzen. Weiche, rundliche Gesichtszüge ließen ihn jünger erscheinen, als er wahrscheinlich war. Schreiber tippte auf Anfang dreißig.

Als sie auf ein paar Schritt heran waren, stand der Mann auf und lächelte der Steinkamp zu. »Hi, Di.«

Schreiber hielt ›Haidai‹ für eine alberne Begrüßung, oder er war einfach zu alt dafür.

»Hi, Teddy. Schön, dich zu sehen. Das ist Hannes Schreiber vom *Magazin.* Teddy ist der Mann, der die rumänischen Bären vor der Ausrottung retten wird.«

Hannes hielt dem jungen Mann seine Hand hin. »Tag, Teddy.«

Der Getarnte betrachtete Schreibers Pfote wie ein ausgestorben geglaubtes Reptil und berührte sie kaum. Er sah dem Journalisten von unten herauf ins Gesicht. Zumindest vermutete Hannes das. Der Mensch war einen Kopf kleiner als er und setzte die Sonnenbrille wahrscheinlich nur beim Duschen ab.

Diana Steinkamp band die Pferde an einen entblätterten Ast und setzte sich zu Herrn Teddy auf den Stamm. Schreiber hockte sich auf den Waldboden vor ihnen. Er wollte sich ein Bild von dem Bärenflüsterer machen und nicht an seiner Seite kuscheln.

»Wie läuft's?« Die Steinkamp knuffte ihren Teddy kumpelig in die Seite.

»Dass ich im Mai Molly und Zar verloren habe, weißt du ja schon.«

»Wo genau ist es passiert?«

»An der Fütterung im Strâmba-Tal haben sie beide ermordet, kurz vor Ende der Jagdzeit. Es war meine Schuld. Ich hätte regelmäßiger hingehen müssen. Aber das Waldgebiet ist so verdammt groß. Ich kann einfach nicht jede Fütterung jeden Tag betreuen. Zu Fuß schaff ich das nicht.«

Diana Steinkamp tätschelte Teddys Schulter. »Mach dir keine Vorwürfe«, sagte sie, »was du hier leistest, macht dir so schnell keiner nach.«

»Trotzdem bin ich traurig.«

»Ich doch auch, Teddy. Ich hab geweint, als deine Mail kam. Wie wär's, wenn wir ein Quad anschafften? Damit kämst du schneller rum.«

Teddy rückte seine Sonnenbrille zurecht. »ATVs hört man meilenweit, Di. Die Wildhüter könnten mich dann viel einfacher orten. Die wundern sich eh schon, wenn die Bären ihre Pellets nicht anrühren.«

Hannes hatte inzwischen Block und Kuli aus der Jacke gefischt und angefangen, sich Notizen zu machen. »Wie schaffen Sie das eigentlich, die Bären vom Fressen abzuhalten?«, fragte er.

Teddy warf Lady Di einen schnellen Blick zu. Sie nickte ihm aufmunternd zu.

»Diesel«, sagte der Bärenbeschützer, »ich kippe Dieselöl über die Pellets in den Futtertrögen. Das wirkt super. Die Brownies kommen zur Fütterung, riechen den Sprit und trollen sich wieder.«

Schreiber hatte sich natürlich vorher gefragt, wie man Bären von der Fütterung fernhalten könnte. Topfschlagen und Gummigeschosse aus der Zwille waren ihm eingefallen. Auf die einfachste Idee war er nicht gekommen. Mit stinknormalem Diesel das Futter vergällen: hochwirksam, aber schlecht fürs Geschäft. Bartelmus' Kundschaft wollte einen Bärenversteher, jemanden, der das größte Raubtier Europas durch gutes Zureden zum Besseren bekehrte. Keinen Typen, der possierlichen Petzen Petrochemie ins Essen schüttete.

»Hört sich unspannend an«, sagte Schreiber.

Teddy schnaubte. »Wenn Sie nächtliche Gewaltmärsche

durch Bärenland langweilig finden und Flucht vor den Förstern fad, dann kann ich Ihnen nicht helfen.« Er schob seine Sonnenbrille ein Stück höher auf die Nase, verschränkte die Arme vor dem Bauch und schwieg.

Diana Steinkamp schaltete sich ein. »Ich glaube, Hengstkämpfe sind das Letzte, was wir brauchen, Männer. Wir sollten lieber überlegen, wie Herr Schreiber an eine spannende Story kommt.«

Hannes beeilte sich beizudrehen. »Meine Bemerkung bezog sich allein auf das Vergällen des Futters. Ansonsten würde ich gern mit Teddy ein paar Tage rumziehen und ihm bei der Arbeit zuschauen.«

»Wenn Ihre Kondition dafür ausreicht ...«

Schreiber ignorierte das Lächeln des Bärenmannes. »Machen Sie sich um mich keine Sorgen. Es langt, wenn meine Mutter das tut. Die ist übrigens siebenundachtzig und auch noch ganz gut zu Fuß.«

»Sie brauchen einen Schlafsack und Hiking Boots.«

»Diana wird Ihnen verraten haben, dass ich Jäger bin. Da schleppt man solches Zeug immer mit sich rum.« Hannes wollte gleich zu Anfang für klare Verhältnisse sorgen. Er hatte keine Lust, die Recherche mittendrin wegen unüberbrückbarer Meinungsunterschiede abbrechen zu müssen. Entweder der Tierschützer akzeptierte ihn als Jäger oder er lehnte die Zusammenarbeit mit einem ›Lustmörder‹ ab. Schreiber streckte die Beine auf dem Laubboden aus, drückte das Kreuz durch und wartete auf näheren Bescheid. Er kam in Form einer scharf gestellten Frage.

»Töten Sie auch Bären?«

»Wissen Sie«, begann Hannes, »früher habe ich Wildkaninchen und Ringeltauben im Ruhrpott gejagt. Bären kamen da nicht vor. Jetzt gehe ich in der Lausitz auf Rehe und

Wildschweine. Da gibt es neuerdings wieder Wölfe. Aber selbst wenn es legal wäre, würde ich die nicht schießen. Ich bin froh, dass sie zurückgekommen sind. Außerdem jage ich für den Kochtopf. Bis zum fertigen Gericht alles selbst machen, das finde ich das Tolle an der Jagd.«

»Hier essen sie auch Bärenschinken.«

»Würd ich gern mal probieren. Aber dafür brauch ich ja nicht gleich einen ganzen Bären totzuschießen. Außerdem kostet das ein Schweinegeld.«

»Im Prinzip hätten Sie aber nichts dagegen?«

Schreiber zögerte einen Moment mit der Antwort. In Teddys Alter hatte auch er einen Sack voll Prinzipien mit sich rumgeschleppt. Hehre Grundsätze, von denen sich viele im Laufe des Lebens als Luftnummern erwiesen hatten. Jetzt versuchte er, sich so schlau wie möglich zu machen, bevor er zu einer Meinung fand. An Grundsätzen war ihm nur einer geblieben, der hatte nichts mit der Jagd zu tun. Als Reporter weigerte er sich hartnäckig, kleine Leute in die Pfanne zu hauen.

»Ich weiß noch zu wenig über Bären, um Ihre Frage zu beantworten«, sagte Hannes. »Aber ich bin hier, um möglichst viel darüber zu erfahren. Und falls Sie das beruhigt: Ich hab kein Gewehr dabei.«

An dieser Stelle griff Diana Steinkamp ein. Ihr schien viel an einer *Magazin*-Geschichte über Teddy, Karpatenbären und sich selbst zu liegen. »Ich finde, mit der Position können wir leben, Teddy. Oder siehst du das anders?«

Der Bärenbeschützer rutschte seinen Hintern auf dem Baumstamm zurecht. Dann sagte er: »Okay, Di.« Begeistert klang das nicht. Ihm blieb wohl nichts anderes, wenn er seine Sponsorin behalten wollte.

Sie vereinbarten einen Treffpunkt für den nächsten

Morgen im Strâmba-Tal. Weit genug weg von der Fütterung, damit, falls sie beobachtet würden, kein Verdacht aufkäme. Dann banden sie die Pferde los und stiegen auf. Das heißt, Schreiber versuchte es. Immer wenn er einen Fuß in den Steigbügel steckte, machte Kuri einen Schritt nach vorn. Mit dem Aufsteigen klappte es erst, als Teddy den Zossen an den Zügel nahm und ihn ruhig stellte.

»Danke«, knurrte Schreiber und ritt hinter der Steinkamp her.

7

Katharina lag auf dem Bett. Es war dunkel im Zimmer. Sie starrte auf das Fenster und wartete darauf, dass das Morgenlicht die Schwärze der Nacht vertriebe. Das Haus schlief. Kein Schlurfen in der Wohnung über ihr. Keine Toilettenspülung nebenan. Sogar der Fernseher im Stockwerk unter ihr schwieg. Sie war allein mit der Stille. Tastend wanderte Katharinas Hand über den Verband. Im Spital hatten sie die Risswunden genäht, ihren linken Arm von den Fingern bis über den Ellenbogen eingewickelt. Die Ärztin hatte ihr ein Schmerzmittel eingeflößt. »Sie brauchen jetzt viel Ruhe«, hatte sie gesagt, »schlafen Sie sich aus, *doamnă* Orend. Es ist vorbei.«

Katharina konnte nicht schlafen. Es war noch nicht vorbei. Die Bilder, die sich vor vier Stunden in ihre Netzhaut gebrannt hatten, hielten sie wach. Eine Blutlache auf dem Beton, in der das Mädchen seltsam verrenkt lag. Bärenkrallen, die ihren Arm zerschnitten. Der kleine Bär, der hinkend im Wald verschwand. Das Kopfschütteln des Notarztes, der das Mädchen untersuchte. Die Gesichter der

Gaffer über ihr, als sie am Boden saß und weinte. Wie Standbilder einer DVD verharrten die Szenen für ein paar Augenblicke. Dann raste der Film weiter, um kurz darauf zum nächsten Schreckensbild zu versteinern.

Sie hatte versagt, in ihrem ersten Job als Biologin jämmerlich versagt. Das Mädchen war tot, weil sie nicht früher eingegriffen hatte. Erst als es fast zu spät war, hatte sie »Stopp!« geschrien – und dadurch die Katastrophe ausgelöst. Wegen ihres Rufens war der kleine Bär abgestürzt. Hatte die Bärin attackiert. War das Mädchen gestorben.

Wie hatte sie nur glauben können, dieses Bärenprojekt allein managen zu können? Als Anfängerin ohne Berufserfahrung. Als junge Frau unter rumänischen Machos. Katharina die Große hatte man sie an der Uni getauft, an ihren Einsfünfundsiebzig konnte das nicht liegen. Jetzt fühlte sie sich klein und zerbrechlich wie ein Kind. Allein lag sie in ihrer Plattenbauwohnung in Răcădău, und es gab niemanden, der sie tröstete.

Katharina grapschte den iPod vom Nachttisch, verstöpselte die Ohren und ließ Angela Gheorghiu für sich singen. *Vissi d'arte, vissi d'amore, non feci mai male ad anima viva.* Die Arie der Tosca. *Ich lebte der Kunst, ich lebte der Liebe, tat nie einer lebenden Seele weh.* Der warme Sopran der Gheorghiu füllte Katharinas Kopf, drang mit dem Atem tief in ihren Bauch. Der Horrorfilm, der sich wieder und wieder abspulte, lief erst langsamer und stoppte dann ganz. *Nell' ora del dolor,* sang die rumänische Callas, *perchè, perchè, Signor, ah, perchè me ne rimuneri così? In der Stunde des Schmerzes, warum, Herr, oh, warum belohnst du mich so?*

Katharina ließ die Arie endlos wiederholen, und irgendwann frühmorgens, als hoch in den Buchen über der *Jepilor*-Straße der Pirol zu singen begann, schlief sie tatsächlich ein.

8

Sie ließ ihn am Ende eines Straßendorfs im Tal aussteigen. »Nach einem Kilometer führt links eine Schotterpiste durch die Felder«, erklärte sie ihm. »Wo die auf den Bach stößt, ist eine Furt. Dort erwartet er Sie.«

Schreiber klaubte seinen Rucksack vom Rücksitz und warf ihn über die Schulter. Es war keiner von diesen knatschbunten Hightech-Backpacks, die sie in schicken Outdoorläden an Spaziergänger verscherbelten. Hannes' alter Lodensack war für die Jagd gemacht. Zur Not konnte man darin ein erlegtes Reh aus dem Busch tragen. Verblichene Blutflecken verrieten, dass Schreiber das hin und wieder tat.

Er hängte sich das leichte Pirschglas um den Hals und tippte mit dem Zeigefinger an die Schläfe. »Morgen früh, gleicher Ort, gleiche Zeit.«

Diana Steinkamp schenkte ihm ein Lächeln. »Frohes Schaffen!« Sie wendete den Landrover auf der Straße und fuhr zurück. Schreiber sah ihr nach, bis der Wagen hinter der Kurve verschwunden war. Dann stiefelte er los. Der Sommertag versprach heiß zu werden. Er sah zu, dass er von der Teerstraße wegkam, und auch auf dem Schotterweg, der unbeschattet durch Heuwiesen führte, schritt er scharf aus. Wo die Erlen, die den Bach begleiteten, dichter wurden, wartete Teddy. Er stand am anderen Ufer im Jungwuchs und rührte sich nicht. Schreiber zog die Stiefel aus, krempelte die Hosenbeine hoch und watete durch das Bachbett. Das Wasser war beißend kalt, Steine piksten seine Sohlen, aber er ließ sich nichts anmerken. Er gab dem Bärenflüsterer nicht noch einmal die Hand, sondern begrüßte ihn mit einem flotten »Hi, Teddy«.

»Hi.«

Als Hannes die Kleiderordnung für Wanderer – Abschnitt Füße – wiederhergestellt hatte, zogen sie zusammen weiter. Teddy mied die Fahrstraße. Auf Wegen, die keine waren, führte er den Reporter durch den Laubwald. Es ging ständig bergan. Der Waldläufer legte ein Tempo vor, das Schreiber ins Schwitzen brachte. Zum Glück gab sich Teddy schweigsam und der angegraute Journalist musste beim Steigen nicht auch noch reden.

Nach einer Stunde strammen Marschierens wurden Teddys Schritte kürzer. Er schnallte seinen Rucksack ab und lehnte ihn gegen einen Baum. Hannes war froh, dass er seinen auch loswurde. Auf seinem Rücken hatte sich ein Schwitzfleck ausgebreitet, dem ein bisschen Abdampfen nicht schaden konnte. Erst jetzt fiel dem Reporter auf, was ihn an Teddy heute irritierte: Er trug keine Sonnenbrille. Sein Blondhaar war immer noch unter dem Kopftuch versteckt, seine Klamotten genauso tarngefleckt wie gestern, aber die Sonnenbrille fehlte.

Hannes hatte beim Abendessen in der Villa Diana der Steinkamp erläutert, was er von der Geheimniskrämerei ihres Schutzbefohlenen hielt. Nach dem zweiten Wein hatte er Teddy den *Geheimen Eichkater* geheißen, nach einer Zeichentrickfigur aus den Sechzigern, die Diana genauso wenig kannte wie *Die Katze auf dem heißen Blechdach.* Schreiber versuchte, ihr die Bondparodie um den Geheimagenten Secret Squirrel nahezubringen und entlockte ihr sogar ein Lachen, als er den Schlapphut des Agenten 000 beschrieb. Der hing dem Eichkater so tief ins Gesicht, dass er nur durch zwei Löcher in der Krempe sehen konnte.

Schreibers Schmäh hatte sich offenbar herumgesprochen. Teddy trug keine Brille. Aber er tat mysteriös. Er legte warnend den Zeigefinger vor die Lippen und schlängelte durchs Unterholz bergab. Hannes pirschte hinterher. Wie auf der Jagd suchten seine Augen den Waldboden nach trockenen Ästen ab, um knackfrei vorwärtszukommen. Als Teddy sich hinlegte, tat Schreiber es ihm gleich. Nach ein paar auf dem Bauch zurückgelegten Metern erreichten sie den Rand eines Abbruchs und schoben die Zweige beiseite.

Der Bach, den Hannes durchquert hatte, glitzerte unter ihnen. Es standen ein paar Holzhütten an seinem Ufer, auf dem Platz dazwischen brannte ein Feuerchen. Drei Männer in Olivgrün umlagerten es. Sie lümmelten im Gras und rauchten. Schreiber nahm sein Glas, das er beim Robben unters Hemd gesteckt hatte, an die Augen und schraubte am Okular, bis er die gelben Aufnäher auf den Blousons der Männer entziffern konnte. *Romsilva* stand darauf. Sein Zeiss zoomte die Gesichter der Uniformierten so nahe heran, dass er erkennen konnte, wer von den dreien Filterzigaretten rauchte: der Älteste. Er schien eine Art Chef zu sein. Jedenfalls hatte er sich, anders als seine Kollegen, morgens rasiert.

»Förster?«, flüsterte Schreiber.

Teddy nickte.

Einer der Männer, offenbar der jüngste von ihnen, hatte drei große Speckstücke auf einen Stock gespießt und hielt sie über das Feuer. Die Förster mochten vielleicht siebzig Schritt entfernt sein. Obwohl der Wind nicht auf ihn zu stand, meinte Schreiber, den Duft des brutzelnden Fleisches zu riechen. Er schluckte Speichel. Zum Frühstück hatte der Merresmisch wieder Palukes serviert.

Teddy deutete mit dem Kopf hinter sich. Vorsichtig zogen sie sich zurück. Erst als sie außer Sicht- und Hörweite waren, blieb Schreibers Führer stehen. »Sie essen jetzt«, sagte er, »das kann dauern. Haben Sie die Schnapsflasche gesehen? Zum Speck trinken die *ţuică*. Und danach halten sie erst mal einen Snooze. Gut für uns.«

Sie schulterten wieder ihre Rucksäcke und zogen weiter. Teddy hielt nicht mehr so viel Abstand zum Bachlauf, auf dessen anderem Ufer eine Forststraße verlief. Mehr oder weniger parallel zum Wasser marschierten sie bachaufwärts. Der Bärenmann forcierte das Tempo, Hannes hatte Mühe, ihm zu folgen. Schnell vergrößerte sich der Abstand zwischen ihnen auf zehn, zwanzig Meter. Wenn der Waldläufer stehen blieb, um mit seinem Fernglas den Wald zu scannen, schloss Schreiber zu ihm auf. Nur um bald darauf weiter zurückzuliegen als zuvor. Erst ärgerte er sich darüber, aber nach einer Weile wurde es ihm egal. Er war mindestens zwanzig Jahre älter als dieser camouflierte Knabe. Warum sollte er so tun, als ob das nichts zu bedeuten hätte?

Wie ein zurückgefallener Radfahrer bei einer Bergetappe versuchte Hannes, sein eigenes Tempo zu gehen, statt sich ein zu hohes diktieren zu lassen. Er dachte an den Schnack vom ›unendlichen Wäldermeer der Karpaten‹ aus den alten Jagdbüchern, die er als Jungjäger gelesen hatte, und stellte sich auf einen langen Marsch ein.

Es kam anders. Nach einer guten halben Stunde stoppte Teddy erneut und ließ Schreiber zu sich auflaufen. »Hinter der nächsten Kuppe liegt die Fütterung. Ich denke nicht, dass jemand dort ist. Der Wildhüter, der sie betreut, saß mit beim Feuer. Wir müssen trotzdem vorsichtig sein. Bleiben Sie dicht hinter mir und vermeiden Sie jedes Geräusch.«

»Und was ist mit den Bären?«

Teddy lächelte. Seine Augen, die himmelblau waren und ihn geradezu gut aussehen ließen, ein wenig wie der junge

Paul Newman, blinzelten. Lachfalten tauchten an den Augenwinkeln auf, furchten die Haut bis an die Ohren und verschwanden wieder. »Tagsüber kommen die Bären selten an die Fütterung«, sagte er.

Selten heißt nicht nie, dachte Schreiber. Beim Wandern durch Bärenland sollte man Geräusche machen, hatte er bei Stephen Herrero gelesen, um die Petze zu warnen und ihnen Gelegenheit zu ehrenvollem Rückzug zu geben. Pirschen war so ziemlich das Gegenteil des Verhaltens, das der Biologieprofessor empfahl. Aber was sollte er anderes tun, als dem Bärenflüsterer leise zu folgen? Hannes war nur Gast auf Teddys Party, ob Musik gespielt wurde und, wenn ja, wie laut, bestimmte nicht er.

Langsam näherten sie sich der Hügelkuppe. Ein fiebriges Gefühl überkam den Reporter, der metallene Geschmack der Gefahr. Als keine zwei Meter vor ihnen ein Heidelbeerbusch explodierte, fuhr Hannes zusammen wie ein vom Schuss getroffenes Wild. Ein Haselhuhn strich flügelpurrend ab. Hätte es dabei krakeelt wie ein Fasan, Schreiber wäre vor Schreck gestorben. Doch das Huhn segelte still hangabwärts und fiel, wo der Forst lichter wurde, im Gestrüpp ein. Reflexartig griff Hannes an die Schenkeltasche seiner Hose, in der die Zigaretten steckten. Rauchen war keine gute Idee, wenn man nicht bemerkt werden wollte. Er hatte sich schon oft gewundert, wie weit Zigarettenrauch im Wald zu riechen war. Die Schachtel blieb in der Hose.

Hinter dem Hügel war vor Jahren eine Lichtung in den Wald geschlagen worden. Die Stubben der gefällten Bäume zerbröselten bereits. Fingerhüte wiegten im sanften Wind. Der Platz war vielleicht zwei Tennisfelder groß und das Erste, was Schreiber bemerkte, war der Hochsitz an seinem unteren Ende. Das Ding wirkte wie ein gemauertes Schrebergartenhäuschen, nur eben auf Stelzen. Im Doppelfenster hing ein dunkler Vorhang. Von hinten führte eine Treppe hinauf.

Wie um das Monströse dieses Gebaus zu betonen, stand direkt daneben ein gewöhnlicher Hochsitz. Das Gestell aus Fichtenstangen grob gezimmert, die Brüstung mit Holzschwarten verkleidet, ohne Dach. Ein armer Vetter vom Dorf neben der neureichen Verwandtschaft. Was das sollte, war Schreiber schleierhaft. Warum bauten die zwei Hochsitze, wo einer völlig ausgereicht hätte, um jede Kreatur, die sich auf der Lichtung zeigte, vom Leben zum Tode zu befördern?

Fünfzig Meter vor dem Hochhäuschen entdeckte der Reporter einen aufgebockten Trog. Er sah aus wie ein der Länge nach durchgeflextes Ölfass, und das war er vielleicht auch. Die Wanne, in der Schreiber das Futter vermutete, lag auf einer Art Sägebock genau in der richtigen Höhe für einen mittelgroßen Bären. Den Trog hatten sie längs zu den Hochsitzen aufgestellt, damit der Bär beim Fressen quer zum Schützen stand. Zusätzlich war noch eine Seite mit Pfählen blockiert. Hannes brauchte eine Weile, bis er hinter den Sinn der Sache kam: Der Bär kam nur von rechts an den Futtertrog heran und präsentierte dadurch dem Schützen die linke Körperseite. Links, wo das Herz schlägt. An diesem Ort wurde nicht gejagt, hier wurden Bären hingerichtet. Der Jäger in ihm fragte sich, was das für Wichte waren, die fünftausend Euro aufwärts hinblätterten, um einen Bären auf diese Weise zu exekutieren. Wenn er Zeit gehabt hätte, länger darüber nachzudenken, wäre Schreiber wahrscheinlich schwermütig geworden. Aber er hatte die Zeit nicht.

Rechts vom Futtertrog stand eine Art Galgen, aus Eisen geschweißt und anscheinend im Waldboden einbetoniert. An der Querstange des Gestells, vier Meter über der Erde, hing an einem Drahtseil ein totes Pferd. Es war ein Klepper mit schmutzig grauem Fell über den Rippen. Das Seil hatten sie um den Huf eines Vorderlaufs geschlungen und den ganzen Gaul daran in die Luft gehievt. Der Hals der Pferdes war auf bizarre Weise verdreht, das Maul aufgerissen, als ob es wieherte. Bei allem Grauen war Schreiber der Anblick seltsam vertraut. Er erinnerte ihn an das Bild, das vor vielen Jahren die Wand über seinem Schreibtisch geziert hatte: Picassos *Guernica*-Gemälde aus dem Spanischen Bürgerkrieg.

Plötzlich begann der aufgeknüpfte Kadaver zu baumeln. Der Reporter nahm sein Fernglas vor die Augen und fokussierte es auf das Pferd. Ein Bär tauchte daneben auf, Hintertatzen auf der Erde, Vorderpranken gegen den geblähten Pferdebauch gestützt, stand er aufrecht neben dem Aas. Es war ein großes Exemplar, dunkelbraun im Fell mit einem helleren Kragen um den Hals. Der Bär grub seine Zähne in die Schulter der Mähre und riss ein Stück Fleisch aus dem Muskel. Er ließ sich auf alle viere fallen und schlang den Brocken hinunter. Man hörte das Grunzen des Bären, und als er sich wieder aufrichtete und seine Vordertatzen heftig gegen den Pferdeleib drückte, entfuhr dem Kadaver ein flappernder Furz.

Auf Schreiber wirkte die Szene obszön. Ihm kam es vor, als wären beide Tiere, das tote Pferd und der lebende Bär, ihrer Würde beraubt. Das Pferd, das sein Leben lang den Karren gezogen hatte, hatten sie am Ende erschossen und den wilden Tieren zum Fraß hingehängt. Den Bären hatten sie kirre gemacht mit bequemer Beute, von der er speicheltriefend fraß, obwohl der Geruch seines einzigen Feindes an ihr haftete.

Die Geschichte von Forest Young aus Alaska fiel Schreiber wieder ein, und der Spruch seines Freundes aus der Biologenzunft. ›Nichts ist territorialer als ein Bär am Riss.‹ Schreiber setzte das Glas ab. Aus den Augenwinkeln bekam er mit, dass Teddy das Gleiche tat.

Zu ihrem Glück blies der Wind sanft hangauf. Er verbarg sie vor der feinen Nase des großen, braunen Fleischfressers. Bis auf hundert Meter waren sie dem Bären auf den Pelz gerückt, eine Distanz, die er galoppierend in weniger als zehn Sekunden überwinden konnte. Die Männer sahen sich an, nickten und zogen sich vorsichtig zurück. Sie sprachen kein Wort und versuchten, beim Gehen jedes Geräusch zu vermeiden. Erst als sie einen guten Kilometer weg waren, hielten sie an. Es war Mittag geworden. Selbst unter dem Laubdach wurde es langsam heiß.

Hannes ließ den Rucksack von den Schultern gleiten und hockte sich auf einen der Felsknubbel, die aus dem Waldboden ragten. Aus der Flasche trank er einen Schluck Wasser, der scheinbar schon in der Speiseröhre verdunstete. Der Merresmisch hatte ihm ein paar Scheiben Weißbrot und ein Stück Hartwurst eingepackt. Davon aß er und wartete darauf, was der Bärenflüsterer zu sagen hatte.

»Das ist illegal«, begann Teddy, nachdem er einen guten Zug aus seiner Trinkflasche genommen hatte. »Seit einiger Zeit dürfen sie die Bären nicht mehr mit Fleisch füttern.«

»Warum nicht?«

»Weil es sie auf den Geschmack bringt. Hier in den Karpaten weiden im Sommer ein paar Millionen Schafe auf den Bergwiesen. Bären, die einmal an Fleisch gewöhnt sind, bedienen sich da gern.«

Schreiber nickte. Er hatte Block und Kuli aus der Pattentasche seines Rucksacks geholt und machte sich Notizen. »Ist es das erste Mal, dass Sie Aas an einer Fütterung gefunden haben?«

Teddy brummte Zustimmung.

»Wie lange sind Sie denn schon hier?«

»Seit April.«

Drei Monate, dachte Schreiber. Für einen Journalisten, der von einer Geschichte zur nächsten hetzte, waren drei Monate eine lange Zeit. Am Anfang seiner Jahre beim *Magazin* hatten sie Schreiber manchmal so viel Zeit zum Recherchieren gelassen. Aber das war lange vorbei. Bartelmus kam von der Tageszeitung und wollte die Artikel, an denen ihm etwas lag, am liebsten in der nächsten Woche im Heft sehen.

»Und seit wann vergällen Sie das Futter?«, fragte Hannes, schnitt zwei recht ordentliche Scheiben von der Wurst und hielt Teddy eine davon auf der Schneide seines Messers hin. Der Gute betrachtete die Wurst, wie er bei ihrem ersten Zusammentreffen die ausgestreckte Hand des Reporters betrachtet hatte. Dann fixierte er Schreiber und sagte: »Ich esse kein Aas.«

Hannes zog die Wurst zurück und stopfte sie sich selbst ins Maul. »Dies ist ein freies Land«, sagte er kauend, »da kann jeder nicht essen, was er will.« Als er die Wurst verschlungen und mit einem Schluck Wasser nachgespült hatte, fiel ihm seine Frage wieder ein. »Sie wollten mir sagen, seit wann Sie den Bären das Dieselöl ins Futter schütten. Oder reden Sie nicht mit Aasfressern wie mir?«

Teddy steckte den Konter weg wie nichts. »Von Anfang an. Ein Nationalparkranger in den Staaten hatte mir die Methode verraten, lange bevor ich nach Rumänien kam.«

Hannes fand noch eine Tomate in seinem Lunchpaket, und sogar an einen kleinen Salzstreuer hatte der Merresmisch gedacht. Saugend biss er in das Nachtschattengewächs, um den Ausbruch einer Fontäne zu verhindern. Er schaffte das und hatte eine Idee.

»Kann es sein, dass die Förster Ihnen auf die Schliche gekommen sind? Ich meine, Diesel stinkt doch. Man muss kein Bär sein, um das Zeug zu riechen.«

Teddy zog die Augenbrauen ein Stückchen höher in die Stirn. »Die Typen, die die Fütterungen betreuen, sind keine Förster«, sagte er in einem Ton, den der Reporter als belehrend empfand. Er war empfindlich an der Stelle. »Das sind irgendwelche Hiwis, die sich Wildhüter nennen. Die meiste Zeit sind sie betrunken.«

Zwei Dinge hatte Schreiber im Laufe der Jahre mühsam gelernt. Erstens war es gefährlich, einen Gegner zu unterschätzen, im Fußball genauso wie im Rest des Lebens. Und zweitens sollte man jemanden, nur weil er einer vermeintlich falschen Sache diente, nicht automatisch für dumm halten. »Vielleicht ist der Kadaver eine Antwort auf Ihre Aktion«, sagte er und nahm noch einen Schluck aus der Pulle. »Ein ganzes Pferd können Sie schließlich nicht mit Diesel tränken.«

Teddy stand auf und schnallte seinen Rucksack vor dem Bauch fest. »Werden wir nachher sehen.«

Hannes blieb sitzen. »Würde es Ihnen etwas ausmachen, mich in Ihre Planungen einzuweihen?«

»Wir gehen zur nächsten Fütterung. Dann sehen wir ja, ob da auch ein Pferd hängt.« Ohne weiter auf den Reporter zu achten, setzte sich Teddy in Marsch. Schreiber verstaute sein Futter und trabte hinterher. Wie weit die nächste Fütterung entfernt war, wusste er nicht.

Es war sehr weit. Sie querten mehrere Hügelrücken, ohne den Laubwald zu verlassen. In den Taleinschnitten murmelten kleine Bäche, aber Schreiber hatte kein Ohr für ihre Geschichten. Er bemühte sich, seinen Führer nicht aus den Augen zu verlieren. Damit hatte er genug zu tun. Anfangs versuchte er, sich in der Landschaft zu orientieren, doch in geschlossenen Wäldern war das schwierig. Am Stand der Sonne, die ab und an durch eine Lücke im Blätterdach schien, las er ab, dass sie westwärts strebten. Hannes versuchte, sich die Karte, die er am Morgen in der Villa Diana studiert hatte, zu vergegenwärtigen. Zeit, sie aus dem Rucksack zu holen, ließ Teddys Tempo ihm nicht. Wenn er sich recht erinnerte, mussten sie irgendwo in den nördlichen Ausläufern der Fogarascher Berge herumturnen, einer gottverlassenen Gegend, in der man fünfzig Kilometer laufen konnte, ohne auf eine Asphaltstraße zu stoßen.

Am späten Nachmittag erreichten sie schließlich eine Fütterung, die der vorigen ähnelte. Es gab die ominösen zwei Hochsitze, den Futtertrog und einen Galgen. Dass daran kein Kadaver baumelte, ließ Teddy triumphierend aus der Wäsche gucken. Sie umschlugen das Areal in einem weiten Bogen. Auf einer Piste, die von irgendwo kam und in die Nähe der Hochsitze führte, prüfte der Waldläufer die Fährten im Schlamm. Abdrücke von Bärentatzen schienen ihn weniger zu interessieren als die von einem Paar Männerschuhen. Jedenfalls glaubte Hannes, dass ein Mann auf diesem Weg zur Fütterung und wieder weg gegangen war. Frauen mit Schuhgröße 45 waren zum Glück selten. Neben den bratpfannenförmigen Bärenpranken wirkten die Menschenspuren klein wie von Kindern getreten.

»Kein Mensch mehr da«, meinte Teddy. Er marschierte, nachdem er auch keine Bären entdeckte, auf die Fütterung zu. Am Trog angekommen, zog er eine Eineinhalbliter-Plastikflasche aus dem Rucksack. *Frutti Fresh,* stand auf dem Etikett, darunter prangte eine halbierte Orange. Das Zeug in der Pulle sah nicht nach Limo aus. Teddy schraubte den Verschluss ab und splenterte den Flascheninhalt über die Pellets.

»Frische Lieferung«, sagte Teddy. Schreiber wusste nicht,

ob er das Kraftfutter oder den Dieselsprit meinte. Als sich die Buddel leer geblubbert hatte, steckte Teddy sie wieder ein. »Das war's.« Er warf sich den Rucksack auf den Buckel, schnallte ihn vor dem Bauch fest und ging los.

Der Reporter warf noch einen Blick auf den Ort, der ohne Pferd und Bär fast friedlich wirkte. Nur die gebleichten Knochen größerer Tiere, die im Grün verstreut lagen, erinnerten an die Henkersmahlzeiten, die den Petzen hier serviert worden waren. Ein in der Sonne leuchtender, abgefressener Eselskopf brachte Schreiber auf den Namen, den er diesem Ort in einer *Magazin*-Reportage geben könnte: Golgatha, das hebräische Wort für Schädelstätte.

Als er am Schluss noch einmal zum Hochsitz hinaufblickte, meinte Schreiber, eine Bewegung hinter dem Vorhang zu sehen. Dann war wieder alles ruhig. Er blieb einen Moment aufmerksam, bevor sie loszogen. Als Jäger kannte er das Phänomen vom Ansitz. Aus der Kopfbewegung heraus sah man oft etwas, das sich bei ruhigem Betrachten in Nichts auflöste.

9

»*Bună ziua!* Das *sfertul academic* ist um. Alle sind eingetroffen. Ich freue mich, dass Sie sich die Zeit genommen haben, meiner kurzfristigen Einladung zu diesem Krisengespräch zu folgen.« Cristian Corodi, ein smarter Typ um die vierzig, blickte kopfnickend von einem zum anderen. Per Telefon hatte der Vizebürgermeister morgens die Runde zusammengetrommelt. Bis zu den Kommunalwahlen war es nicht mehr lang, und er wollte das Bärenproblem in Răcădău bis dahin vom Tisch haben. Corodi galt als der kommende

Bürgermeister von Braşov. Katharina konnte sich nicht merken, welcher Partei er angehörte. Hier wechselten sie das Parteibuch ohnehin oft.

»Besonders freut es mich natürlich, Sie, *domnişoară* Orend, in unserer Herrenrunde begrüßen zu können. Wie geht es Ihrem Arm?«

Katharina trug eine Bluse mit langen Ärmeln, die den Verband fast völlig verbarg. Morgens war sie noch einmal im Spital gewesen, um ihn erneuern zu lassen. Die Krallen der Bärin hatten den Muskel aufgeschlitzt. Alle Sehnen und Knochen waren heil geblieben. Sie lächelte gewinnend, auch wenn ihr Corodis *domnişoară* auf den Senkel ging. Für ihn blieb eine unverheiratete Frau wie sie immer ein Fräulein.

»Danke der Nachfrage, *domnule* Corodi. Es ist nur ein Kratzer.« Katharina versuchte, den Ball flach zu halten. Schlimm genug, dass das Mädchen gestorben war. Da musste sie nicht auch noch ›schwer verletzt‹ sein, wie das Lokalradio meldete.

»Das freut mich zu hören. Vielleicht schildern Sie uns zunächst, wie es zu dem tragischen Tod in Răcădău gekommen ist.« Corodi trug eine Brille mit runden, randlosen Gläsern auf seiner schlanken Nase und das Haar nach hinten gegelt. Für modern hielt er auch die englischen Brocken, die er in seine Sätze rührte. Diesmal war es ein »Ladies first«, mit dem er, die Herren süffisant anlächelnd, Katharina das Wort erteilte.

Die Biologin hatte nicht damit gerechnet, als Erste reden zu müssen. Das Sprechen in Zirkeln wie diesem war ihr fremd. Polizeichef, Forstamtsleiter, Chef der Müllabfuhr, Leiter des Wildforschungsinstituts, dazwischen sie, zwanzig Jahre jünger als die Granden der Braşover Szene. Sie schluckte zweimal trocken, leerte das Mineralwasserglas, verschluckte sich ein wenig und begann hüstelnd. Sie schilderte den Vorfall an der *Jepilor*-Straße, so nüchtern sie konnte. Dass ihr Zuruf den Angriff der Bärin auf das Mädchen letztendlich ausgelöst hatte, verschwieg Katharina. »Am Ende läuft es immer auf dasselbe hinaus«, schloss sie, »wir brauchen in Răcădău bärensichere Mülltonnen und Polizeistreifen, die die Fütterer verjagen.«

Katharina war klar, was jetzt passieren würde. Vasile Iliescu, der Chef aller Braşover Müllmänner, würde das Wort ergreifen und es würgen, bis es röchelte. Iliescu war ein Metzger von einem Mann. Aus dem Ausschnitt seines offenen Hemdes quoll das Brusthaar. Seine Arme waren ebenso behaart, und seine Statur legte den Verdacht nahe, er sei in einem früheren Leben selbst Braunbär gewesen. Für einen Bären ist er allerdings zu dumm, sagte sich Katharina und nahm einen Schluck kalten Mokka aus dem Tässchen vor ihr. Was hatte sie sich mit diesem Ignoranten schon gefetzt! Iliescu empfand jeden ihrer Vorschläge als Angriff auf die städtische Müllabfuhr und ihren Chef. Auf seine Müllwägelchen mit Schiebetür war er stolz wie auf sein eigen Fleisch und Blut.

»Siebenhundert Euro haben die Container an der *Strada Jepilor* gekostet«, brüllte er fast, »pro Stück! Das Modernste auf dem Markt. Empfohlen von der EU in Brüssel. Sogar eine Kindersicherung haben meine Container.«

Katharina verdrehte die Augen. Als ob das Problem in Răcădău spielende Kinder wären, die massenhaft in Müllcontainern festsäßen.

Der Müllmann legte nach. »Das Problem sind nicht unsere Container, meine Herren, das Problem sind die Leute in Răcădău. Sie lassen die Schiebetür einfach offen stehen, damit sich die Bären bedienen können.«

»Da haben Sie recht, *domnule* Iliescu.« Katharina hatte in den ersten Monaten ihres Jobs gelernt, dass es sich gut machte, den Männern entgegenzukommen, bevor man ihnen widersprach. Das gefiel auch Iliescu. Er schaute den Vizebürgermeister mit einem Sag-ich-doch-Gesicht an. »Aber die Bären haben inzwischen gelernt, die Deckel der Müllwägelchen zu öffnen. Dazu brauchen sie keine menschliche Hilfe mehr. Was wir benötigen, sind bärensichere Container aus Amerika. Da schließt sich der Deckel automatisch. Man kann ihn nicht offen stehen lassen, selbst wenn man das will.«

»Ich kenne die Dinger«, sagte Iliescu. »Sie passen nicht zu unseren Müllwagen. Wir könnten sie nicht leeren, *domnule vice-primar.* Aber vielleicht hat ja die reiche Tierschutzorganisation aus Deutschland, die *domnişoară* Orend bezahlt, genug Geld, um uns neue Müllaster zu kaufen. Oder Brigitte Bardot.«

Die einst begehrte Blondine hatte sich vor Jahren gegen die Bärenjagd in Rumänien eingesetzt und dadurch für Machos wie Vasile Iliescu viel von ihrem Liebreiz verloren.

An dieser Stelle griff Cristian Corodi ein. »Lassen wir das Müllproblem für einen Moment beiseite. Das Mädchen, das von der Bärin getötet wurde, wollte ja keinen Abfall zum Container bringen. Sie hat einen kleinen Bären gefüttert. *Comisar şef* Samabul, können wir solche Vorfälle in Zukunft mit Ihrer Hilfe vermeiden?«

Der Chef der *poliţia* wischte sich mit einem Taschentuch den Schweiß aus dem Nacken. Seine marineblaue Uniformjacke trug er auch im Sitzen zweireihig geknöpft. Der Hemdkragen würgte den Hals, der speckig herausquoll. Chefkommissar Costica Samabul hatte, seit er in Amt und Würden war, offensichtlich ein wenig Gewicht zugelegt. »Es gibt in unserem Vaterland kein Gesetz, das das Füttern von

Bären verbietet, *domnule* Corodi«, sagte er, »sonst hätten die Freunde von der Forstverwaltung ein Problem.« Samabul warf seinem grün uniformierten Tischnachbarn einen listigen Blick zu und schwieg dann in sein Doppelkinn.

Es ist alles so wie immer, dachte Katharina, die Herren spielen Beamtenmikado. Wer sich als Erster rührt, hat verloren. Ihr einziger Verbündeter in dieser Runde war Ovidiu Vandra vom Wildforschungsinstitut. Glaubte sie wenigstens. Ovidiu hatte Forstwissenschaft studiert, war nach der Revolution in Amerika gewesen und kannte das Bärenmanagement in den dortigen Nationalparks. Er hatte sich für das Treffen im Rathaus nicht verkleidet. Vandra trug eins von den Kakihemden, mit denen er in Büro und Busch unterwegs war. Seinen struppigen Vollbart durchzogen graue Fäden. Obwohl zwanzig Jahre älter als Katharina, hatte er ihr gleich bei der ersten Begegnung das kollegiale Du angeboten.

»Im Prinzip hat *doamnă* Orend recht«, begann Ovidiu. »Wir müssen das Müllregiment ändern, wenn wir die Mensch-Bär-Konflikte minimieren wollen. Ich warne allerdings davor, einfach nur bärensichere Container aufzustellen. Was werden die Bären tun, wenn sie an der *Jepilor*-Straße keinen Müll mehr finden?« Ovidiu sah Katharina an. Sie hielt seinem Blick stand, antwortete aber nicht. »Sie werden auf der Suche nach Abfall weiter in die Stadt vordringen. Und auch dort Ärger bekommen. Ich bin dafür, einen Teil der Braunen von Răcădău einzufangen und anderswo wieder auszusetzen. Den anderen muss man mehr Futterstellen im Wald anbieten. Und die Bären, die tiefer im Quartier nach Nahrung suchen, sollten wir dem Bestand entnehmen.«

»Was heißt das, dem Bestand entnehmen?«, wollte der Vizebürgermeister wissen.

»Töten. Sie müssen bedenken, dass viele Tiere das Abfallfressen schon von ihren Müttern erlernt haben. Und die vielleicht von ihren Müttern. Wir sprechen dabei von tradiertem Verhalten. Răcădău ist in den Achtzigerjahren gebaut worden. Genug Zeit für einige Bärengenerationen.«

Keiner sagte etwas nach Ovidiu Vandras Statement. Nur das Handy des Forstamtsleiters meldete sich zu Wort. Es röhrte zweimal wie ein Hirsch, ehe Ion Hulanu es in seiner Uniformjacke fand. Er meldete sich knapp und hörte dann zu, was sein Nokia ihm zu berichten hatte. Mehr als ein paar *»Da, da«* sagte Hulanu nicht, bevor er den Aus-Knopf drückte.

Der Forstamtsleiter sah selbstgefällig in die Runde. Wenn ein Spiegel im Raum wäre, hätte er sich bestimmt so gesetzt, dass er sich pausenlos darin bewundern könnte, dachte Katharina. Hulanu hatte eine hohe Meinung von sich selbst. Er ähnelte einem rumänischen Schlagersänger im Vorruhestand, roch auch am Nachmittag noch nach Rasierwasser und hielt Frauen, die ihn nicht anhimmelten, für frigide.

»Meine Leute haben mir gerade gemeldet, dass mein Verdacht sich bestätigt hat«, tönte der Forstchef und nahm einen Schluck Wasser, um seine Worte wirken zu lassen. »In unserem Forstamtsbezirk treibt sich ein Ausländer herum, der das Bärenfutter ungenießbar macht.« Hulanus Blick bohrte sich in Katharinas Augen. »Kennen Sie diesen Mann, *domnişoară* Orend?«

Katharina wurde rot und wusste nicht warum. Sie hasste diese Röte, die ihr Gesicht in solchen Situationen wie ein Tsunami überschwemmte, seit sie ein kleines Mädchen gewesen war. Aber sie konnte nichts dagegen tun.

Hulanu fummelte ein Foto aus seiner Kollegmappe und reichte es ihr über den Tisch. Ein Kerl mit Kopftuch und

Camouflage-Klamotten war darauf zu sehen, mit einer Flasche in der Hand stand er neben einem Bärentrog. Die Aufnahme war so unscharf, dass sie den Typen selbst dann nicht erkannt hätte, wenn es ihr Bruder gewesen wäre. Es war aber nicht ihr Bruder. Und Männer mit Kopftuch kannte sie aus Prinzip nicht.

Katharina schüttelte ihre blonde Mähne. »Kenn ich nicht.« Sie merkte, wie die Röte aus ihrem Gesicht verschwand.

»Er ist Deutscher wie Sie.«

»Das haben Sie auf dem Foto erkannt?«

Der Förster lächelte. »Nein, *domnişoară* Orend, so was kann nicht mal ein rumänischer Forstamtsleiter. Ihr Landsmann ist vor einer Stunde wieder von einem meiner Leute beobachtet worden. Es war ein zweiter Mann dabei, und sie haben deutsch miteinander gesprochen.«

»Und Ihr Wildhüter kann Deutsch von sagen wir Dänisch unterscheiden?«

Diesmal grinste Hulanu. »Der Wildhüter ist Sachse. Wie Sie, *domnişoară* Orend.«

Katharina hätte sich besser nicht auf diese schwachsinnige Diskussion eingelassen. Sie konnte dabei nur verlieren. »Es gibt achtzig Millionen Deutsche«, sagte sie schließlich, »ich kenne nur einen kleinen Teil davon persönlich. Aber vielleicht erklären Sie uns, worauf Sie eigentlich hinauswollen, *tovarăş* Hulanu.«

Das Wort Genosse traf den Mann in der waldgrünen Uniform wie ein Pfeil. Er war schon zu Ceauşescus Zeiten Forstamtsleiter gewesen, einer der jüngsten im ganzen Land, hatte Ovidiu Katharina kürzlich gesteckt. Man habe damals über Hulanus Beziehungen zum Geheimdienst *securitate* gemunkelt.

Der Förster schnappte nach Luft. Er wollte gerade losbrüllen, als Corodi dazwischenfuhr. »Langsam, langsam, liebe Leute. Sie, *domnişoară* Orend, sollten besser von Zeiten schweigen, in denen sie noch Windeln trugen. Und Sie, *domnule* Hulanu, sollten sich nicht in dunklen Andeutungen ergehen.« Er nahm das Foto vom Tisch und warf einen kurzen Blick darauf. »Was hat unsere reizende, junge Biologin mit diesem Paramilitär zu tun?«

Der Forstamtsleiter hatte sich noch nicht wieder gefangen. Er zuckte mit seinem pechschwarz gefärbten Schnauz wie ein nervöses Kaninchen und sprach viel zu laut. »Sie stecken alle unter einer Decke, diese ganze ausländische Tierschützerbrut. Die eine will uns vorschreiben, wie wir mit unserem Müll umzugehen haben. Der andere vergiftet meine Fütterungen. Und beide haben sie das gleiche romantische Bild im Kopf. Der freie, wilde Bär, der tief im Wald haust und sich von Beeren und Wurzeln ernährt. Das ist westliche Dekadenz, *domnule vice-primar.* Wir bewirtschaften den Bären. Sein Abschuss bringt uns eine Menge Devisen. Für das Geld bin ich meinem Minister verantwortlich. Ich lasse nicht zu, dass diese dahergelaufenen Leute mein Forstamt ruinieren!«

Katharina sah Ovidiu Vandra Hilfe suchend an, doch der Wildbiologe blätterte in seinen Unterlagen und schwieg. Also antwortete sie selbst, so sachlich, wie es ihr nach Hulanus Attacke möglich war. Sie erklärte der Runde, dass sie nichts gegen die Bärenjagd habe. Der Bestand lasse eine kontrollierte Bejagung durchaus zu. Ihr gehe es allein um die Lösung des Problems in Răcădău. Dafür werde sie bezahlt. Von einer deutschen Tierschutzorganisation, da habe der Herr Forstamtsleiter allerdings recht. »Was *domnul* Hulanu verschweigt, ist, dass unser Projekt mit dem Forstministerium in Bukarest verbindlich vereinbart ist. Und es wundert mich schon, wie der örtliche Vertreter dieses Ministeriums sich hier aufführt. Bei meinem nächsten Besuch in Bukarest werde ich das zur Sprache bringen.«

»Tun Sie das!«, fauchte Hulanu. »Tun Sie das nur. Ich habe auch meine Kontakte in der Hauptstadt.«

Katharina versuchte, gegen die Drohung anzulächeln. »Was den Mann auf Ihrem Foto angeht«, sagte sie ruhig. »Ich kenne diesen Kerl nicht und weiß nichts von dem, was er treibt. Mehr habe ich dazu nicht zu sagen.«

Das Schweigen, das dem Wortwechsel folgte, zog sich zäh wie Silikon. Der Mann von der Müllabfuhr suchte seinen behaarten Unterarm nach Parasiten ab. Chefkommissar Samabul zerrte am Knoten seiner Dienstkrawatte, als wolle er sich strangulieren. Ovidiu Vandra vom Wildforschungsinstitut forschte wild in seiner Aktentasche. Der Vizebürgermeister hatte seine Brille abgenommen und putzte die Gläser. Hulanu und Katharina starrten aneinander vorbei.

Nachdem er seine Brille gegen das Licht gehalten, nachpoliert und wieder aufgesetzt hatte, raffte sich Corodi auf, um die Runde zu retten. »Gut«, sagte er, und jeder im Raum fragte sich, was er damit meinte. »Gut, gut. Wir haben nun alle Standpunkte gehört und können uns über die nächsten Schritte verständigen. *Comisar şef* Samabul, auch wenn das Bärenfüttern nicht gesetzlich verboten ist, so stört es doch die öffentliche Sicherheit und Ordnung. Immerhin haben wir schon den zweiten Todesfall innerhalb weniger Wochen in Răcădău. Die Ordnung in unserer Stadt ist bedroht. Wollen Sie nicht eingreifen?«

Katharina Orend hatte in Deutschland fast vergessen, welch großartige Schauspieler ihre Rumänen doch waren. Dass der Politiker Corodi große Gesten und große Worte liebte, lag nahe. Aber selbst der dickliche Chefkommissar war empfänglich für Theatralik im Alltag. Zwanzig seiner Polizisten hatte er im Mai zum Ballettunterricht abkommandiert. Ein Tanzlehrer brachte ihnen dort bei, sich auf den Kreuzungen von Braşov eleganter zu bewegen.

Bei der Ehre packen ließ sich Samabul nicht. »Die *poliţia* hat noch immer ihren Mann gestanden, wenn die öffentliche Ordnung bedroht war, *domnule vice-primar.* Falls die anderen Herren auch bereit sind, ihre Pflicht zu tun, werden wir ab sofort einen Streifenwagen mit zwei Mann Besatzung speziell für die *Strada Jepilor* bereitstellen.«

Corodi erging sich in Lobreden auf die Polizei, ehe er sich den Müllkutscher vorknöpfte. Mit Vasile Iliescu hatte er leichtes Spiel. Als Vizebürgermeister war Corodi der Vorgesetzte des Abfallentsorgers. »Wie viele von diesen amerikanischen Wundercontainern bräuchten wir für die *Jepilor*-Straße, Iliescu?«

Der Müllchef zählte es an seinen Wurstfingern ab. »Zwanzig, *domnule vice-primar.*«

»Bestellen!«, befahl Corodi.

»Und die Abfuhr? Wie soll ich die Dinger leeren?«

»Ich möchte Ihren vielleicht nicht ganz ernst gemeinten Vorschlag von vorhin aufgreifen, Iliescu.« Der Politiker wandte sich Katharina zu. »*Domnişoară* Orend, sehen Sie sich in der Lage, für einen Mülllaster, wie wir ihn brauchen, in Deutschland Sponsoren aufzutreiben?«

Sie war perplex. »Wie teuer ist denn so ein Ding?«

Iliescu grinste. »200.000 Euro.«

»Puh.« Katharina ließ Luft ab. »Gibt's auch gebrauchte?«

»Wenn Sie einen passenden finden.«

Sie hatte keine Ahnung, wo sie so eine Karre auftreiben und das Geld dafür zusammenschnorren sollte. Sie wusste nur, dass sie jetzt nicht Nein sagen durfte.

Ihr war flau, aber sie sagte: »Okay, ich werde so ein Fahrzeug beschaffen.«

Der Vizebürgermeister entlockte Hulanu noch die Zusage, Zusatzfütterungen in den Wäldern um Răcădău anzulegen, wenn es so weit war. Ovidiu Vandra vom Wildforschungsinstitut versprach, die ganze Aktion zu moderieren und wissenschaftlich zu begleiten.

Corodi sülzte noch ein wenig über den guten Geist von Braşov, der Bürger und Behörden auch in schwerer Stunde zusammenstehen lasse, und hob dann die Tafel auf.

10

Seit er keinen Hund mehr hatte, war Schreiber längst nicht mehr so viel auf den Läufen wie früher. Jünger war er überraschenderweise auch nicht geworden. Beides bekam er jetzt zu spüren. Er wusste nicht, wie viele Meilen sie seit dem Morgen heruntergestiefelt waren. Nur dass es langsam genug für ihn waren, meldete sein Körper in kürzeren Abständen. Sein linkes Knie knirschte und der alte Lodensack, auf den er am Morgen noch so stolz gewesen war, malträtierte sein Kreuz. Da musst du jetzt durch, Hannes, redete er sich gut zu. Schreiber hätte sich eher die Zunge abgebissen, als den Teddybären um eine Pause zu bitten.

Stattdessen kramte er in Dylans Repertoire nach einem passenden Song. Der Meister schien kein großer Wanderer zu sein. Erst nach längerem Nachdenken stieß Schreiber auf ein abseitiges Lied aus den Sechzigern, das ihm brauchbar erschien. *»Well, I'm walkin' down the line«*, sang er leise, *»I'm walkin' down the line, an' I'm walkin' down the line, my feet will be a-flyin' to tell about my troubled mind.«* Den

Literaturnobelpreis würde Bobby D. für diesen Text sicher nicht bekommen, aber das Stückchen hatte eine schmissige Melodie, die Schreiber Schritt für Schritt weiterhalf. Er summte sie wie ein Mantra, während um ihn der Sommertag in einem langen, warmen Abend auslief.

So recht hatte sich Hannes keine Gedanken gemacht über das Quartier, in dem er nächtigen würde. Er war von einem Zelt ausgegangen. Diese modernen Dinger passten problemlos in einen Rucksack, wie Teddy ihn trug. Eine Isomatte hatte er jedenfalls seitlich daran festgeschnallt. Schreiber besaß kein solches Teil. Er gedachte, in seinem kuscheligen Schlafsack, den er auch in der Jagdhütte benutzte, zu pennen. Für eine Nacht würde das gehen.

Sie hatten lange nicht mehr miteinander gesprochen, auch wegen des Abstands, den Teddy zwischen sich und den Reporter gelaufen hatte, als der Bärenflüsterer anhielt und wartete. Hannes hörte auf zu summen und schloss auf.

»Da drinnen ist mein Camp.« Teddy wies mit dem Kopf auf eine Fichtendickung. Die Bäume standen an die fünf Meter hoch und so dicht beieinander wie Haare auf dem Hund. Eine grüne Wand, die keines Menschen Hand errichtet hatte. Anders als in den preußischen Forsten, in denen Schreiber zu jagen pflegte, wuchsen die Fichten hier nicht in Reih und Glied. Das lag nicht an mangelndem Ordnungssinn rumänischer Förster. Die Bäumchen hatten sich selbst angesiedelt. Naturverjüngung nannte man so etwas in Deutschland und freute sich über die eingesparten Pflanzkosten. Auf Drückjagden war Hannes manchmal als Treiberschütze in solchen Verhauen unterwegs. An Regentagen war das die Hölle, aber in den Karpaten hatte es seit einigen Tagen nicht mehr geregnet.

Teddy führte ihn etwa fünfzig Meter an der Wand entlang, bis sie auf eine Art Tunnel stießen, der einen Meter breit und brusthoch in die Dickung führte. Schreiber sah sich den Boden an und staunte. Die Fährte war nicht besonders frisch, aber dass hier ein Petz seinen Wechsel hatte und kein besonders großes Wildschwein, verrieten die punktförmigen Vertiefungen, die die Krallen im Waldboden hinterlassen hatten.

Hannes fasste es nicht. »Sie werden doch nicht auf einem Bärenwechsel campen?«

Teddy grinste. »Haben Sie Angst?«

»Vergleichsweise wenig. Aber lebensmüde bin ich nicht.«

»Wir benutzen den Wechsel nur, um ein Stück weit reinzukommen. Nach zwanzig Metern verlassen wir ihn wieder. Die Dickung ist groß.«

Ohne eine Antwort abzuwarten, bückte sich Teddy und verschwand im Verhau. In der Hüfte abgeknickt, die Hände auf den Oberschenkeln abgestützt, das Knie gebeugt, watschelte Schreiber hinterher. Das Grün der Randfichten verlor sich sofort. Im Bestand herrschte das Braun verdorrter Äste und abgefallener Nadeln. Es ging sich wie auf dicken Teppichen. Hätte er sich aufrichten können, wäre es angenehm gewesen, durch den Tunnel zu laufen. Abgesehen von der Möglichkeit, jeden Augenblick in einen Bären zu rennen.

Bei Herrero hatte Hannes gelesen, die sicherste Art, Bärenattacken auszulösen, sei eine überraschende Begegnung im Unterholz. Und der beste Schutz ein Begleiter, der langsamer laufen könne als man selbst. Teddy war zwar deutlich schneller als Schreiber, aber weil er vor ihm herging, bekäme er es als Erster mit dem Bären zu tun. Schreiber fand das gerecht.

Nach zwanzig Metern, die ihm wie fünfzig vorkamen, sah Hannes Teddy links zwischen den Stämmen verschwinden.

Er hastete hinterher. Dies war kein guter Ort, um den Anschluss zu verlieren. Vom Bärenwechsel zweigte ein schmaler Pfad ab. Man sah, dass er mit einer Astschere freigeschnitten worden war, und zwar deutlich höher als der tierische Tunnel. Der Pfad schlängelte sich durch das Fichtenlabyrinth wie ein Furz durchs Taschentuch. Teddy ging wenige Schritte vor ihm, aber Schreiber sah ihn kaum. Obwohl er über Wurzeln stolperte, Äste sein Gesicht polierten und sein verdammter Rucksack immer wieder irgendwo hängen blieb, war Hannes froh über jeden Meter, den er zwischen sich und den Wechsel legte. Am Ende mochten zweihundert zusammengekommen sein.

Von einem Schritt zum nächsten stand Schreiber in einer Höhle, deren Boden, die Wände und sogar die Decke aus Fichten bestanden. Teddy hatte einen vier mal vier Meter großen Raum in die Dickung geschlagen. Hier und da war eine Fichte stehen geblieben. Ihre Spitzen bildeten ein Dach, das das Camp gegen Regen und Sicht aus der Luft schützte. Aus den Stämmen ragten Aststummel, die als Kleiderhaken dienten. Hannes sah eine Goretexjacke in Olivgrün daran hängen. Es gab noch eine Camouflagehose und ein Hemd zum Wechseln am Baum. Seine Funktionsunterwäsche und die Wandersocken bewahrte Teddy in einer Art Regal auf, das er aus den Stämmen der gefällten Bäume gezimmert hatte. Aus demselben Material bestanden auch eine kleine Bank und der Tisch davor.

»Respekt.« Schreiber meinte es ehrlich.

Teddy brummelte Unverständliches und hängte seinen Rucksack an den Haken. »Sie können Ihren da vorn hinhängen.«

Schreiber tat, wie ihm geheißen. Er setzte sich vorsichtig auf das Bänkchen, lockerte die Schnürriemen seiner Wanderschuhe, streckte die Beine aus und seufzte. Dies mochte nicht der rechte Ort sein, um im Bärenland zu campen, aber er war froh, dass er nicht länger laufen musste. Beim Umsehen entdeckte er zwei weitere Wege, die aus der Fichtenhöhle in die Dickung führten.

»Wozu sind die gut?«

»Der eine führt ins Badezimmer, der andere in die Speisekammer. Beide haben einen eigenen Ausgang ins Freie.«

»Nicht schlecht.«

Teddy blies lautstark Luft durch die Nase. »Glauben Sie, ich hätte keine Erfahrung mit so was? Meine Vorräte sind in bärensicheren Containern deponiert. Die hab ich aus den Staaten mitgebracht. Kommen Sie, ich zeig Ihnen auch die Toilette.«

Hannes band seine Schuhe wieder zu und quälte sich in die Senkrechte. Wohnungsbesichtigungen waren unvermeidlich, wenn man bei Deutschen zu Gast war.

Toilette war ein großes Wort für den Donnerbalken, der aus einem Loch in der Erde mit einer Querstange darüber bestand. Neben der Grube stand ein Säckchen Kalk. »Den streuen Sie bitte darüber, wenn Sie fertig sind.«

Schreiber staunte. Es stank kein bisschen. Dann gingen sie zurück ins Schlafzimmer und nahmen von dort den nächsten Pfad. Der Weg war deutlich länger. Wo er fast den Dickungsrand erreichte, schob Teddy mit den Stiefeln eine Schicht Fichtennadeln weg. Darunter kam eine metallene Box zum Vorschein. Er öffnete sie, holte zwei silberne Beutel heraus und richtete dann alles wieder so her, wie sie es vorgefunden hatten.

Im Camp gab es einen kleinen Gaskocher und einen Leichtmetalltopf. Aus dem Sack, der an einer Fichte hing, befüllte Teddy ihn mit Wasser und brachte es zum Kochen. Er schnitt den oberen Rand der Silbersäckchen ab, stellte sie auf den Tisch und goss heißes Wasser darüber.

»Adventure food«, sagte er. *»Cashew and rice.* Schmeckt prima und ist vegetarisch. Sie löffeln es am besten direkt aus dem Beutel.«

Hannes kramte aus seinem Rucksack das Allzweckbesteck, das er bei Tchibo abgegriffen hatte. Es sah aus wie ein Taschenmesser. Er klappte den Löffel heraus und begann zu futtern. Das Zeug schmeckte überraschend gut, und die Portion reichte aus, um einen hungrigen Kerl satt zu machen. Er leckte den Löffel sauber ab, verstaute das Werkzeug in seinem Rucksack und holte Block und Stift heraus.

»Erzählen Sie mir ein bisschen von sich«, sagte er. »Alter, Ausbildung, wo Sie herkommen und so. Und vielleicht verraten Sie mir ja auch Ihren richtigen Namen.«

Der Hausherr sah ihn erstaunt an. »Das möchte ich nicht. Wenn Ihr Artikel erscheint, wissen die Rumänen sonst, wer ich bin, und nehmen mich an der Grenze fest.«

Keine schlechte Ausrede, dachte der Reporter. Nur, wie schreibt man ein Porträt über ein Phantom? Er würde mit Diana Steinkamp reden müssen. Wenn sie eine *Magazin*-Geschichte wollte, musste ihr Teddybär etwas von sich preisgeben. Anders ging es nicht.

Hannes klappte seinen Block wieder zu. »Dann eben nicht«, sagte er und sah sich nach einer Stelle um, auf der er seinen Schlafsack ausbreiten konnte. Es war neun Uhr geworden. Das Licht in der Dickung schwand zusehends. Auf einem flachen Stück Waldboden rollte er die Penntüte aus, legte den Rucksack als Kissen unters Kopfende. Er zog nur die Stiefel aus, bevor er in den Schlafsack kroch, streckte sich wohlig aus und schlief sofort ein.

11

Waren es die Wölfe, die ihn geweckt hatten? Schreiber hörte ihr Heulen zum ersten Mal. Lang gezogen, auf- und abschwellend. »Huuuuhuuhuuuuu.« Es waren mindestens zwei Tiere, das Geheul kam aus unterschiedlichen Richtungen. Der Vorheuler, den Hannes weiter unten im Tal verortete, hob an und nach der ersten Strophe fielen die Stimmen oberhalb der Dickung ein. Wie der Wechselgesang eines Gregorianischen Chors hörte sich das Frage-und-Antwort-Spiel der Wölfe an. Er hätte gern gewusst, was sie sich zu sagen hatten. Vorheuler: ›Wer ist der ältere Herr in den Fichten, den ich noch nie hier gerochen habe?‹ Rudel: ›Den Typen kennen wir auch nicht.‹ Aber das war natürlich vermenschelnder Quatsch.

Hannes fürchtete sich nicht vor den Wölfen. Er hatte vor ein paar Jahren über ihre Rückkehr nach Deutschland berichtet und wusste, was sie sicher nicht taten: Menschen anfallen. Bären taten das. Warum Wölfe dennoch gehasst und Bären geliebt wurden, wäre ein schönes Thema für einen Feuilletonredakteur gewesen. Statt Locken auf der Glatze zu drehen, könnte sich so ein Feingeist doch mal kluge Gedanken über das Image von Rotkäppchen-Fressern und Teddybären machen.

Nach einer Weile brach der Gesang der Wölfe abrupt ab. Stille blieb zurück, allumfassend wie die Schwärze der Karpatennacht unter den Fichten. Schreiber drückte auf den Lichtknopf seiner Armbanduhr. Zwei Uhr morgens. An Schlaf war nicht zu denken. Sein Rücken schmerzte vom Liegen auf dem Waldboden. Die Blase drückte wie nach dem

Leeren einer Kiste Bier. Er kramte die Kopflampe aus seinem Rucksack und machte sich auf dem Weg zur Toilette. Stehend pinkelte er in die Grube, packte nach dem Schütteln wieder ein und wollte sich gerade auf den Rückweg machen, als er das Geräusch hörte. Es schien vom Bärenwechsel zu kommen und klang wie das Brechen eines trockenen Asts. Das Dickicht dämpfte zwar, aber Schreiber war sicher, dass sich dort im Busch etwas bewegte.

Instinktiv schaltete er seine Stirnlampe aus. Er wollte den Bären nicht auch noch mit Licht anlocken. Wenn es denn ein Bär war. Es gab tausend Tiere im Wald, Hirsche, Rehe, Wildschweine, Füchse, Hasen, Eichhörnchen. Warum musst du alte Unke immer gleich das Schlimmste annehmen, schalt sich der Reporter, einen der Lieblingssätze seiner verflossenen Vera zitierend. Mit ausgestreckten Armen suchte er seinen Weg zurück zu Teddys Behausung. Alle paar Schritte blieb er stehen, um zu lauschen. Kurz vor der Kammer knackte es wieder. Näher diesmal, und lauter. Ein nachtwandelndes Eichhörnchen war das nicht. Vielleicht spielten ihm die Nerven einen Streich, aber als Hannes zurück im Camp war, meinte er, eine Stimme zu hören. Kein Bärenbrummen, kein Schrecken eines Rehs, es klang eher wie ein halb verschluckter Fluch. Hannes ging zu Teddy und rüttelte ihn an der Schulter. »Menschen«, zischelte er und deutete mit dem Kopf Richtung Wechsel.

Teddy hatte Mühe, aus den Tiefen seiner Träume aufzutauchen. »Was? Wo?«, stammelte er. Dann brach wieder ein Ast.

»Weg hier!« Schreiber schnappte seinen Rucksack und sauste los. Scheiß was auf den Schlafsack!, dachte er und schlug den Pfad zum Donnerbalken ein. Seine Augen hatten sich inzwischen auf die Dunkelheit eingestellt. Er kam schneller vorwärts. Besonders, als in Teddys Höhle ein Scheinwerfer aufflammte, weiß und grell wie von einem Flutlichtmast auf Schalke. Er achtete nicht auf den Lärm der Leute hinter ihm. Rumänische Flüche verstand er ohnehin nicht. Hannes gab einfach nur Gas. Dass Teddy nicht bei ihm war, fiel ihm erst auf, als er die Dickung verlassen hatte. Wahrscheinlich hat er den Weg zur Vorratskammer genommen. Schreiber blieb einen Augenblick stehen und hielt nach dem Bärenflüsterer Ausschau. Die Stimmen aus dem Fichtendschungel kamen näher. Wie ein vor den Treibern fliehendes Tier lief er instinktiv abwärts, raste durch ein Buchenaltholz, in dem die Bäume weiten Abstand zueinander hielten, setzte über ein morastiges Rinnsal, stolperte über am Boden liegendes Totholz, rappelte sich auf und rannte weiter.

Nach ein paar Hundert Metern blieb Hannes die Luft weg. Seitenstiche plagten ihn wie als Jungen im Sportunterricht. Er hielt an, schnaufte seine Angst aus und hechelte. Dann brach der Schuss. Der dumpfe Knall einer großkalibrigen Büchse rollte durch den Wald. Schreiber warf sich an die Erde. Getroffen war er nicht. Er hob den Kopf und sah sich um. Hier im Hochwald war es nicht gar so finster, erkennen konnte er dennoch nichts. Vorsichtig schlich Hannes weiter. Er wunderte sich, wie lautlos er vorankam, und sah auf seine Füße. Er war auf Socken unterwegs.

»Scheiße!« Er hatte die Stiefel im Camp stehen gelassen, war wohl schon in Strümpfen auf dem nadelgepolsterten Boden zur Toilette marschiert und hatte die Treter bei der Flucht schlicht vergessen. »Granatenscheiße«, zischte Schreiber noch mal und pirschte dann weiter. Was blieb ihm anderes? Sollte er zurückgehen und sich wegen seiner Wanderschuhe erschießen lassen?

Während er versuchte, so leise, schnell und weit wie möglich von der Dickung wegzukommen, schwirrten Fragen durch seinen Kopf wie Nachtfalter um eine einsame Straßenlaterne. Wer waren die Männer, die in ihr Camp eingedrungen waren? Hatten sie Teddy erwischt? Wem galt der Schuss? Dem Bärenflüsterer? Schreiber selbst? Wurde jemand getroffen?

Er versuchte, seine Panik in den Griff zu bekommen. »Ruhig, Brauner«, dehnte er, wie früher sein Sohn, wenn er den Alten von der Palme holen wollte. Das half ein bisschen. »So brav, mein Hund«, lobte sich Hannes wie seinen Weimaraner selig. »So ist fein.«

Schreiber zwang sich, nicht mehr so oft über die Schulter zu schauen, sondern in einem Tempo, das er lange halten konnte, weiterzuwandern. Bis jetzt war er planlos geflüchtet. Nun überlegte er, wohin er sich wenden sollte. Die Karte in seinem Rucksack fiel ihm ein, aber ohne Licht war die nicht zu lesen. Die Stirnlampe verkneifst du dir besser, Hannes, dachte er und marschierte weiter. Grobe Richtung: bergab. Wenn dies die nördlichen Ausläufer der Fogarascher Berge waren, dann lagen die nächsten Dörfer im Tal des Olts, das Schreiber mit dem Taxi im Nebel durchfahren hatte. Von dort konnte er die Steinkamp anrufen und sich abholen lassen. Alles andere würde sich finden.

Hannes hatte Glück. Nach vielleicht zwei Kilometern stieß er auf einen Bach, dem er zu Tal folgen konnte. Irgendwann musste ihn das Wasser zum Olt führen, da war er auch ohne Karte ziemlich sicher. Er durfte sich nur nicht vorher erwischen lassen.

12

Als die Sonne über den Karpaten aufging, strahlend schön, als wäre nichts gewesen, saß Hannes Schreiber am Ufer des Baches und kühlte seine heiß gelaufenen Füße. Die Socken, auf denen er aus dem Wald geflohen war, hingen ausgewaschen im Weidengeäst. Bis hierher hatten sie gehalten, und ihr stolzer Besitzer hoffte, dass sie es noch eine Weile machen würden. Das Dorf, dessen Dächer er mit dem Fernglas entdeckt hatte, war mit bloßem Auge noch nicht zu erkennen.

Schreiber zog die Quanten aus dem Wasser und inspizierte sie gründlich. Unter den Ballen hatten sich Blasen gebildet, so groß wie früher die Fünfmarkstücke. Sie schmerzten bei jedem Schritt. Aber darauf konnte er keine Rücksicht nehmen. Er zog die nasskalten Socken darüber, warf sich den Rucksack auf den Buckel und zog weiter. Er musste herausbekommen, wie das Kaff vor ihm hieß, um Diana Steinkamp dorthin dirigieren zu können. Links vom Bachufer führten Fahrspuren entlang. Hannes ging, durch die Weiden am Ufer gedeckt, auf der rechten Seite weiter. Er wollte von niemandem gesehen oder auf dem Weg abgegriffen werden. Schreiber war sich inzwischen ziemlich sicher, dass es sich bei den Männern, die in Teddys Camp eingedrungen waren, um Förster handelte. Wer sonst kannte sich im nächtlichen Wald so gut aus? Sie mussten an den Fütterungen beobachtet worden sein. Wahrscheinlich war man ihnen zum Lagerplatz gefolgt. Oder die Grünröcke hatten das Camp schon früher entdeckt.

Auf seiner Seite vom Bach lag eine Wiese, die den ersten Schnitt hinter sich hatte. Es ging sich angenehm auf dem

Gras, wenn man nach vielleicht fünfzehn Kilometern ohne Schuhe von angenehm reden konnte. Die Gräben, die alle paar Hundert Meter in den Bach mündeten, durchwatete Hannes. Seine Hosenbeine waren ohnehin bis zu den Knien nass vom Tau. Als er aus einem der Gräben auftauchte, hörte er das Motorengeräusch. Es kam vom Wald her auf ihn zu. Schreiber rutschte in den Graben zurück und lugte über den Rand. Das Fahrzeug fuhr langsamer, als es die Piste erforderte. Im Schritttempo glitt ein klappriger, grüner Geländewagen am Bach entlang. Schreiber sah das gelbe *romsilva*-Schild auf der Beifahrertür und zog den Kopf ein. Sein Herz raste. Er drückte sich in die Böschung wie ein Hase in die Furche. So langsam, wie er gekommen war, entfernte sich der grüne Geländewagen Richtung Dorf.

»Sie suchen dich, Hannes«, flüsterte Schreiber vor sich hin. »Heute bist du das Wild und nicht der Jäger.« Es war eine Erfahrung, auf die er gern verzichtet hätte.

Noch vorsichtiger als vorher pirschte er weiter. Wusste er, ob hinter dem nächsten Busch die Förster beim Frühstück saßen?

Es war aber nur ein Zigeunerpaar, das unter einem Walnussbaum lagerte und Brot und Zwiebeln aß. Woher er wusste, dass es Roma waren? Ihre Kleider waren noch schäbiger als die der anderen Bauern, die Schreiber bisher gesehen hatte, ihre Gesichtsfarbe dunkler und das Haar tiefschwarz. Die beiden hatten Hannes zuerst entdeckt und starrten ihn wortlos an.

»Bună dimineața«, grüßte der Reporter so beiläufig wie möglich.

»Bună«, antwortete der Mann, und sein Blick glitt an Schreiber herunter, bevor er bei den Socken verweilte. Was er sagte, verstand Schreiber nicht.

»Turist german«, radebrechte er. Und ärgerte sich im nächsten Augenblick, dass er sich als Deutscher zu erkennen gegeben hatte.

»Ah, Germania, foarte bun.« Der Zigeuner strahlte ihn ohne Schneidezähne an. Er war vielleicht dreißig Jahre alt, seine Frau mindestens zehn Jahre jünger. Der Mann sagte etwas, das sich wie *»mangiare«* anhörte, und zeigte auf die Decke, die seine Frau unter dem Nussbaum ausgebreitet hatte. *»Pâine, cepe, apă.«* Schreiber blickte sich um. Der Ort war vom Weg nicht einzusehen, und er hatte kein Wasser mehr. Also setzte er sich neben die Decke, nahm einen tiefen Zug aus der Pulle seiner Gastgeber und mümmelte an dem Brot, das die Frau für ihn abgeschnitten hatte.

Hannes hätte die Leute gern gefragt, wie das Dorf hieß. Aber er wusste nicht wie. Dann fiel ihm Dianas Visitenkarte ein. *Sat Măgura,* stand darauf, *sat* hieß doch Dorf. Also zeigte Schreiber in die Richtung der Häuser und sagte *»Sat«*.

»Da, da.«

»Name?«, fragte Hannes.

»Ion.« Der Zigeuner reichte ihm die Hand. Schreiber schüttelte sie. Dann zeigte er wieder zum Dorf. *»Sat* Name?«

»Ah, sat Butschum.«

Schreiber holte die Karte aus seinem Rucksack und suchte ein Dorf, das so hieß. In der Gegend, in der er sich wähnte, fand er ein Bucium, hielt die Karte seinem Kumpel Ion hin und zeigte mit dem Finger auf das Nest. Der Zigeuner besah den Lappen wie ein unbekanntes Wesen und zuckte mit den Schultern. Um die Peinlichkeit zu überspielen, bot Schreiber Zigaretten an. Sogar die Frau, die bisher geschwiegen hatte, sagte *»Mulțumesc«* und nahm eine. Es war seine erste Zigarette seit einem Tag. Sie schmeckte heftig.

Als sie abgebrannt war, verabschiedete sich Hannes mit einem einstudierten *»La revedere«* und zog weiter auf das Dorf zu, von dem er hoffte, dass es tatsächlich Bucium hieß. Unterwegs fiel ihm ein, dass es keine gute Idee war, in aller Herrgottsfrühe auf Socken durch ein abgelegenes Nest zu marschieren, wenn man verborgen bleiben wollte. Schreiber umschlug die Häuser in einem weiten Bogen nach rechts und stieß irgendwann auf eine Teerstraße. Laut Karte musste sie Bucium mit dem Nachbardorf im Osten verbinden. Er holte sein Handy aus der Rucksacktasche und freute sich über die drei Striche, die ihm ein brauchbares Netz versprachen. Schreiber drückte die Nummer, die er unter Diana gespeichert hatte, und ließ es läuten. Viertel vor sechs zeigte die Uhr, keine gute Zeit für Anrufe. Nach einem halben Dutzend Klingeltönen meldete sich eine Frau Hello.

»Schreiber hier, Morgen, Frau Steinkamp. Können Sie mich etwas früher abholen? Und an einem anderen Ort?«

»Was ist denn los?«

»Erzähl ich Ihnen nachher. Haben Sie eine Straßenkarte zur Hand?«

»Mmh«, brummte die Steinkamp, »Moment.« Der Moment dauerte eine Weile an, dann meldete sie sich wieder. »Wo stecken Sie?«

»An der Straße von Şercăiţa nach Bucium, glaube ich.«

»So, glauben Sie?«

»Ich bin mir ziemlich sicher.«

»Gut. Ich komme in einer Stunde da vorbei.«

»Geht's nicht schneller?«

»Warum denn, was ist denn mit Ihnen los?«

»Später. Kommen Sie einfach, so schnell Sie können.«

Etwas abseits der Straße fand Schreiber einen Unterschlupf aus Ästen und Maisstroh. Er kroch hinein. Ein verkohlter Kreis vor dem Eingang kündete von Lagerfeuern, an denen sich Feldhüter gewärmt hatten. Von hier hatte man einen weiten Blick über das fruchtbare Land. Die Straße, auf der die Steinkamp kommen musste, war gut einzusehen. Ein einsames Fuhrwerk zockelte dahin. Die roten Troddeln am Kopf der Pferde wehten im Fahrtwind. Als die beiden Gäule vom Trab in den Schritt fielen, knallten die Kutscher mit der Peitsche. Hinten auf dem Leiterwagen saßen Frauen und Kinder mit Rechen und Hacke in der Hand. Irgendwann bog der Wagen von der Straße ab und verlor sich in den Feldern.

Nach einer Dreiviertelstunde sah Schreiber einen Geländewagen Richtung Bucium bummeln. Die deutschen Nummernschilder an dem Landrover waren durchs Fernglas gut zu erkennen. Schreiber raffte seinen Rucksack und rannte zur Straße, kam noch vor dem Auto dort an, winkte und riss, als der Defender hielt, die Hecktür auf. Er warf seinen Rucksack hinein, sprang hinterher und setzte sich auf den Boden zwischen die beiden Bänke.

»Wenden und weg!«, kommandierte er. Diana Steinkamp würgte vor Schreck den Motor ab. Sie startete ihn wieder, stieß die Schnauze des Landrovers in einen Feldweg, setzte zurück und schlug die Richtung ein, aus der sie gekommen war.

»Würden Sie mir freundlicherweise erklären, was hier eigentlich los ist?« Ihre leicht kreischige Stimme übertönte das Brummen des Dieselmotors problemlos. Schreiber hoppelte auf dem Hintern näher an den Fahrersitz und berichtete ihr von der Nacht, die hinter ihm lag.

»Und wo steckt Teddy?«, fragte sie, als er fertig war.

»Vielleicht haben die Förster ihn geschnappt.«

»Haben Sie nicht versucht, ihn anzurufen?«

»Ich hab seine Nummer nicht«, bekannte Schreiber.

»Männer«, meinte Frau Steinkamp bemerken zu müssen, nahm ihr Handy und wählte. Nach einer Weile warf sie es auf den Beifahrersitz zurück. »Er geht nicht ran.«

Den Rest des Weges schwiegen sie.

13

Es war nicht einfach, Stefan Bartelmus ans Telefon zu bekommen. Schreiber landete ein paarmal in Stefans Sekretariat, wo ihm die Kolleginnen von immer neuen Besprechungen des großen Meisters berichteten.

Bis Hannes der Kragen platzte. »Ich lauf hier nächtelang auf Socken durch die Karpaten!«, schrie er, »Kugeln pfeifen mir um die Ohren und Förster verfolgen mich, und Bartelmus, der mir die ganze Scheiße eingebrockt hat, sitzt in Hamburg und führt das große Wort! Sie gehen da jetzt sofort rein und sagen ihm, wenn er mich in den nächsten fünf Minuten nicht zurückruft, setz ich mich in den erstbesten Flieger nach Deutschland.«

Sieben Minuten später klingelte sein Handy. Auf dem Display leuchtete die bekannte Hamburger Nummer. »Bartelmus«, brüllte Bartelmus.

»Moment, Stefan.« Schreiber verließ die Villa Diana mit dem Telefon am Kopf, um ungeniert reden zu können. Dann erzählte er zum zweiten Mal an diesem Tag, was er mit dem Bärenflüsterer und ohne ihn erlebt hatte. Auch dass der Typ einfach nur Diesel über das Bärenfutter kippte und ihm nicht mal seinen richtigen Namen sagen wollte, geschweige denn etwas aus seinem Leben. »Im Grunde weiß ich nur, dass der Kerl sich Teddy nennt, Stefan. Ja, du hast richtig gehört, Teddy, wie das gleichnamige Plüschtier.«

»Scheiße«, sagte Bartelmus. Hannes widersprach nicht. »Sind die noch hinter dir her, Hannes?«

»Was weiß ich? Dazu müsste man rauskriegen, was mit Teddy passiert ist. Wer geschossen hat, und auf wen.«

Bartelmus schwieg einen Moment. Schreiber genoss dieses seltene Erlebnis. Er sagte auch nichts. »Bist du noch dran?«, brüllte Stefan drei Sekunden später, als wollte er die Distanz zwischen Hamburg und Măgura ganz ohne technische Hilfsmittel akustisch überbrücken. Hannes bejahte.

»Ich will dir nichts vorschreiben. Wenn es dir zu gefährlich ist, komm zurück. Aber eigentlich ist das eine spannende Geschichte. Das wird vielleicht ein Scoop wie damals mit den Wölfen, Hannes.« Dass er die Geschichte brauchte, um sich bei der Kandidatin lieb Kind zu machen, sagte Bartelmus nicht.

Hannes überlegte einen Augenblick. Er dachte an die Blase in Berlin und seine Unfähigkeit, im Politikbetrieb mitzumischen. Wenn er sich beim *Magazin* halten wollte, brauchte er die Bärengeschichte im Grunde genauso nötig wie Bartelmus.

»Okay, Stefan, ich recherchier hier mal weiter. Aber ich nehm mir einen Mietwagen und vielleicht zieh ich auch in ein Hotel. Ich muss unabhängig von der Steinkamp arbeiten können.«

»Kein Thema, Hannes. Meinetwegen mach Spesen, bis der Arzt kommt.«

»Kann ich das schriftlich haben?«, wollte Schreiber wissen. Bartelmus antwortete nicht. Er hatte schon aufgelegt.

Den Morgen hatte Hannes im Bett verbracht. War mühsam eingeschlafen und gegen Mittag schon wieder wach. Die Blasen an seinen Füßen, inzwischen gewölbt wie Planetarien, hatte er mit der Spitze seines Taschenmessers aufgestochen, desinfiziert und verpflastert. Von Teddy hatte die Steinkamp noch nichts gehört, erfuhr Hannes, als er nach dem Telefonat mit Bartelmus in die Villa zurückkam.

Diana lümmelte auf dem Sofa. Trotz der Hitze, die draußen herrschte, hatte sie sich eine Decke über die Beine gelegt. Ihr eher breites Gesicht wirkte spitznasig und fahl. Ohne ihren Alten, der den Betrieb aufgebaut hatte und immer noch leitete, ohne den Merresmisch, der den rumänischen Alltag für sie meisterte, ohne Teddy, ihren Bärenflüsterer, kam die wichtige Diana Steinkamp Hannes einsam und angreifbar vor. Der Reporter setzte sich neben sie aufs Sofa.

»Sorgen?«

Sie nickte.

»Machen Sie was Alltägliches, etwas, das Sie ablenkt. Essen kochen, Pferdestall ausmisten, Strümpfe stopfen oder so.« Schon als er seine Vorschläge ausbreitete, merkte Schreiber, dass keine dieser Tätigkeiten für eine Frau wie Diana Steinkamp alltäglich war und dass die Reparatur von Socken zwar seine Mutter beruhigt hätte, aber sicher nicht zum Verhaltensrepertoire einer Jungunternehmerin für schwierige Stunden gehörte.

»Wo ist eigentlich der Merresmisch?«, fragte er.

»Hat heute frei.«

»Schade. Er hätte mich sonst nach Braşov fahren können.«

»Was wollen Sie in Braşov?«, fragte die Steinkamp und sah ihn von der Seite an.

»Neue Wanderschuhe kaufen, und einen Mietwagen brauche ich auch.«

»Warum?«

»Damit ich Sie nicht morgens um sechs aus den Bett klingeln muss.«

»Ah so.« Diana Steinkamp sah sich unschlüssig im Zimmer um. »Ich bin in Sorge wegen Teddy. Nachher taucht er hier auf und niemand ist da.«

Hannes heuchelte Verständnis. »Vielleicht bringen Sie mich nur eben den Berg runter nach Zărneşti. Da gibt's doch sicher Taxis.«

Eine gute Stunde später kam er nach einmal Umsteigen in Braşov an und mietete einen Fiat Panda. Dies war schließlich eine Bärengeschichte, und günstig war das Auto auch. Er steuerte den Wagen in die Innenstadt, die hier *centru* hieß. Braşov sah nicht anders aus als andere postsozialistische Städte. Ein buntes Gemisch aus Bruchbuden und geschmacklosen Neubauten, dazwischen grellbunte Plakatwände mit westlichen Produkten von *Praktiker* und *Metro.* Nur um den Platz im Zentrum der Stadt hatten sie die alten Häuser renoviert. Direkt neben der orthodoxen Kirche hatte sich *Kentucky Schreit Ficken* eingenistet, die *Banca Ţiriac* lag gleich nebenan.

Bei der *Schwarzen Kirche* sollte es einen »super Outdoorladen« geben, hatte die Steinkamp ihm gesagt. Schreiber entdeckte das evangelische Gotteshaus, obwohl es ihm nicht besonders schwarz vorkam, jedenfalls nicht schwärzer als die Kirchen im Ruhrpott. Das Geschäft für den modernen Wanderer lag nahebei. Es führte die angesagten Outdoor-Outfits aus dem Westen, die Preise unterschieden sich nicht sehr von den deutschen. Die Verkäuferin sprach Englisch. Als Schreiber einigermaßen bequeme Schuhe gefunden hatte, weichere als seine durch Feindeinwirkung verloren gegangenen, fragte sie ihn, was er in Rumänien treibe.

»Trekking«, log Hannes. »Ich liebe die Karpaten.«

Die junge Frau war begeistert, erzählte von ihrer letzten Gratwanderung auf dem Königstein und wie schön der

Bucegi an Alltagen sei, ohne die Seilbahntouristen. Wo er denn schon gewesen sei, wollte sie wissen.

»In den Fogarascher Bergen.« Das stimmte fast.

»Haben Sie schon Bären gesehen?«

Was sollte Schreiber darauf antworten außer: »Noch nicht.«

»Dann müssen Sie unbedingt nach Răcădău.« Die Verkäuferin zog einen Stadtplan unter der Theke hervor und zeigte Schreiber, wohin er fahren solle. Răcădău war ein Vorort von Braşov.

»Bären in der Stadt?«

»Ja, sie kommen jeden Abend aus dem Wald und fressen den Müll. Aber seien Sie vorsichtig. Es hat schon zwei Tote gegeben.«

Hannes bedankte sich artig für den Tipp. Diese Recherche wurde immer verrückter.

14

Katharina hatte den ganzen Tag mit aus dem Internet gefischten Müllwagenherstellern telefoniert. Sie wusste inzwischen, dass es die Speziallaster auch gebraucht zu kaufen gab. Achtzigtausend Euro war das günstigste Angebot. Im Geiste ging sie deutsche Tierschutz- und Umweltverbände durch. Niemand von denen würde ihr so viel Geld für einen Müllwagen geben. Sie musste sich etwas anderes einfallen lassen. Privatfirmen, die mit dem Sponsoring PR machen konnten. *Jack Wolfskin* wäre die ideale Adresse gewesen, wenn sie mit Wölfen gearbeitet hätte statt mit Bären. Katharina dachte über Marken mit Bärenbezug nach und kam auf *Bärenmarke.* Ob ein deutscher Kondensmilchfabrikant sein Wappentier in Rumänien sponserte, würde sich weisen. Dann fiel ihr *Ursus* ein, ihr rumänisches Lieblingsbier, das mit einem Bären auf dem Etikett daherkam. Sie stieß einen kleinen, spitzen Schrei aus ob der guten Idee, googelte die Brauerei und schaute sich einen schwachsinnigen Actionclip für *Ursus* an. Nebenher lief Radio Braşov mit den Lokalnachrichten. Zuerst glaubte Katharina, sie hätte sich verhört, und rief schnell Ovidiu Vandra im Wildforschungsinstitut an. Bei dem lief nur die Mailbox. Also suchte sie die Nummer des Forstamtes heraus und erfuhr von Viola, der Sekretärin, dass sie keinen Hörschaden hatte. Ion Hulanu war in der vergangenen Nacht erschossen worden.

»Aber ich darf nichts sagen. Wir haben die *poliţia* im Haus. Alle werden verhört«, schnäbelte Viola. Sie war wie Katharina ins deutsche Gymnasium von Kronstadt gegangen, allerdings zwei Klassen unter ihr.

»Hat man den Täter denn noch nicht?«

Die Sekretärin senkte die Stimme so sehr, dass Katharina Mühe hatte, sie zu verstehen. »Ist noch auf der Flucht«, riet sie.

»Wer ist auf der Flucht?«

»Es geht gegen den Mann, der die Fütterungen vergiftet hat«, flüsterte Viola.

»Der hat Hulanu erschossen?«

»Ich darf nichts sagen, Katharina. Wirklich nicht. Es ist ein, wie sagt ihr Deutschen noch, ein schwebendes Verfahren.«

»Aber Viola, jetzt, wo ich zurück bin und mit dem Forstministerium zusammenarbeite, sind wir doch fast wieder Kolleginnen wie früher.«

»Trotzdem, Ina, kann ich dir jetzt nichts sagen«, quengelte die Sekretärin.

Nach dem Telefonat tigerte Katharina Orend durch die Wohnung wie ein Zirkustier im Käfig, lief Furchen in den Flokati, trank kalten Tee im Stehen und überlegte, was Hulanus Tod für sie bedeutete. Trauer mochte sich nicht einstellen. Dazu hasste sie den Forstamtsleiter zu sehr. Sie dachte an seinen Auftritt beim *vice-primar* und erschrak. Wenn dieser Futtervergifter tatsächlich Hulanus Mörder war, dann hatte sie ein Problem. Auch wenn sie den Kerl gar nicht kannte. Hulanu hatte sie mit ihm in Verbindung gebracht, und der Polizeichef hatte dabeigesessen und sich am Hals gekratzt.

Katharina stürzte zurück an den Computer und checkte die Internetausgaben der rumänischen Zeitungen. Die meisten meldeten den Mord unter ›ferner liefen‹. Die Texte waren identisch, offenbar zitierten alle die Presseerklärung der Polizei. Bis auf ein Radaublatt aus Bukarest, das zu wissen glaubte, der Forstamtsleiter von Braşov sei im Dienst von einem ausländischen Terroristen hinterrücks erschossen worden. So wörtlich.

Sie hätte sich gern über den Fall ausgetauscht. Der Einzige, dem Katharina vertraute, hieß Ovidiu Vandra und ging noch immer nicht ans Telefon. Hektisch klapperte sie ihre CDs durch, probierte es mit Puccini. Der half heute nicht. In der Wohnung unter ihr tobte der Dritte Weltkrieg. Katharina musste raus. Sie schnappte ihr Telemetriegeraffel aus der Abstellkammer und stürmte die Treppen hinunter.

Es war noch zu früh für die *Jepilor*-Straße, gerade acht vorbei. Sie nahm den Waldweg unter die Füße. Wie eine lang gestreckte Rampe führte er direkt durch die Tageseinstände der Bären. Drei Dutzend Petze lagen in den Jungbuchen links und rechts des Weges und dösten der Dämmerung entgegen. Ein merkwürdiges Gefühl. Katharina empfing von dem Altbären, den sie vor zwei Wochen besendert hatte, ein lautes, konstantes Signal. Scarface pennt noch, dachte sie und wechselte die Frequenz.

An Ursel hatte sie die letzten Tage nicht mehr gedacht. Der Tod des Mädchens hatte den ersten Unfall überschattet. Wahrscheinlich war es Ursel, die dem Jungen mit der Milchflasche die Pranke an den Kopf geknallt hatte. Katharina war zwar nicht dabei gewesen, aber die Beschreibungen der Bärin und ihrer Jungen hörten sich sehr nach Ursel an: eher helles Fell und ein langer, schmaler Kopf wie von einem Eisbären.

Sie wanderte den stetig steigenden Pfad entlang und drehte die Antenne in alle Richtungen. Es kam kein Signal. Es war das erste Mal, dass sich einer der besenderten Bären aus Răcădău entfernte. Sie waren regelrechte Mülljunkies geworden, die es keinen Tag ohne eine Dröhnung Abfall aushielten. Wahrscheinlich hat Ovidiu recht und es bleibt uns nicht erspart, die Abhängigsten zu töten. Die Tierfreundin Katharina erschrak bei dem Gedanken, den die Biologin Orend gedacht hatte.

Vor dem Himbeerfeld an einer lichten Stelle des Waldes kehrte sie um. Die Früchte waren reif und süß, und der Pfad, der hindurchführte, schmal und kaum einzusehen. Sie wollte nicht in einen schmausenden Bären rennen. Quer durch das lichte Altholz ging sie zur *Strada Jepilor* hinunter, die Wechsel der Bären bewusst meidend.

Unten am Müll war noch nichts los. Keine Petze, keine Gaffer, keine Polizei. Sie fragte sich, wann *comisar şef* Samabul sein Versprechen einlösen und eine Streife schicken würde. Bei der Schule stand ein Kleinwagen mit Bukarester Kennzeichen. Der Mann, der mit halbem Hintern auf dem Kotflügel saß und rauchte, sah nicht nach Rumäne aus. Er war ziemlich lang, Katharina schätzte über eins neunzig, schlacksig und fast kahl auf dem Kopf. Er hatte eine Kladde in der Hand, sah zu den Containern hinüber und machte sich Notizen. Der Typ mochte fünfzig und irgendwas sein, etwa so alt wie ihr Vater. Aber ihm fehlte das Daddyhafte ihres Alten. Er trug eine grüne Cargohose, die Ärmel seines karierten Hemdes hatte er bis über die Ellenbogen aufgekrempelt. Katharina überlegte, was der Mann hier wollte und ob sie ihn ansprechen sollte, als der Lange seine Kippe austrat und auf sie zukam.

»*Bună seară*«, grüßte er mit heftigem deutschem Akzent. »*Sunt Hannes Schreiber.* Do you speak English?«

Sie musste lächeln. »Reden Sie ruhig deutsch mit mir. Ich bin Katharina Orend aus K…« Sie wollte Kronstadt sagen, so nannten Siebenbürger Sachsen Braşov, wusste aber nicht, ob er das verstünde. »… aus Braşov«, beendete sie den Satz.

Der Mann steckte seinen Notizblock ein und reichte ihr die Hand. Als sie sie schüttelte, machte er einen Diener. Old school, dachte Katharina amüsiert und fragte ihn, was er hier treibe.

»Ich bin Reporter beim *Magazin* und interessiere mich für die rumänischen Bären.«

»Beruflich?«

Der Lange zögerte einen Moment mit der Antwort. »Ja«, sagte er dann. »Sie auch, oder?« Er zeigte mit dem Finger auf ihre Brust, vor der noch immer das Lederetui mit dem Telemetrieempfänger hing.

»Ich arbeite für eine deutsche Tierschutzorganisation. *Vier Tatzen.* Kennen Sie wahrscheinlich.«

Der Mann, dessen Namen sie schon wieder vergessen hatte, zeigte keine Reaktion. Katharina kam das vor, als ob er nicht viel von ihrem Arbeitgeber hielte, jedoch klug genug sei, es nicht zu zeigen. »Interessant«, sagte er. »Sind Sie Wildbiologin?«

»Sind Sie Jäger?«, fragte Katharina zurück.

Der Lange zog die Augenbrauen hoch. »Wie kommen Sie darauf?«

»Weil nur Jäger von Wildbiologen sprechen. Alle anderen nennen uns einfach Biologen.«

»Eins zu null für Sie«, sagte der Typ, holte seine Marlboros aus der Hose und bot ihr eine an. Katharina hatte das Rauchen aufgegeben, seit sie nicht mehr in Kneipen kellnerte. An Tagen wie diesem fiel ihr das Durchhalten schwer. Sie dachte an die zwanzig Kippen, die sie zum Schluss pro Tag gesüchtelt hatte, und lehnte dankend ab.

Der Reporter steckte die Packung ungeöffnet wieder ein. »Wie viele Bären haben Sie denn am Sender?«, fragte er.

»Wird das jetzt ein Interview?«

»Ich würde es eher Gespräch nennen.«

Katharina hatte keine Erfahrungen mit der Presse und wollte nicht blindlings in eine Geschichte geraten, über die sie keine Kontrolle hatte. »Vielleicht erzählen Sie mir erstmal, was Sie vorhaben.«

Der Journalist zögerte wieder einen Augenblick, ehe er antwortete.

Der überlegt genau, was er sagt, dachte Katharina.

»Die Nachricht von den Müllbären in Braşov und den Todesfällen ist auch in Deutschland über den Ticker gelaufen. Und weil ich bei uns der Spezialist für wilde Tiere bin, hat mein Chefredakteur mich in Marsch gesetzt.« Der Journalist holte sich jetzt doch eine Zigarette raus und steckte sie an.

»Und was für ein Artikel soll das werden? *Rumänische Straßenkinder von Müllbären zerfleischt?*«

»Ich komme vom *Magazin*, Frau Orend, nicht von der BILD-Zeitung.«

»Okay«, sagte Katharina, »und was ist Ihre Position zu den Bären hier?«

Der Mann schüttelte den Kopf. »Ich bin heute Abend zum ersten Mal hier. Da habe ich keine Positionen, sondern Fragen.«

Katharina traute dem Kerl nicht wirklich. Er gab schlaue Antworten, ohne sich festzulegen. Andererseits konnte sie Berichterstattung für ihr Projekt gut brauchen. ›Public awareness‹ nannten sie das bei *Vier Tatzen* und waren ganz heiß darauf. Sie verlangte seinen Presseausweis.

»Da steht ja gar nicht, für wen Sie arbeiten.«

Der Journalist reichte ihr wortlos eine Visitenkarte. Das rote Logo des *Magazins*, das in Deutschland jeder kannte, prangte darauf. Hannes Schreiber, Reporter, stand darunter.

»Okay«, sagte Katharina, »darf ich die behalten?«

Schreiber nickte lächelnd. Und begann zu fragen. Wie viele Bären sie am Sender habe, wie viele zum Müll kämen und seit wann. Ob die Petze hier bejagt würden, und wenn ja, wie viele sie erlegten. Warum sie keine bärensicheren Müllcontainer aufstellten und ob der Bärenbestand nach Ceauşescus Hinrichtung gesunken sei.

Zögernd ließ sich Katharina auf die Fragen des Reporters ein. Der alte Knabe hatte eine Art zuzuhören, die es ihr schwer machte, vorsichtig zu sein. Zwischendurch sagte er ein paar Sätze über sich und die Wolfsreportage, die er geschrieben hatte. Seine selbstironische Art zu erzählen gefiel ihr. Für einen Jäger war Schreiber ganz okay. Am liebsten hätte sie ihm auch von dem Mord an Hulanu erzählt, aber das verkniff sie sich.

Es ging auf zehn zu, als die ersten Schaulustigen auftauchten, ein paar von den Kids aus Răcădău und der ein oder andere Erwachsene. Insgesamt deutlich weniger als an dem Abend, als das Mädchen gestorben war. Offensichtlich saß den Leuten der Schreck in den Knochen. Für Katharina war die Szene an der *Jepilor*-Straße alltäglich. Sie erzählte weiter von ihren Schwierigkeiten mit den Behörden und war unangenehm berührt, als der Reporter sie nicht mehr anschaute, sondern über ihre Schulter starrte. Sie drehte sich um und erkannte den Grund. Der erste Bär war am Müll aufgetaucht.

»Das ist Frühaufsteher«, sagte sie, »der kommt immer als Erster.«

Später erschienen noch ein paar andere Petze. Auch sie waren vergleichsweise lustlos bei der Sache. Hüpften von der Mauer in Iliescus Müllwägelchen und bald wieder heraus. An diesem Abend fütterten die Kids nicht. Nur ein paar geschniegelte Touristen, die mit dem Taxi gekommen waren, hielten einem Bärenjungen einen Keks hin. Der Kleine schnappte ihn sich und rannte zurück zu seiner Mama.

»Nicht viel los heute«, sagte Katharina. Der Reporter sah sie ungläubig an. »Ich habe jetzt in einer halben Stunde fünf Bären gesehen und Menschen, die keine zehn Meter davon entfernt stehen. Ein junger Braunbär frisst den Touris aus der Hand und seine Mutter schaut zu. Hier ist wirklich so gut wie nix los.«

Katharina lachte. »Für mich ist das Alltag.«

Sie gingen noch einmal die *Strada Jepilor* rauf und runter. Auf den Balkonen der Plattenbauten saßen die Leute, hörten Balkanpop, tranken *Ursus* und schauten den Bären beim Abendmahl zu. Es war eine ganz gewöhnliche, schaurigschöne Răcădăuer Sommernacht.

»Trinken wir noch ein Bier?«, fragte sie den Reporter. Sie hatte einen Horror davor, in ihre leere Bude zu gehen und sich den Kopf über Hulanus Tod zu zermartern. Schreiber riss sich von den Müllbären los und trabte an ihrer Seite ins Viertel.

In der Straßenkneipe an der Hauptstraße saßen sie auf den in der Welt des schlechten Geschmacks weit verbreiteten weißen Plastiksesseln. Reklamesonnenschirme verdeckten die Sterne. Ein Omnibus bummelte der Endstelle am Talschluss entgegen. Es dauerte, bis die Kellnerin kam.

Bevor Katharina etwas sagen konnte, bestellte Schreiber *doi bere,* und vergaß nicht einmal, *vă rog* zu sagen.

»Sie sprechen ja perfekt Rumänisch«, frotzelte sie.

»Wenn ich ins Ausland gehe, helfe ich mir vorher ein paar Basics auf«, sagte Schreiber, »guten Tag, auf Wiedersehen, so Zeug.«

»Und ›Zwei Bier, bitte‹ gehört auch zu Ihren Basics?«

»Ich stamme aus dem Ruhrpott«, sagte der Reporter, als erkläre das alles.

Das *Ursus* kam in Flaschen. Sie stießen damit an und Schreiber fragte Katharina, wo sie studiert hätte. Ihre Biologieprofessorin kannte er beruflich. »Sie hat mich mal mit einer Hundegeschichte reingelegt. Es ging um Straßenhunde aus Südeuropa. *Hunde in Not Teneriffa* oder Ibiza. Mir gegenüber hat sie gegen das Importgeschäft mit den verlausten Kötern polemisiert. Als ich sie so im *Magazin* zitiert habe, hat sie den Damen dieses Gewerbes gemailt, ich hätte ihr das Wort im Munde umgedreht. Zum Glück hatte ich bei unserm Gespräch das Band laufen lassen.«

Katharina verdankte der Frau zwar ihren Job, und das sagte sie Schreiber auch, persönlich war die Professorin mit der Königspudelfrisur tatsächlich eine schwierige Nummer. Eitel bis zum Abwinken und eifersüchtig auf die Konkurrenz. »Biologen sind ungefähr so territorial wie Braunbären am Riss«, ätzte sie.

»Sie sollten sich mal eine Redaktionskonferenz beim *Magazin* anschauen. Da gibt es auch allerlei Analogien zum Tierreich zu bestaunen.«

So kamen sie ins Quatschen und Katharina vergaß für eine Weile den toten Hulanu. Sie fühlte sich so wohl, dass es nicht nur an dem kühlen Bier in der warmen Nacht liegen konnte. »Merkwürdig«, sagte sie, »in Deutschland hat mir das Rumänische gefehlt und in Rumänien das Deutsche.«

Der Reporter schwieg. Sie nahm noch einen Schluck *Ursus*. »Morgen früh geh ich meine Fallen kontrollieren«, hörte sie sich sagen, »wenn Sie Lust haben, können Sie mitkommen.«

»Gerne«, sagte Schreiber.

»Wir treffen uns um acht bei der Schule.«

»Acht ist früh.«

»Ich dachte, Sie sind Jäger.«

Schreiber nickte. Er ließ es sich nicht nehmen, die Rechnung zu zahlen. Mit den Lei kam er nicht klar und gab viel zu viel Trinkgeld.

»Wo übernachten Sie eigentlich?«, fragte Katharina im Gehen.

Wieder zögerte der Reporter ein wenig. »In einem Hotel im Zentrum. Warum fragen Sie?«

»Nur so«, sagte Katharina, winkte ihm und ging. Sie ärgerte sich ein bisschen über ihre Frage. Hörte sich nach Anmache an. Dabei wollte sie es einfach nur wissen.

15

Hannes hatte Mühe, nach Hause zu finden. In Zărneşti erwischte er die falsche Straße und kurvte eine Weile durch das nächtliche Kaff. Am Ende landete er doch noch auf der Schotterpiste, die durch die Schlucht nach Măgura führte. Sein Panda hatte einen CD-Spieler, er aber keine CD dabei. Also sang er sich eins. *My Back Pages.* Er wusste nicht, wie er darauf verfallen war. Erst beim Refrain fiel es ihm auf. *»Ah, but I was so much older then, I'm younger than that nohohow«*, tremolierte er in die Karpaten und schalt sich anschließend einen alten Deppen. Dylan hatte den Song als Dreiundzwanzigjähriger geschrieben. Schreiber war siebenundfünfzig.

Oben in Măgura musste er sich wieder auf den Weg konzentrieren. Im Dunkeln sah alles anders aus. Nur ein Haus am halben Hang war noch erleuchtet. Auf gut Glück hielt Hannes darauf zu und stand nach drei Minuten vor der Villa Diana. Drinnen ging das Licht aus. Er hörte die Haustür knarren.

»Alles in Ordnung«, rief eine Frauenstimme, die der Steinkamp zu gehören schien. Schreiber schnappte sich die Tüte mit seinen neuen Tretern vom Rücksitz und ging auf die Stimme zu.

»Sie haben aber lange gebraucht«, sagte die Steinkamp, »kommen Sie noch einen Moment rein.« Im Haus sprang das Licht wieder an. Es war kurz nach eins. Auf dem Sofa im Wohnzimmer lag Teddy. Vor ihm auf dem Tisch standen ein abgefressener Teller und eine leere Wasserflasche. Teddy hatte die Schuhe ausgezogen, das Kopftuch hing in Fetzen.

»Hi, Teddy«, grüßte Hannes, »lange nicht gesehen«, und plumpste in einen der beiden Ohrensessel, die den Couchtisch umstanden. Es war dreiundzwanzig Stunden her, dass sie sich im Wald verloren hatten.

Teddy knurrte: »Hi.«

Diana Steinkamp besetzte den anderen Sessel. Schwarze Schatten unter den Augen, fahrige Finger, die an den Blusenknöpfen nestelten. »Haben Sie schon gehört, was passiert ist?«, wollte sie von Schreiber wissen.

»Ich dachte, das würde ich jetzt von Teddy erfahren.«

»Der Forstamtsleiter ist erschossen worden.«

»Der Schuss im Wald«, sagte Hannes und sah Teddy an.

»Was gucken Sie mich an?«, keifte der Bärenflüsterer, »bin ich der Jäger oder Sie?«

Dem Reporter klappte die Kinnlade runter. Es brauchte einen Moment, ehe er sie wieder in die Ausgangslage hievte. Ruhig, Hannes, sagte er sich, bleib ganz ruhig. Und dann, deutlich gedämpft: »Ich habe vermutet, dass auf Sie geschossen wurde, Teddy. Dass Sie selbst geschossen hätten, hat niemand behauptet.«

»Doch«, fuhr die Steinkamp dazwischen, »im Radio melden es die Nachrichten. Jede Stunde einmal.«

»Scheiße.« Schreiber fingerte seine Zigaretten aus der Hose. »Was dagegen, wenn ich eine rauche?«

Niemand antwortete. Er steckte die Schachtel wieder weg und ging zum Paffen vor die Tür. Zweihundertmal mehr Sterne als in Berlin strahlten um die Wette. Der Mond steckte noch hinter dem Königstein. Die Stille konnte man anfassen. Hannes schnippte die halb gerauchte Kippe weg, füllte die Lungen mit Bergluft und ging zurück ins Haus.

»Wir müssen uns stellen«, sagte er. »Ich gehe davon aus, dass Sie nicht geschossen haben, Teddy. Ich war es auch nicht. Was kann uns passieren? Eine Geldbuße wegen der Fütterungsnummer, mehr nicht.«

Die Steinkamp sah ihn mitleidig an. »Sie kennen Rumänien nicht, Herr Schreiber. Die wollen zwar in die EU, aber so etwas wie einen Rechtsstaat kennt man hier nur vom Hörensagen. Die wären froh, wenn sie schnell einen Täter vorzeigen könnten. Ob der es tatsächlich gewesen ist, wird sich später rausstellen. Oder auch nicht. Hauptsache, sie haben jemanden hinter Schloss und Riegel.«

»Trotzdem haben sie Rumänien doch gerade in die NATO aufgenommen. Und in die EU sollen die auch.«

»Ich glaube nicht, dass dies der richtige Moment für politische Debatten ist.« Wo sie recht hatte, hatte sie recht.

Teddy schwang die Beine vom Sofa. Der Geruch von Fußschweiß wehte über den Tisch. »Wir stehen tief in der Schuld der Tiere«, begann er seine Predigt. »Millionen Tiere werden von Jägern abgeknallt aus Lust am Töten. Milliarden werden gemästet und geschlachtet für die Gaumenlust des Menschen. Hunderttausende werden gequält und getötet für den Profit der Pharmaindustrie. Wie könnte ich da aufhören, für die Rechte der Tiere einzutreten? Ich mache weiter.«

»Sie haben das Geschäft Ihrer Sponsorin vergessen, Teddy.« Schreiber konnte es sich nicht verkneifen. »Millionen Rindern wird das Fell über die Ohren gezogen, um Schuhe daraus zu machen.«

»Es reicht, meine Herren!« Die Steinkamp war laut geworden. Sie fuhr sich mit gespreizten Fingern durchs Haar, stand auf, sah sich im Raum um, als suchte sie etwas, fand aber nichts und setzte sich wieder hin. »Wie stellst du dir das Weitermachen vor, Teddy?«

»Ich wechsel das Forstamt. Zieh weiter nach Westen in Richtung Sibiu. Oder nach Osten in die Vrancea-Berge.

Jedenfalls weg aus dem Kreis Braşov. Hier kennen sie mich. Anderswo nicht. Und den Bären geht es überall gleich schlecht.«

Hannes dachte an die schlemmenden Petze von Răcădău. »Ich habe heute erfahren, dass der Bestand keinesfalls so bedroht ist, wie Sie sagen, Teddy.«

»Von wem?«

»Von einer Biologin.«

Der Bärenflüsterer brüllte: »Die lügen doch alle hier. Stecken mit der Jagdmafia unter einer Decke. Für die Tiere tun sie nichts.«

Diana Steinkamp stand wieder auf. »Am besten wir machen für heute Schluss«, sagte sie. »Ich denke, wir brauchen alle Schlaf. Morgen früh reden wir weiter.«

Schreiber war das recht. Er verließ die Villa, rauchte vor der Tür noch eine letzte Zigarette und legte sich dann hin. Innerhalb von Sekunden fiel er in einen tiefen, traumlosen Schlaf.

Beim Frühstück fehlte Teddy. Die Steinkamp war auch schon auf den Beinen. Dafür, dass ihr Schützling heimlich verschwunden war, wirkte die Frau ein bisschen zu gelassen. Zwischen Kaffee und Marmeladenbrot versuchte Schreiber, ihr auf den Zahn zu fühlen. Sie legte den Zeigefinger auf die Lippen. Hinter ihr tauchte der Merresmisch in der Tür auf, die unvermeidliche Schüssel mit Palukes in der Hand.

»Noch was frei?«, fragte er und setzte sich, ohne die Antwort abzuwarten, zu ihnen an den Tisch. Schweigend löffelte er seine Maispampe. Diana Steinkamp aß zwei Bissen Brot mit Käse, stand dann auf und ging aus dem Zimmer. Hannes, der nie ohne Frühstück das Haus verließ, schüttete sich noch eine Tasse Kaffee ein, belegte sein Weißbrot mit Hartwurstscheiben und verspeiste es in aller Ruhe. Draußen wurde der Defender gestartet. Durchs Fenster sah man, wie die Steinkamp den Hof verließ.

»Na, isser weg?« Der Merresmisch baggerte Palukes und sah nicht auf.

Schreiber brummte einen Ton, mittig zwischen Zustimmung und Unverständnis gelegen. Dianas Gebaren ließ vermuten, dass der Merresmisch von Teddy nichts wusste, oder wenigstens wissen sollte.

»Für dumm verkaufen kann die mich nicht«, sagte Steinkamps Faktotum.

»Will sie das denn?«

Merres schnaubte mit vollem Mund. »Meint, ich wüsste nicht, was dieser komische Kerl hier treibt. Aber Diesel kaufen schickt sie mich. ›Merres, ich brauche wieder zwei Kanister‹«, äffte er seine Chefin nach. Es klang ziemlich echt. »In die Plastikflaschen abfüllen darf ich das stinkende Zeug auch. Was sie damit macht, sagt sie mir nicht. Aber der Merresmisch ist auch nicht blöd. Diese Städter glauben immer, sie sind allein im Wald. Da sieht sie keiner, meinen die.« Er nahm noch einen letzten Löffel Palukes. »Der Wald hat tausend Augen. Zwei davon gehören dem Merresmisch.«

Schreiber holte seine Fluppen raus und hielt Merres die Schachtel hin. Der Misch machte zuerst das Fenster auf und steckte sich dann eine an. Rauch kräuselte nach draußen.

»Was halten Sie denn von der Geschichte, Herr Merres?«

»Nichts.«

»Nichts ist wenig.«

»Bären werden am Luder geschossen. Das war schon immer so. Wenn es der lieben Diana wirklich um die Bären geht, dann muss sie doch froh sein, wenn gefüttert wird. Je mehr Futter, desto mehr Bären. So einfach ist das. Stattdessen lässt sie von diesem Banditen die Pellets verstänkern.«

»Und worum geht es der guten Diana wirklich?«

Der Merresmisch drückte seine Zigarette in der leeren Palukes-Schüssel aus. »Dazu sag ich nichts. Fragen Sie den alten Steinkamp. Sie sind doch Journalist. Vielleicht erzählt er Ihnen was.«

»Vielleicht auch nicht.«

»Berufsrisiko.« Der Alte stand auf und räumte den Frühstückstisch ab. Schreiber ging ihm zur Hand. In der Küche hakte er noch einmal nach. Merres schwieg standhaft.

16

Sie trug eine knielange Hose. Ihren Waden sah man das Wandern im Wald an. Katharina Orend stapfte vor ihm auf dem Pfad bergan. Sie war kräftig gebaut, nicht dick, nicht dünn. Schreiber gab sich Mühe, nicht ständig auf ihren Hintern zu schauen.

Seit einer Stunde stiegen sie durch den Buchenwald über Răcădău. Es war kurz nach zehn, Hannes schwitzte schon wieder. An zwei leeren Bärenfallen waren sie vorbeigekommen. Angegammelte Fleischköder hingen unberührt von der Gitterdecke. Die Sicherungssplinte der Falltüren saßen noch fest. Es roch appetitanregend – für Bären.

Die dritte Falle stand im Unterholz rechts des Pfades, von dem man nicht wusste, wer ihn öfter benutzte, Homo sapiens oder Ursus arctos. Hannes war sich bewusst, dass das Zusammentreffen mit einem Bären hier oben mehr als eine Möglichkeit war. In Katharinas Schlepptau war ihm trotzdem weniger bang um die Buchse als bei dem Gewaltmarsch mit Teddy. Allein wäre die Biologin sicher schneller unterwegs gewesen. Hannes merkte es an den Stellen, die sie leichtfüßig nahm, während er schwergängig stapfte. Sobald sie merkte, dass er zurückfiel, hielt Katharina kurz inne und ließ ihn aufschließen. Ihre Nähe gab ihm ein Gefühl der Sicherheit, sie machte ihre Arbeit, und wie Schreiber die Biologin einschätzte, machte sie die gut.

Unterwegs dachte er darüber nach, ob er ihr von Teddy, der Steinkamp, den vergällten Fütterungen und der Flucht vor den Förstern erzählen sollte. Er fand es noch zu früh. Das Risiko, es sich mit ihr zu verscherzen, wollte er nicht eingehen. Schreiber überlegte stattdessen, wohin Teddy entschwunden sein könnte und warum Diana Steinkamp morgens weggefahren war, ohne mit ihm zu sprechen. Die weiß genau, dass ich nicht so dumm bin, allein zur Polizei zu gehen, dachte Hannes. Wahrscheinlich hatten die beiden das abgekaspert: Teddy verschwindet und Schreiber muss den Mund halten.

Katharina streckte die geöffnete Hand hinter sich aus. Bleib, hieß das, nicht nur in der Zeichensprache für Hunde. Sie umschlug eine Stechpalme, tauchte sofort wieder auf und winkte ihn heran. Schreiber hob die Füße bei jedem Tritt, um Rascheln zu vermeiden. Hinter dem stacheligen Immergrün sah er die Falle.

In dem Eisenkäfig kauerte ein brauner Pelzball, kleiner als ein Bernhardiner. Er drückte sich in den hintersten Winkel der Eisenstäbe und maunzte kläglich. Dass das Bärenjunge erst in diesem Winter geboren worden war, erkannte selbst Schreiber. Warum Katharina eine Spraydose aus der Gürteltasche riss und entsicherte, erfuhr er zwei Sekunden später. Schnaufend wie eine Dampflok donnerte die Bärenmutter den Hang herab. Sie galoppierte in Riesensätzen auf Schreiber zu, und der tat das Falscheste, was er in diesem Moment tun konnte: Er rannte weg. Natürlich hatte er bei Herrero gelesen, dass das bestenfalls sinnlos war, wenn nicht kontraproduktiv. Aber er konnte nicht anders. Nicht er rannte, es rannte ihn.

Weit kam er nicht. Nach drei, vier Schritten stolperte Hannes über ein Stück Totholz und fiel. Er drehte den Kopf und sah, wie Katharina scheinbar ganz ruhig blieb. Sie ließ die Bärin bis auf fünf Meter herankommen. Dann schoss eine orange Wolke aus ihrer Spraydose. Sie traf die Bärin wie ein Hammer, stoppte sie auf der Stelle, warf sie auf sich selbst zurück. Das Tier brüllte wie angeschossen.

Schritt für Schritt kam Katharina rückwärts auf ihn zu. Die Spraydose in der Hand zog sie sich zurück. Als sie bei Schreiber angekommen war, tauchte die Bärin torkelnd aus dem Nebel wieder auf. Sie fuhr mit der Tatze durchs Gesicht, schüttelte sich wie ein nasser Hund und machte Anstalten, noch einmal anzugreifen. Sie war wenige Meter entfernt, als Katharina ein zweites Mal sprühte. Wieder schoss die Gaswolke auf die Bärin zu, wieder brüllte das Tier. Katharina nahm Schreiber bei der Hand, zog ihn hoch und führte ihn weg. Langsam zuerst, dann schneller werdend. Nach fünfzig Metern rannte auch sie. Seite an Seite liefen der Reporter und die Biologin durch das Altholz. So lange, bis beide japsend stehen blieben und sich umsahen. Von der Bärin war nichts zu sehen.

»Weiter«, sagte Katharina und marschierte schnell bergab. Hannes hechelte hinterher. Dies war kein Job für alte Männer. Er versuchte, gleichmäßig zu atmen. Schweigend stiegen sie hinunter nach Răcădău. Nach einer halben Stunde standen sie bei den Autos auf der *Jepilor*-Straße.

Hannes holte die Wasserflasche aus dem Rucksack und bot Katharina einen Schluck an. Ihr schmales Gesicht war rot von der Aufregung oder dem Rennen oder beidem. Die Sommersprossen rund um ihre Nase glühten. Sie wischte sich eine blonde Strähne aus dem Gesicht, lächelte schief und trank.

»Danke«, sagte sie und gab die Flasche zurück.

»Der Einzige, der hier Danke sagen muss, bin ich. Sie haben was bei mir gut, Katharina.«

Sie schüttelte den Kopf. »Ich habe Sie in diese Situation gebracht. Da muss ich Sie auch wieder rausholen.«

Schreiber trank, bis ihm das Wasser am Kinn hinunterlief. »Ich wollte nicht wegrennen«, sagte er kopfschüttelnd.

»Vielleicht war es nur ein Scheinangriff. Dann ist weglaufen falsch, weil es den Hetztrieb auslöst. Aber ich glaub nicht, dass die Bärin geblufft hat. Die meinte es todernst. Ihr Junges saß in der Falle und sie lungerte in der Nähe rum, um es zu beschützen.«

»Und was machen wir jetzt?«

»Gute Frage. Wir können das Kleine nicht in der Falle sitzen lassen. Ich glaube nicht, dass die Alte es durch die Gitterstäbe säugt. Wenn wir es nicht rausholen, verhungert es.«

»Soll das heißen, Sie wollen da noch mal hin?«

Katharina sah den Reporter von unten herauf an. »Was machen Sie, wenn Sie einen Keiler angeschossen haben, Hannes?«

»Nachsuche. Ich geh hinterm Hund die Fährte aus und versuche, ihm den Fangschuss zu setzen. Wenn es schwierig wird, hol ich Hilfe von einem professionellen Schweißhundführer.«

»Genau das werde ich jetzt auch tun.« Sie kramte ihr Handy aus dem Rucksack, wählte eine Nummer und redete ziemlich schnell ziemlich rumänisch. Es ging eine Weile hin und her. Einmal wurde Katharina richtig laut. Aber am Ende schien man sich zu einigen.

»Wer war das?«, fragte Schreiber.

»Meine Freunde vom Forstamt.« Katharina blies sich,

mehr um Dampf abzulassen, drei Haare aus der Stirn. »Sie schicken jemanden mit einer Schrotflinte. Nur mit meinem Spraydöschen geh ich da nicht noch mal hin.«

»Was ist eigentlich drin in Ihrer Wunderwaffe?«

»Capsaicin. Eine Art Chiliextrakt. Es reizt die Schleimhäute. Zum Glück vergeht die Wirkung schnell wieder. Keine bleibenden Schäden. Unsere Freundin da oben sollte jetzt schon wieder fit sein.«

»Gut zu wissen«, sagte Schreiber. »Ich mein, wenn wir gleich wieder hingehen.«

Katharina sah ihn voll an. Erst jetzt fiel ihm auf, dass ihre Augen nicht blau waren, sondern bernsteinfarben.

»Seien Sie mir nicht böse, Hannes. Ich möchte nicht, dass Sie noch mal mitkommen. Es hat weniger mit Ihrer Flucht zu tun. Das kann jedem passieren. Ich will Sie nicht noch mal in Gefahr bringen. Kann sein, dass die Bärin jetzt nicht mehr so gut auf das Capsa reagiert wie vorhin. Und der Förster möchte sicher auch keinen Journalisten dabeihaben, wenn es zum Äußersten kommt.«

Schreiber kam sich blöd vor, von einer jungen Frau so abgewimmelt zu werden. Insgeheim war er jedoch froh darüber. Das hatte nicht nur mit der Angst vor der Bärin zu tun. Er wollte auch niemandem vom Forstamt begegnen. Der Teufel ist ein Eichhörnchen, sagten sie zu Hause im Ruhrpott. Am Ende war es ausgerechnet ein Typ, der Teddy und ihn bei den Fütterungen beobachtet hatte.

»Eine Bärenattacke am Tag reicht für einen älteren Herren«, sagte Hannes. »Ich setz mich in die Straßenkneipe von gestern Abend und warte auf Sie.« Er warf seinen Rucksack auf die Schultern und tippte den Zeigefinger an den Mützenschirm.

Katharina lächelte süßsauer. »Nehmen Sie ein gutes Buch mit. Es kann dauern.«

17

Die Kellnerin brachte ihm sein *Ursus.* Er wollte die Flasche an den Mund führen, musste sie aber wieder absetzen, so sehr zitterte seine Hand. Er hielt die linke daneben, sie vibrierte genauso stark. Schließlich fasste er die Pulle mit beiden Händen wie ein älterer Säugling sein Fläschchen. Schreiber nahm einen ordentlichen Hieb, verschluckte sich wegen der merkwürdigen Trinktechnik und hustete. Die Bauarbeiter am Nachbartisch warfen ihm die Blicke zu, die sie für westliche Weicheier bereithielten.

Hannes versuchte, nicht mehr an die Bärin zu denken. Das Gefühl, hilflos auf dem Rücken zu liegen wie ein Marienkäfer und darauf zu warten, dass das Biest angriff, war der mit Abstand übelste Teil der Veranstaltung gewesen. Es gab vermutlich nur eine Steigerung: wenn die Bärin es tatsächlich tat.

Er streckte die Beine unterm Tisch aus, drückte den Rücken durch und ächzte. Langsam löste sich der Knoten in seinem Bauch. Von der Schule drang Kinderlärm herüber. Frauen stiegen aus dem Bus, der aus dem *centru* kam. Hier ein flotter Fummel um die Hüften, da ein Paar stöckelige Treter am Fuß. Mit klimpernden Ohrringen ging eine schwarzhaarige Schönheit an ihm vorbei. Die Bauarbeiter pfiffen ihr hinterher.

Katharina Orend war anders als die Rumäninnen, nicht so verspielt, sondern auf eine ernste Art schön. Fand er. Diese Frau imponierte ihm. Während er sich beim Bier von der Bärenattacke erholte, kehrte Katharina zu der Falle zurück, wissend, dass die Bärin auf sie wartete.

Schreiber fragte sich, wie gut der Förster mit der Flinte sei. Einen frontal angreifenden Bären mit Brennekes zu stoppen, fingerkuppendicken Bleibatzen, war ein Kunststück, das Hannes sich nicht zutraute. Die Fläche für tödliche Treffer glich einem sichelförmigen Latz unter dem Kopf des Bären, und sie kam rasend schnell auf den Schützen zu.

Er sah auf die Uhr. Kurz vor zwölf. So langsam sollten Katharina und der Förster bei der Falle angekommen sein. Nicht zu wissen, wie es ihr da oben erging, war fast so schlimm, wie dabei zu sein.

Beim Eingang der Straßenkneipe hatten sie einen Grill angeworfen, nicht viel mehr als ein Blechfass, in dem Holzkohlebrocken glommen. Auf dem Rost brutzelten Hackfleischfinger. Es roch nach Knoblauch und Lamm. Als die Bedienung ein zweites Bier brachte, wippte Schreiber mit Daumen und Zeigefinger zwischen sich und dem Grillfass hin und her. Drei Minuten später landete ein Pappteller mit vier Hackröllchen auf seinem Tisch. Ein Zahnstocher ersetzte das Besteck. Schreiber spießte ein Röllchen auf und biss ein Stück ab. Das Fleisch war mit Piment gewürzt und schmeckte gut. Er fragte sich, wie lange es noch dauern würde, bis in Răcădău eine McDoof-Filiale eröffnete und der Grill wegen Verstoßes gegen die Hygienerichtlinien der EU geschlossen würde.

Um nicht schwermütig zu werden, holte der Reporter den Notizblock heraus und begann, seinen Tag mit Teddy in Stichworten festzuhalten. So gut es ging, rekonstruierte er ihren langen Marsch zum Fichtencamp, den nächtlichen Überfall und seine Flucht aus dem Bergwald. Das Treffen mit Teddy am Abend danach fiel ihm wieder ein. Er notierte, wie ausgeflippt der Bärenflüsterer auf ihn reagiert hatte.

Je länger Schreiber darüber nachdachte, desto merkwürdiger erschien ihm die Zusammenarbeit zwischen dem Tierschützer und der Unternehmerin. Er konnte sich keinen Reim auf Diana Steinkamps Motive machen. Politische PR? Imagewerbung fürs Unternehmen? Alles schön und gut. Aber das Treiben ihres Schützlings würde ihr hier eine Menge Ärger einbringen, spätestens, wenn Schreiber im *Magazin* darüber berichtete. Und die Firma Steinkamp ließ einen großen Teil ihrer Schuhe in Rumänien produzieren. Irgendwie passte das nicht zusammen.

»Fragen Sie den alten Steinkamp«, hatte der Merremisch gesagt. Das sollte er tun.

Der Reporter holte sein Handy aus der Hosentasche und wählte das Reisebüro an, das die Dienstreisen für *Magazin*-Redakteure organisierte. Er bat, ihm für den nächsten Tag einen Flug von Bukarest nach Berlin zu buchen. Bartelmus' Sekretariat drohte er seinen Besuch für die nächsten Tage an. So einfach, wie Stefan sich das vorstellte, war die Geschichte von Diana Steinkamp und ihrem Bärenflüsterer nicht.

Er war längst von Hackfleisch und *Ursus* auf Mineralwasser und Kürbiskerne umgestiegen, als Katharina wieder auftauchte. Hannes sprang vom Tisch auf. Der Versuchung, sie in die Arme zu nehmen, widerstand er mannhaft. Die Biologin warf sich in einen der Plastiksessel und strahlte.

»Jetzt ein Radler«, sagte sie und gab eine Bestellung auf. Die Bedienung brachte eine Flasche *Ursus*, eine klare *Frutti-Fresh*-Limo und sogar ein Glas. Die Frau blieb am Tisch stehen, um mitzubekommen, was diese Sächsin mit ihren Getränken veranstaltete. Katharina kippte Limo ins Glas, schüttete Bier darauf und trank. Kopfschüttelnd ging die Kellnerin zur Getränkeausgabe zurück.

»Wie ist es gelaufen?«

»Super.« Sie leckte den Schaum von ihrer Oberlippe. »Wir haben den Kleinen besendert.«

»Und was hat seine Mama dazu gesagt?«

»Es war merkwürdig. Wir kommen zur Falle. Ioan die Flinte schussbereit, ich die Spraydose in der Hand. Die Bärin ist nicht zu sehen und zu hören. Wir warten eine Weile. Nichts passiert. Dann gehen wir zu dem Kleinen in den Käfig. Ioan macht vorsichtshalber die Tür hinter uns zu. Noch immer kein Zeichen von der Alten. Das Junge sitzt in der hintersten Ecke der Falle. Ich hole meine Teleskopspritze raus und betäube es. Der Kleine schläft ein, wir vermessen ihn. Ich klipse ihm den Sender ans Ohr. Ioan hilft mir, ihn aus der Falle zu tragen. Wir legen ihn ab und gehen auf Distanz. Erst als ihr Junges langsam wach wird, schleicht die Alte von irgendwo heran. Sie stupst es mit der Schnauze und führt den kleinen Torkelmann weg. Ioan und mich behandelt sie wie Luft.«

»Vielleicht wollte sie einfach nicht noch mal Pfefferspray in die Fresse kriegen.«

Katharina schüttelte den Kopf. »Eigentlich sollte sie ihr Baby mit Zähnen und Klauen verteidigen. Die weiß doch nicht, dass wir es besendern wollen und nicht killen.«

»Es sind wilde Tiere. Die machen, was sie wollen«, sagte Schreiber. »Zwei Rehe reagieren auf ein und dieselbe Störung völlig unterschiedlich. Eins flieht sofort, das andere äst ruhig weiter. Tiere sind Individuen wie Sie und ich. Ich renn weg, wenn der Bär kommt, Sie bleiben stehen. Wie wir uns verhalten, hat viel mit Erfahrungen zu tun.«

»Haben Sie immer noch daran zu knabbern? Als Mann, meine ich.« Mitleid um die Mundwinkel, Schalk im Blick, sah die Biologin den Reporter an.

»Haben Sie mal Hemingway gelesen?«, fragte Hannes zurück. Das brachte Zeit.

Katharina verdrehte die Augen. »Was ich von dem kenne, riecht nach Brusttoupet.«

»Versuchen Sie es mal mit *Das kurze glückliche Leben des Francis Macomber.* Die erste der neunundvierzig Storys. Es geht um eine Löwenjagd. Macomber schießt in der Savanne einen Leo krank. Bei der Nachsuche im hohen Gras nimmt er Reißaus, als der Löwe angreift. Seine Frau hasst ihn dafür und geht mit dem Jagdführer fremd.«

»Harte Sitten«, spöttelte Katharina, »Blut und Hoden.«

Schreiber ließ sich nicht irritieren. Dafür liebte er Hemingways Erzählungen zu sehr. »Es kommt noch besser. Am nächsten Morgen findet Macomber seinen Mut wieder. Er hält einem attackierenden Büffel stand und schießt so lange, bis dessen Nasenspitze fast seinen Gewehrlauf berührt.«

»Dann ist ja noch Hoffnung.«

Diese Frau war vielleicht einen Tick zu vorlaut, dachte Hannes. Weil er das in Katharinas Alter auch gewesen war, hängte er es nicht allzu hoch. »Macombers Frau schießt vom Wagen aus auch in Richtung Büffel und trifft ihren Mann in den Kopf.«

Katharina sah Schreiber lange an. Ihre Bernsteinaugen blinzelten nicht einmal. »Was will der Dichter uns damit sagen?«

»Vielleicht, dass der Krieg noch nicht verloren ist, wenn man in der ersten Schlacht flieht«, sagte Hannes und nahm einen Schluck Mineralwasser, denn sein Mund war trocken geworden. »Und dass auch ein kurzes Leben glücklich enden kann.«

Katharina sagte nichts. Sie mischte sich noch ein Radler und trank das Glas in großen Zügen leer. »Haben Sie heute noch was vor?«, fragte sie dann. Schreiber verneinte.

»Ich hab meiner Disi versprochen, zum Abendessen vorbeizukommen. Wollen Sie mich nicht begleiten?«

»Gern. Auch wenn ich nicht weiß, wer Ihre Disi ist. Keine zweite Bärin, oder?«

Sie lachte gluckernd. »Keine Angst, es ist meine Großmutter. Die hat zwar Haare auf den Zähnen, aber mich liebt sie heiß. Besonders seit ich zurück in Rumänien bin.«

»Sie haben mir noch gar nichts von sich erzählt.«

»Wir kennen uns auch noch nicht lange.«

»Richtig.« Schreibers letzte Tage waren mit Ereignissen derartig vollgestopft, dass sie ihm wie Wochen vorkamen.

»Meine Wohnung ist gleich hier um die Ecke. Ich möchte mich kurz duschen, bevor wir fahren. Warten Sie hier? Oder wollen Sie sich auch ein wenig frisch machen? Meine Disi mag wohlriechende Männer.«

Katharina wohnte in einem Plattenbau mitten in Răcădău. Es gab keinen Aufzug, der sie in die vierte Etage befördert hätte. Katharina nahm die Stufen des ärmlich, aber sauber wirkenden Treppenhauses im Sturm. Oben angekommen suchte sie ausgiebig nach ihrem Schlüssel, ein geschlechtsspezifisches Verhalten von Homo-sapiens-Weibchen. Fand Schreiber.

Die Behausung der Biologin erinnerte an die Wohnung einer untergetauchten Terroristin. Im Wohn-Schlafraum lag eine Matratze auf der Erde. Es gab einen mit Styroporkügelchen gefüllten Kunstledersack als Sesselersatz, daneben balancierte ein Stapel Bücher. Eine aufgebockte Spanplatte diente als Schreibtisch, darauf ein Stillleben aus Kulis, Kaffeetassen, Kalendern und Klarsichtfolien. Die Wand schmückte das Foto eines schnauzbärtigen Fußballtorwarts in grünem Trikot. Sein Sporthöschen, das knapp unter den Pobacken endete, verriet Schreiber, dass die Aufnahme sicher zwanzig Jahre alt sein musste.

»Interessieren Sie sich für Fußball?«, fragte Katharina, die seinen Blicken gefolgt war.

»Ich stamme aus dem Ruhrpott.«

»Schalke oder Dortmund?«

»Schalke.«

»Hätte ich mir denken können. Sie haben so was Leidendes an sich. Dabei sind Sie doch alt genug, um die letzte deutsche Meisterschaft noch erlebt zu haben.«

Schreiber überhörte den Spott. »1958, drei zu null im Endspiel gegen den HSV.«

»Wenn Sie sich so gut auskennen, wissen Sie vielleicht auch, wer der Keeper auf dem Bild ist.«

Der alt gewordene Schalkefan kramte in seinen Erinnerungen an Tausende Kicks, die er live oder im Fernsehen verfolgt hatte. Achtzigerjahre, rumänischer Torwart, kombinierte er und kam von da auf das Europacupfinale zwischen Barcelona und Bukarest. Beim Elfmeterschießen hatte der Bukarester Keeper alle vier Strafstöße gehalten. Der deutsche TV-Kommentator hätte den Mann am liebsten heim ins Reich geholt, weil der Elfmeterkiller der deutschen Minderheit in Rumänien angehörte. Am meisten Mühe machte es Schreiber, sich an den Namen des Torwarts zu erinnern. Weil er Katharina imponieren wollte, quälte er sein löcheriges Gedächtnis, bis es den Namen ausspuckte. »Duckadam, Helmuth Duckadam.«

»Eins zu eins«, sagte Katharina. Hannes verstand Bahnhof und guckte wohl auch so.

»Als ich Sie auf der *Jepilor*-Straße als Jäger erkannt habe, sagten Sie ›Eins zu null für Sie‹. Das mit Duckadam war das Ausgleichstor.«

»Woran Sie sich alles erinnern.«

»Ich merke mir grundsätzlich, wenn ich gelobt werde. Es passiert so selten.«

Dann ließ sie ihn allein und verschwand für eine Weile im

Bad. Schreiber fläzte sich in den Kunstledersack und schnüffelte durch den Bücherstapel. Es waren Taschenbücher in rumänischer Sprache, deren Autoren ihm nichts sagten. Er überlegte, ob er bei seinen winterlichen Leseorgien je das Werk eines Rumänen verschlungen hatte. Ihm fiel keines ein.

Als Katharina wieder ins Zimmer kam, trug sie eine weite, naturfarbene Leinenhose, darüber eine blaue Bluse, die perfekt zu ihren Haaren passte. »So wird Ihre Oma Sie noch heißer lieben.«

Hannes wunderte sich über die Röte, die in Katharinas Gesicht schoss. Sie verschwand schnell in der Küche. »Das Bad ist frei«, rief sie ihm über die Schulter zu.

Zum Glück hatte er auf Reisen immer ein Hemd zum Wechseln im Rucksack. Das holte er heraus, zog sich im Badezimmer auf engstem Raum aus, ließ lauwarmes Wasser aus der prostatakranken Dusche über sich rinnen und trocknete sich dann mit dem Handtuch, das Katharina ihm hingelegt hatte, ab. Vor dem Spiegel fand er, er sehe so auch nicht besser aus als vorher. Aber er roch besser.

In Katharinas Dacia fuhren sie quer durch Braşov und dann durch das postkommunistische Gewerbegebiet aus der Stadt hinaus. Vor Zărneşti bogen sie nach rechts in die weite, fruchtbare Ebene. Die Hitze des späten Nachmittags flirrte über den Feldern. Fuhrwerke, haushoch mit Heu beladen, verschwammen darin wie Trugbilder aus einer anderen Zeit. Auf der Straße gab es mehr Schlaglöcher als Teer.

»Hier kannst du dich mit Tempo zehn vortasten oder mit hundert darüber fliegen«, überbrüllte Katharina den Motor. Sie hatte sich für die zweite Möglichkeit entschieden. Erst vor dem zweisprachigen Ortsschild ging sie in die Eisen. *Comună Vulkan*, las Schreiber, *Gemeinde Wolkendorf.*

Von der Hauptstraße bog Katharina in eine Hintergasse

ab. Einstöckige Bauernhäuser säumten die sandige Fahrbahn, die Giebel der Straße zu, Toreinfahrten für das Fuhrwerk daneben. Pastelltöne beherrschten das Bild, Himmelblau, Hellgelb, Zartgrün. An den Sockeln der Häuser wucherte Schorf, von der Nässe, die aus dem Boden ins Mauerwerk zog. Katharina parkte den Dacia unter einer Eiche. Im Graben stritten drei Gänse um das Wasser, das die Sommersonne übrig gelassen hatte.

Vor einem lindgrünen Haus saß eine alte Frau auf der Bank und strickte. Ihre Katzen spielten mit dem Wollknäuel. Die Alte schimpfte mit ihnen in einer Sprache, die Schreiber noch nie gehört hatte. Aber sie meinte es nicht ernst. Als die Miezen von dem Knäuel abließen, stupste die Frau es mit dem Fuß an, und das Spiel ging weiter.

»Das ist meine Disi.« Katharina ging auf die Frau zu und umarmte sie lange und fest. Ihre Großmutter war einen Kopf kleiner als sie und verschwand fast in den Armen der Enkelin. Die beiden redeten ein paar Sätze in dieser merkwürdigen Sprache, ehe Katharina ins Deutsche verfiel. »Das ist Hannes Schreiber, Disi. Ein Journalist aus Berlin, der etwas über die Bären schreiben will.«

Die alte Frau wischte sich die Hände an der Kittelschürze ab. »Ich bin die Sara Orend.« Sie rollte das r genauso heftig wie der Merresmisch. Hannes gab ihr die Hand und machte seinen Diener. Sara Orend trug trotz der Hitze ein dunkles Kopftuch, aus dem vorn ein Büschel grauer Locken hervorstand. Hellwache, dunkle Augen dominierten ihr pausbäckiges Gesicht. Sie musterte Schreiber von der Glatze bis zu den Wanderschuhen.

»Was ist bloß in die Leute gefahren?«, fragte sie, ohne eine Antwort zu erwarten. »Plötzlich reden alle vom Bären. Sogar aus Berlin kommt einer deswegen zu uns ins Burzenland. Wissen Sie, Herr Schreiber, Bären hat's hier schon immer gegeben. Manches Mal sind sie bis ins Dorf gekommen. Dann erzählte man sich morgens: ›Hast du schon gehört, beim Markel hat der Bär ein Schwein geholt.‹ Und dem Hirten haben sie öfter ein Schaf geschlagen. So ist das halt hier in den Karpaten.« Sara Orend schüttelte den Kopf. »Na, dann kommt mal rein. Ich hab Käspalukes für dich gekocht, Treni.«

»Toll, Disi!«

»Sie mögen doch unsern Palukes, Herr Schreiber? Ich hab heuer ein ganz feines Maismehl. Da schmeckt der Palukes grad zweimal so gut.«

Hannes drückte sich um eine Antwort und ging hinter den Frauen und den Katzen zur Hoftür hinein. Auf dem Feldsteinpflaster vor dem Haus pickten ein paar Hühner. Ein pechschwarzer Hund randalierte an der Kette. »Wirst du wohl still sein, du garstiger Köhler«, fuhr ihn sein Frauchen an. Der Hund verschwand in seiner Hütte.

»Ich hab dir beim letzten Mal gar nicht meine Schweinchen gezeigt, Treni. Schau nur, wie die seit dem Frühjahr gewachsen sind.« Die Alte öffnete eine Stalltür. Die zwei Schweine im Koben hüpften mit den Vorderklauen gegen den Verschlag. »Sie heißen Stefanie und Stefan. Ich füttere sie den Sommer über mit Brennnesseln. Das macht ihnen gut.« Gedankenverloren streichelte sie Stefan den Kopf. »Seit mein lieber Gerdi tot ist, hab ich kein Großvieh mehr. Mein Mann hatte die besten Büffel im Dorf. Den Büffelrahm, den vermiss ich wirklich. Ein Löffel Büffelrahm macht jedes Essen besser.«

Sie scheuchte die Katzen aus dem Stall und ging zu einem Anbau, der an den Gartengiebel des Haupthauses anschloss. »Das ist meine Sommerküche. Hier koch ich mit

Gas. Das Elektrische ist so teuer geworden nach der Revolution. Setzen Sie sich draußen schon ein wenig an den Tisch, Herr Schreiber. Das Essen ist gleich so weit. Treni, holst du noch einen Teller für unseren Gast aus dem Haus? Und bring den Palinka mit, dass wir ihm einen Schnaps anbieten können.«

Hannes setzte sich auf einen Plastikstuhl mit Chrombeinen. Den Tisch zierte ein Wachstuch mit vergilbtem Blumenmuster. Ein Sauerkirschbaum spendete Schatten. Dahinter begann das Kartoffelbeet, in dem ein einzelgängerisches Huhn scharrte. Vor fünfzig Jahren hatte es hinter Schreibers Elternhaus ähnlich ausgesehen. Jetzt herrschten dort Rollrasen und Koniferen.

Katharina kam mit dem Teller. Besteck, Schnapsflasche und Gläser in der Hand lächelte sie Schreiber an. »Schön hier, oder?«

»Sehr.«

Ihre Großmutter setzte die Palukes-Schüssel auf den Tisch. »Gieß uns einen Palinka ein, Treni. Das macht uns gut vor dem Essen.«

Hannes war sich da nicht so sicher, und als der klare Schnaps nach dem Anstoßen seine Speiseröhre ätzte, holte er asthmatisch Luft.

»Den brennt mir der Nachbar von meinen Pfläumchen«, sagte Katharinas Disi stolz. Zum Essen gab es selbst gekelterten Wein, der wie Rosé aussah, aber nicht so schmeckte. Schreiber ließ sich nichts anmerken und trank tapfer. Mit Schafskäse schmeckte der Palukes deutlich besser als in Milch. Und vom eigenen Teller aß es sich auch besser als mit dem Merresmisch aus einer Schüssel. Zwischendurch fragte die Oma etwas in der Sprache, die Hannes nicht verstand. Katharina gab eine barsche Antwort.

»Ist das Sächsisch, was Sie da reden?«

Sara Orend strahlte. »Das ist unser Sächsisch. Wir haben es vor achthundert Jahren von der Mosel mitgebracht. Jetzt, wo die Grenze auf ist, kommen uns manchmal liebe Leute aus Luxemburg besuchen. Die bringen den Zigeunern Sachen zum Anziehen. Die Älteren sprechen noch ihr Luxemburger Platt. Mit denen kann ich mich unterhalten fast wie mit einem Sachsen.«

»Ich versteh leider kein Wort davon.«

Katharinas Oma erzählte ein bisschen Dorfklatsch, während sie aßen. Dass der alte Dootz mit hundertzwei Jahren gestorben sei und sie jetzt nur noch dreiundzwanzig Sachsen im Dorf seien. »Und hast du schon gehört, dass sie den Forstamtsleiter von Kronstadt erschossen haben, Treni?«

Katharina sagte Ja. Schreiber schwieg.

»Ich konnte den nicht leiden. Aber einen solchen Tod wünscht man niemandem. Nebenan aus Zernescht stammt der Hulanu. Die Eltern waren einfache Leute. Schuster, denk ich. Der Sohn ist unter dem Kommunismus groß geworden. Der konnte sich schmiegen bei der Obrigkeit. Sogar der Ceauşescu hat beim Hulanu Bären gejagt, oben im Geisterwald.«

»Weiß man schon, wer es war?«, fragte Hannes so beiläufig wie möglich.

»Sie suchen einen Ausländer, hat das Radio durchgegeben. Unsere Rumänen sind immer froh, wenn es keiner von ihnen war.«

Sara Orend füllte ihnen Palukes nach. »Iss nur recht ordentlich, Treni. So dünn, wie du bist, nimmt dich keiner.«

»Aber Disi.«

»Ist doch wahr. Unsere sächsischen Männer mögen es gern mollig.«

Schreiber musste lachen und Katharina wurde wieder rot. »Woher weißt du denn, dass ich einen Sachsen will?«

»Als ich ein junges Mädchen war, wurde danach nicht gefragt. Die Väter haben das verabredet und man musste sich dreinfügen. Ein Sachse musste es sein, das war schon mal klar. Und zwar einer aus unserm Dorf. Den Acker kann man nicht mitnehmen, wenn man nach auswärts heiratet.«

Katharinas Röte war wieder verschwunden. Sie nippte an ihrem Wein. »Es ist eine andere Zeit heute, Disi. Wir leben nicht mehr vom Land. Da kann man heiraten, wen man will. Wenn man überhaupt heiraten will.«

»Dass hat deine Tante Ursel auch gesagt und diesen elenden Meschendörfer genommen. Jetzt ist sie geschieden und sitzt mit nichts in Hermannstadt.«

»In Wolkendorf gibt es auch schlechte Kerle, Disi.«

»Sicher gibt es die. Aber das weiß man dann vorher.«

Hannes konnte es nicht lassen. Er hatte solchen Spaß an der alten Frau Orend, dass er sie fragte, ob sie denn schon einen Mann für ihre Enkelin im Auge habe. Zur Strafe trat ihn Katharina unter dem Tisch.

»Sicher«, sagte die Disi, »den Guttner Miaten. Das ist der beste Wirt im Dorf. Zwanzig Kühe hat er und acht Hektar Land. Wenn der sich mal wäscht und was Ordentliches anlegt, dann sieht er richtig fesch aus. Schau dir den Miaten mal an, Treni, am Sonntag in der Kirche.«

»Der Martin Guttner ist fast zehn Jahre jünger als ich, Disi.«

Sara Orend lächelte versonnen. »Schau, Treni, mein zweiter Mann, der Gerdi, war auch acht Jahre jünger als ich. Einen jungen Mann kann man sich besser erziehen. Der Herr Schreiber hier zum Beispiel, das ist ein gelebter Mann. Den änderst du nicht mehr.«

»Vielleicht gibt es ja jemanden, der mich so nimmt, wie ich bin, Frau Orend. Ich hab innere Werte.«

»So?«

»Ja, Würmer.« Der Schnack seines Vaters funktionierte bei Sara Orend bestens. Sie lachte Tränen über den derben Scherz. Dann stand sie auf und räumte den Tisch ab. Katharina half ihr dabei. Sie trugen das Zeug ins Haus und Schreiber hörte die beiden Frauen in der Küche laut und lustig miteinander kabbeln.

Die Abendbrise aus den Bergen hatte die Hitze des Tages vertrieben. Es war still geworden in Wolkendorf. Bis auf die Dorfköter, die den Tag im Schatten verschlafen hatten, war niemand mehr auf der Gasse. Von fern hörte Schreiber ein paar Kuhglocken.

Katharina kam an den Tisch zurück. »Fahren wir?«

»Ungern.«

Sie lächelte. »Vielleicht ergibt sich ja noch mal eine Gelegenheit. Meine Disi scheint Sie jedenfalls zu mögen. So als gelebten Mann, mein ich.«

Sie verabschiedeten sich von der Oma und stiegen ins Auto. Katharina fuhr los. Weit kam sie nicht. Nach hundert Metern kam ihnen eine Herde entgegen. Braunbunte Kühe schaukelten gemächlich über die Straße. An der Tränke beim Graben blieben ein paar von ihnen stehen und löschten ihren Durst. Mit Wasserfäden an den Mäulern zogen sie weiter. Es gab auch Büffel in der Herde, schwarzgraue, gedrungene Tiere mit nach hinten gebogenen Hörnern. So nah schoben sie sich am Dacia vorbei, dass Hannes ihr Fell berühren konnte. Es war glatt und warm.

»Sind die zwanzig Rindviecher vom Guttner Miaten auch dabei?«, fragte er scheinheilig.

Katharina ließ sich nicht necken. »Sicher«, sagte sie ernst.

»Sie gehen gerade nach Hause.« Sie zeigte auf einen blassgelben Hof, durch dessen Tür sich eine Prozession von Kühen schob.

Am Ende der Herde ging der Hirte. Er schrie einer trödelnden Kuh hinterher, und als sie dennoch nicht schneller machte, nahm er seine Peitsche aus dem Gürtel und ließ sie durch die Luft sausen. Der Knall klang fast so laut wie ein Flintenschuss. Die Kuh bockte und galoppierte mit eingezogenem Schwanz weiter. Katharina gab Gas und drei Minuten später lag Wolkendorf hinter ihnen.

Schweigend fuhren sie durch den Abend auf Braşov zu. An der Stadtgrenze fragte Hannes sie nach dem ermordeten Förster. Katharina erzählte zögernd. »Da gibt es wohl einen Typen, der die Bärenfütterungen des Forstamtes ungenießbar macht. Hulanu hatte ein Foto von ihm. Ein Mann im Tarnanzug mit Kopftuch. In der Nacht, als sie ihn stellen wollten, ist der Forstchef erschossen worden.«

»Was halten Sie vom Vergällen des Futters?«

»Schwachsinn ist das. Kompletter Schwachsinn. Die Bären sind seit Jahrzehnten an das Füttern gewöhnt. Wenn sie da nichts mehr zu fressen finden, werden sie sich an den Schafen schadlos halten. Oder sie tauchen bei mir in Răcădău am Müll auf.«

Katharina achtete kaum auf den Verkehr, während sie auf Schreiber einredete. Sie blieb vor einer Ampel stehen, die längst auf Grün umgesprungen war. Hinter ihr hupten sie wild. »Jetzt wollen wir in Răcădău endlich bärensichere Mülltonnen anschaffen. Stellen Sie sich vor, was passiert, wenn die Bären dort nichts mehr finden und das Futter im Wald ist auch ungenießbar. Das wird die Hölle.«

Hannes nickte. »Mir gefällt das Bärenschießen an der Fütterung nicht besonders, Katharina. Mit Jagd im engeren Sinne hat das für mich nichts zu tun.«

»So?« Das klang spitz. »Schießen Sie keine Wildschweine an der Kirrung, Hannes?«

»Doch. Aber Kirren ist nicht Füttern. Eine Dose Mais, um ein paar Schweine anzulocken, ist was anderes als ein ganzer Trog voll Bärenfutter.«

»Erstens«, sagte Katharina und blies sich eine Strähne aus der Stirn, »hab ich gehört, dass die deutschen Weidmänner es mit den Futtermengen auch nicht so genau nehmen. Und zweitens ist das doch nur ein quantitativer Unterschied. Der Vorgang ist derselbe. Ein Tier wird mit Futter angelockt, um es leichter erlegen zu können.«

Schreiber gestand es sich ungern ein, aber Katharina hatte wahrscheinlich recht. »Ich denk mal drüber nach«, sagte er und wechselte das Thema. »Wissen Sie mehr über den Mord am Forstamtsleiter? Tathergang, Verdächtige und so.«

Katharina schüttelte den Kopf. »Noch nicht. Aber morgen erfahr ich vielleicht mehr.«

»Morgen bin ich nicht mehr da«, sagte Schreiber.

»Ach.«

»Mein Chefredakteur wünscht mich zu sehen«, log Schreiber.

»Kommen Sie noch mal wieder?«

»Ich denke schon.«

»Aber sicher sind Sie nicht?«

»Vor Gericht, auf hoher See und beim *Magazin* ist man in Gottes Hand.«

In Răcădău angekommen, tauschten sie ihre Visitenkarten aus. »Falls ich Fragen habe, ruf ich Sie an, Katharina.«

Sie sah ihn überhaupt nicht spöttisch an. »Gerne«, sagte sie.

Hannes wollte ihr die Hand geben, doch dann nahm er sie einfach in dem Arm und küsste die Luft neben ihren Ohren. »Danke noch mal. Und passen Sie auf sich auf, Treni.«

Dann stieg er in seinen Panda und fuhr los. Im Rückspiegel sah er Katharina Orend an der Straße stehen. Sie wirkte einsam und verlassen. »Red dir nichts ein, Hannes!«, sagte er laut.

18

Er hatte 187 ungelesene E-Mails im Posteingang. Bei 153 handelte es sich um Angebote zur Behebung von Problemen südlich des Bauchnabels. Schreiber fragte sich, wer blöd genug sei, obskure Drogen, nur weil sie sich Viagra nannten, in der Ukraine zu bestellen. Auch falls er im fortgeschrittenen Alter noch eine Penisverlängerung ins Auge fassen sollte, würde er sich ungern in die Hand des Heilkundigen aus dem Kosovo begeben, der diese Dienstleistung zum Dumpingpreis offerierte. Der Reporter verbannte die Mails in den Papierkorb. Wegen der vierunddreißig ernst gemeinten, die sich darunter verbargen, dauerte das eine Weile. Als Nächstes flogen die Politspams raus, Pressemitteilungen der Parteien, die schon nach einer Woche müffelten wie der Müll von Răcădău. Es blieb eine Handvoll Mails, die er überflog und im Eingang beließ. Von Katharina war keine dabei. Von Diana Steinkamp auch nicht.

Die Schuhverkäuferin war richtig sauer gewesen wegen Schreibers überstürztem Abflug. »Teddy macht auf jeden Fall weiter«, hatte sie dem Reporter am Abend vor der Abreise gesteckt. Das und der Tod des Forstamtsleiters machten die Story fürs *Magazin* doch erst richtig spannend, meinte sie. »Bartelmus hat Sie mir als todesmutigen Journalisten verkauft. Na ja.«

Er war zu lange unterwegs, im Leben und im Job, um in

diese Testosteronfalle zu tappen. »Bartelmus will mich sehen«, sagte Schreiber. Gebrauchte Lügen gingen ihm leichter von den Lippen.

Als ihm sein Laptop das Eintreffen einer neuen Mail meldete, war er gerade auf dem Weg zur Toilette. Neugierig, wie er von Berufs wegen war, stellte er den Harndrang hintan. Stefan Bartelmus war der Absender und der Text klang bedrohlich.

Was erzählst du eigentlich für einen Mist über mich? Die Kandidatin hat mich angerufen und gefragt, warum ich dich aus Muränien abziehen würde. Das sollst du der Steinkamp erzählt haben. Ich wusste von nichts und hab rumgedruckst. »Sie haben wohl Ihren Laden nicht im Griff, Herr Bartelmus«, hat die Frau zu mir gesagt. Nicht irgendeine Tusse, Hannes, die kommende Kanzlerin. Spinnst du eigentlich, mich in so eine Situation zu bringen? Morgen nach der Konferenz will ich dich in Hamburg sehen. Mailen zwecklos. Telefonieren auch. Stefan.

»Scheiße«, zischte Schreiber. Vor lauter Bärengedöns hatte er vergessen, auf welcher Flughöhe sich die Steinkamp bewegte. Ein Anruf bei der Kandidatin genügte ihr, um den *Magazin*-Reporter strammstehen zu lassen. Glaubte sie wenigstens. Schreiber schnaubte verächtlich. »Mit mir nicht«, dachte er laut. Er kam aus einer Zeit, in der es Journalisten noch Spaß gemacht hatte, Autoritäten vors Schienbein zu treten. Ans Schreiben war er gekommen, um die Welt zu verändern, nicht um VIPs gefällig zu sein.

Nicht mal ums Geld war es ihm gegangen. Er erinnerte sich noch gut seiner Überraschung, als sie ihm bei *Malibu*, dem Stadtblatt, bei dem er gelernt hatte, den ersten Honorarscheck auf die Kralle gedrückt hatten. Dass er mit seiner Lieblingsbeschäftigung Geld verdienen konnte, war eine neue Erfahrung für ihn. Gehalt hatte er vorher als Entschädigung für im Büro verhockte Lebenszeit gesehen.

»Haben sie dich jetzt eingekauft, Hannes?«, fragte er sich, als er die erste Gehaltsabrechnung des *Magazin*-Verlages in der Hand hielt. Natürlich war das Leben angenehmer als die klammen Zeiten davor. Doch sein Innerstes berührte das Geld nicht. Glaubte er jedenfalls. Schreiber war anfällig für andere Versuchungen, die die Arbeit beim *Magazin* mit sich brachte. Ansehen bei Kollegen, Leserlob, Nominierungen für irgendwelche Journalistenpreise waren die Wohltaten, die sein Ego streichelten, die ihn oft selbstgefällig und manchmal arrogant werden ließen. Er wusste um diese Schwäche und kämpfte mit Dylan dagegen an. *Then they'll kill him with self-confidence after poisoning him with words.* Die Zeile aus *Desolation Row*, die der Meister für Leute wie ihn geschrieben hatte. *Sie töten ihn mit Selbstbewusstsein, nachdem sie ihn mit Worten vergifteten.*

Schreiber bestellte das Archivmaterial über Hubert Steinkamp, den Vater der Frau, die meinte, ihm Schwierigkeiten machen zu können. Mal schauen, was ihr Alter für einer war. Die Unterlagen kamen am Nachmittag per Fax. Es war überraschend wenig. Das *Munzinger*-Blatt mit der Vita des Unternehmers, ein paar Artikel aus Wirtschaftsblättern, das war es. Mediengeil schien der alte Hubertus, so hieß Steinkamp mit vollem Vornamen, nicht zu sein. Eigentlich fand Schreiber das sympathisch. Ob es gut für die Recherche war, würde sich weisen. Der Reporter hatte vor, dem Schuhfritzen unangemeldet auf die Pelle zu rücken. Eines der Blätter hatte vermeldet, dass Steinkamp kein Vorzimmer habe. »Meine Tür steht jedem offen«, ließ sich der Unternehmer zitieren. Warum nicht auch ihm?

Seit er nicht mehr in Hamburg wohnte, gefiel Schreiber

die Stadt viel besser. Das lag an den Leuten, mit denen er nichts mehr zu tun hatte: Hanseaten, die, wenn sie von ihrem ›Club‹ sprachen, nicht den HSV meinten oder gar den FC St. Pauli, sondern den *Hamburger und Germania Ruder Club* von 1836. Noch schwerer zu ertragen fand Schreiber die zugewanderten Möchtegernhanseaten, die sich anstrengten, ihre Vorbilder an Zurückhaltung und Anglophilie noch zu übertreffen. In den höheren Rängen des *Magazin*-Verlages gab es einige davon. Sie trugen Anzüge in jeder Farbe, solange sie dunkelblau war, machten auf ›altes Geld‹, auch wenn sie aus einer Versicherungsvertreterdynastie in Quadrath-Ichendorf stammten.

Dafür, dass ihre Stadt schön war, konnten die Hamburger nicht viel. Sie lag einfach an der Elbe. Schreiber genoss den Blick auf den silbrigen Strom, als seine U-Bahn aus dem Tunnel auftauchte und, in den Kurven kreischend, auf Metallstelzen gen Landungsbrücken glitt.

Er fuhr eine Station weiter als nötig, um auf dem Weg in die Redaktion noch ein paar Hundert Meter die Uferpromenade entlangzuwandeln. Es waren nicht allzu viele Touristen unterwegs. Sommer war keine Saison für Städtereisende. Trotzdem rochen die Fischbuden schon nach warmem Altöl. Ein als Kapitän kostümierter Marktschreier koberte ein Grüppchen schwäbelnder Musicalliebhaber für seine Hafenrundfahrt an. Zum Glück schrien die Möwen lauter als er.

Schreiber riss sich von der Elbe los und stiefelte rüber zum Verlagshaus. Der Securitygorilla am Empfang verlangte seinen Hausausweis. Der Reporter fand ihn in seiner Aktentasche und drang ins Mutterhaus vor. So nannten sie in den Außenbüros des *Magazins* die Zentralredaktion des Blattes. Weil im Saal die Themenkonferenz tobte, waren die Flure leer und still. Er schlenderte ins Sekretariat seines alten Ressorts, trank mit den Sekretärinnen einen Kaffee und ließ sich von ihnen auf den aktuellen Stand des beim *Magazin* ›Flurfunk‹ genannten Klatsches bringen. Das jüngste Gerücht betraf Bartelmus. Seine Ehe sei im Arsch, erzählte die an Drastik schwer zu übertreffende Uschi. »Er hat was mit der Nachbarin angefangen.«

Schreiber glaubte es nicht. Trotz seines guten Aussehens strahlte Stefan B. etwas Asexuelles ab. Er war mit seinem Blatt verheiratet und hatte kaum Zeit für seine Frau, geschweige denn für eine Freundin. Beim *Magazin* gab es ein paar Redakteurinnen, die liebend gern enger unter ihm gearbeitet hätten. Bartelmus schien überhaupt keine Antennen für ihre Signale zu haben. Als Liebhaber konnte sich Schreiber seinen Chefredakteur nicht vorstellen, doch Uschi beschwor die Seriosität ihrer Information beim Augenlicht ihrer drei Maine-Coon-Katzen, die sie aus ›den Staaten‹ mitgebracht hatte. Es musste etwas dran sein an der Geschichte.

Als die ersten Kollegen aus der Konferenz eintrudelten, voller Spott über die lächerlichen Themenvorschläge, die andere Ressorts durchgebracht hatten, und frustriert über die eigenen Flops, machte sich Schreiber auf. »Sei vorsichtig, Hannes«, gaben sie ihm mit auf den Weg, »der Alte hat eine Scheißlaune.«

Sie hatten recht. Stefan saß hinter seinem Schreibtisch und schaute nicht mal auf, als Schreiber den Raum betrat. Er hämmerte mit zwei Fingern auf die externe Tastatur seines Laptops, wie wenn er den Buchstaben böse wäre. Der Empfänger der Mail war nicht zu beneiden. Sie würde vor Tippfehlern und Grobheiten strotzen. Um sich abzulenken, starrte Schreiber aus dem Bullauge in der Wand auf den Hafen. Es war ein wunderbarer Blick, aber Bartelmus hatte kein Auge dafür. Schreiber hatte ihn noch nie von dort aufs Wasser schauen sehen.

»So«, sagte Stefan, haute noch einmal auf eine Taste. Mit einem ›Wusch‹ meldete der Computer den Abgang der Mail. »Und nun zu dir, Hannes. Setz dich, es dauert länger.«

Dann legte er los.

»Hier macht in letzter Zeit jeder, was er will! Als ob wir ein Selbstverwirklichungskurs wären und keine Zeitschriftenredaktion. Ich bestelle eine Geschichte und drei Wochen später krieg ich gesagt, dass die Story, wie ich sie mir vorstelle, nix taugt. Zwanzig Tage hat das Ressort gebraucht, dann ist die Geschichte unter der Last der Recherche zusammengebrochen. Wir sind doch hier nicht beim Hundertjährigen Kalender, wir machen jede Woche ein Heft! Draußen boxt der Papst im Kettenhemd, die Politik überschlägt sich fast, und hier: Still ruht der See. Das hätte ich mir früher mal bei der Tageszeitung erlauben sollen. Die hätten mich nach zwei Wochen rausgeschmissen!«

Bartelmus griff zur NIVEA-Dose, drehte den klemmenden Deckel mit Gewalt ab, nahm einen Fingervoll Creme und verteilte ihn sie kreisenden Händen in seinem Gesicht. »Apropos rausschmeißen«, sagte er, »wenn du noch einmal so eine Scheiße über mich erzählst, Schreiber, dann schmeiß ich dich raus! Egal, wie lange du schon hier bist. Nicht mal eine Abfindung kriegst du von mir! Keinen Cent zahl ich an Leute, die Politikern erzählen, ich hätte sie von Geschichten abgezogen, nur weil sie zu faul zum Arbeiten sind oder ihnen sonst ein Furz quer sitzt.«

In dieser Verfassung war Bartelmus nur zu stoppen, wenn man dagegenhielt. »Reden wir jetzt über die Geschichte, Stefan, oder befinden wir uns schon im Arbeitsrecht?«, fragte Schreiber. »Dann hol ich mir nämlich einen vom Betriebsrat dazu. Die sind, was Abfindungen angeht, fitter als ich. Und wahrscheinlich auch als du.«

Stefan schnappte nach Luft. »Ich hätte euch alle siezen sollen, als ich Chefredakteur geworden bin!«, brüllte er. »Und vor allem ihr mich! Dann würdet ihr euch nicht solche Frechheiten herausnehmen. Unter Fink haben alle gekuscht. Als Chefredakteur hat er euch behandelt wie den letzten Dreck, und ihr seid trotzdem auf sein Kommando losgedackelt. Wenn ich was sage, wird immer erst diskutiert!«

»Stefan«, sagte Schreiber so ruhig wie möglich, »jetzt mach mal 'n Punkt. Ich hab nicht mit dir diskutiert. Ich bin klaglos nach Rumänien geflogen, hab mir fast den Arsch abschießen lassen und bin jetzt zurückgekommen, um mit dir über die Geschichte zu reden.«

»Und warum erzählst du der Steinkamp, ich hätte dich zurückbeordert?«

»Das war eine Notlüge. Kann ich denn wissen, dass die blöde Kuh nichts Besseres zu tun hat, als sofort bei der Kandidatin anzurufen, und die Kandidatin dann bei dir? Du hast recht, es war nicht in Ordnung, dass ich mich hinter dir versteckt habe. Sorry, Stefan, soll nicht wieder vorkommen. Aber dass ich zurückgekommen bin, dafür hab ich gute Gründe.«

»Die solltest du besser auch haben.«

Schreiber hielt es für ein Anzeichen von Entspannung, dass Bartelmus mit dem Bürosessel zurückrollte und die Beine auf den Schreibtisch legte wie in den alten Tagen, als sie im Ressort zusammen Geschichten ausgeheckt hatten. Damals hatte er meist vor Stefans Schreibtisch gesessen, die Sohlen gegen die Tischkante gestützt, mit dem Besucherstuhl auf zwei Beinen wippend. Das traute er sich nun nicht mehr. Hannes stand auf und ging im Zimmer auf und ab, während er von seinen rumänischen Abenteuern berichtete. Das Büro des Chefredakteurs war so weitläufig, dass er fast schreien musste, wenn er am Bullauge angelangt war.

Vorsichtshalber erzählte er Stefan die Geschichte noch mal von Anfang an. Bei Bartelmus' täglichem Input konnte man fast sicher sein, dass er den Inhalt ihres Telefonats nicht mehr präsent hatte. Schreiber schilderte das Vergällen des Bärenfutters mit stinknormalem Diesel, berichtete vom Tod des Forstamtsleiters und dass sie Diana Steinkamps Bärenflüsterer deswegen suchten. Er breitete vor allem seine Zweifel an den edlen Motiven der Schuhverkäuferin aus. Von seinem Plan, den alten Steinkamp zu besuchen, sprach er auch. Bartelmus ließ ihn ausnahmsweise einmal ausreden. Schreiber nutzte die Gelegenheit, um ihm Katharina Orends Müllbärenprojekt vorzustellen.

»Die Frau ist wirklich tough, Stefan. Die hat mir das Leben gerettet, als uns eine Bärin attackiert hat. Eine junge Biologin aus Deutschland, tausendmal seriöser als Teddy, der Bärenflüsterer. Über die sollten wir was machen.«

»Daher weht der Wind«, sagte Bartelmus. »Der alte Hannes findet eine junge Biologin, und schon interessiert ihn mein Bärenflüsterer einen Dreck.«

Schreiber konnte es nicht lassen. »Seit wann denkst du denn in solchen Kategorien, Stefan? So was hat dich doch früher nie interessiert.«

»Hast also schon den Flurfunk gehört. Statt zu arbeiten zerreißen sich die Waschweiber beiderlei Geschlechts das Maul über mich. Eine Quatschbude ist das hier und keine Redaktion.«

Bartelmus' Handy lülülüte. Er nahm den Hörer ab und wurde tatsächlich rot. Hörte eine Weile zu, sagte nur Ja und Nein und dann: »Ich ruf dich gleich zurück, Spatz.«

»Hab ich gerade ›Spatz‹ gehört?«

»Jetzt werd mal nicht frech, Hannes. Deine Biologin kannst du vergessen. Wir machen was über den Bärenflüsterer. Punkt. Meinetwegen sprich mit dem alten Steinkamp. Aber dann fliegst du zurück nach Rumänien und machst die Geschichte. Ist doch jetzt richtig spannend mit dem Mord.«

Schreiber argumentierte noch ein wenig herum, sprach über die Bärenpopulation, die gar nicht so gefährdet sei, wie die Steinkamp behaupte. Feinheiten, die Bartelmus noch nie interessiert hatten. »Jetzt fängst du doch noch an zu diskutieren, Hannes. Ich will aber keine Diskussionen, sondern die Geschichte, die ich bestellt hab, verstanden?«

Schreiber grimassierte, ohne zu antworten.

»Und jetzt hau endlich ab«, sagte Stefan, »ich muss den Spatz zurückrufen.«

19

Der Mann besaß tatsächlich kein Vorzimmer. Hubertus Steinkamp residierte in einem Büro, dessen Tür zum Flur offen stand. Schreiber hatte am Empfang danach gefragt und war ohne Weiteres in den ersten Stock verwiesen worden. Er passierte braune Blumenkübel, in denen Birkenfeigen dürsteten. Von außen wirkte die Zentrale der Firma Steinkamp wie ein Schuhkarton aus den Siebzigerjahren, auf den Fluren staubten die dazugehörigen Treter in Kieferregalen zu. Es gab keine Schilder an den Türen im ersten Stock, Schreiber fragte einen der über den Gang schleichenden Menschen nach Steinkamps Büro. »Der Senior? Hinten links.«

Nun stand er vor der offenen Tür. Drinnen redete jemand sehr laut. In den Pausen kam keine Antwort, Steinkamp telefonierte. Es ging um Leder. Der Reporter wartete etwas. Erst als ein anderer Besucher an ihm vorbei ins Büro des Chefs huschte, ging er hinterher.

Hubert Steinkamp hatte auch keinen Schreibtisch. Er saß am Kopfende eines fünf Meter langen Besprechungstisches, vor sich Telefon, Block und Kuli, sonst nichts. Der Unternehmer sah älter aus als auf den Fotos in den Wirtschaftsblättern: Das straff aus der hohen Stirn gekämmte Haar war grauer, seine Hamsterbacken trennte eine tiefe Furche von den Mundwinkeln. Fleischige Lippen, die bei Zischlauten sprühregneten. Halsmäßig erinnerte Steinkamp an Franz Josef Strauß. Er hatte keinen, nur einen Fleischwulst über dem Hemdkragen. Trotz seiner siebzig Jahre trug er keine Brille, nicht mal eine zum Lesen.

Während seiner *Malibu*-Jahre hatte Schreiber eine Menge Promis aus dem Pott porträtiert. Hubertus Steinkamp, der reichste Mann Gelsenkirchens, gehörte nicht dazu. Obwohl lange nicht so scheu wie die Albrecht-Brüder, war er nie in den Schlagzeilen gewesen und hatte von sich aus nichts getan, um hineinzukommen. Selbst die sportlichen Erfolge seiner Tochter waren, was PR für sein Unternehmen anging, ungenutzt an ihm vorübergegangen. Er produzierte und verkaufte Schuhe, die auch nicht dazu angetan waren, einen Medienhype loszutreten: bequeme, billige Schleicher für die Massen. Schreiber hatte sich auf einen Langweiler eingestellt, als er im ICE von Hamburg in seine alte Heimat gefahren war.

Irgendwann hörte Steinkamp auf zu telefonieren und legte auf. Er sah sich seine beiden Besucher an. Den Reporter konnte er offensichtlich nicht einordnen. Deshalb fragte er zuerst Herrn Schultheiß, was er denn schon wieder wolle. Der Mann wollte einen freien Tag, weil seine Frau krank und seine Kinder unbetreut waren.

»Wie viele haben Sie denn eigentlich?«

»Vier, Chef.«

»Hätt ich Ihnen gar nicht zugetraut, Schultheiß. Aber find ich toll. Die können dann später Ihre Rente bezahlen. Nur heute?«

Schultheiß schaute irritiert.

»Ob Sie nur heute freihaben wollen?«

»Heute reicht, Chef. Morgen kommt meine Schwiegermutter zum Aufpassen.«

»Wenn die kommt, gehen Sie lieber arbeiten, was?« Steinkamp lachte dröhnend über seinen Scherz. »Okay, Schultheiß, geh zu Frau und Kind. Aber sagen Sie vorher in der Personalabteilung Bescheid.«

Der fruchtbare Angestellte bedankte sich und verschwand.

»Und wer sind Sie?« Der Big Boss sah Schreiber neugierig an.

»Hannes Schreiber, Reporter vom *Magazin.*« Er schob Steinkamp seine Visitenkarte über den Tisch.

»Aha, die linke Kampfpresse.«

Schön wär's, dachte Schreiber und sagte: »Das ist lange her, Herr Steinkamp, falls es je stimmte.«

»Ehrlich gesagt lese ich Ihr Blatt nicht. Höchstens, dass ich mal beim Friseur einen Blick reinwerfe.«

»Das sagen die meisten. Trotzdem verkaufen wir eine Million Hefte pro Woche.«

»Ich wusste gar nicht, dass es so viele Hypochonder gibt. Immer wenn mir das *Magazin* in die Hand kommt, geht es um Krankheiten auf dem Titelblatt. Neulich sogar um Hämorrhoiden. Sagen Sie mal, verkauft sich so was Unappetitliches eigentlich?«

»Kommt drauf an, wie Sie es aufbereiten. Mein Chefredakteur hatte sich für die Geschichte als Schlagzeile ›Leben im Arsch‹ ausgedacht. Das haben sie ihm zum Glück ausreden können.«

Steinkamp lachte wabbelnd. »Was führt einen Reporter aus dem feinen Hamburg denn zu uns ins Ruhrgebiet, Herr …«, er warf einen Blick auf die Visitenkarte, »Herr Schreiber. Wir kommen bei Ihnen doch nur vor, wenn Sie versoffene Arbeitslose abwatschen wollen.«

»Dafür, dass Sie das *Magazin* nur beim Friseur durchblättern, kennen Sie sich ganz gut aus.«

»Ist mir einfach aufgefallen. Wir im Ruhrpott sind empfindlich an der Stelle.«

»Ich weiß«, sagte Schreiber, »ich komm von hier.«

»Ah, ein Ruhri sind Sie! Woher?«

»Wattenscheid.« Dass die Stadt vor dreißig Jahren nach Bochum eingemeindet worden war, ignorierten ihre fünfundsiebzigtausend Seelen immer noch. Der Wattenscheider ging zum Beispiel nicht zum VfL Bochum. ›Die könnten bei uns aufm Hof kicken, da würd ich nich ma die Rollläden für hochziehn.‹

»Dann kann ich mir ja sparen, Ihnen von den Reizen der Region zu erzählen. Das mach ich nämlich immer mit Fremden. Die glauben alle, hier hängt der Himmel voll Koks.« Steinkamp fuhr mit dem Zeigefinger zwischen Hemdkragen und Hals entlang. »Weshalb sind Sie denn nun hier, Herr Schreiber?«

»Wegen Ihrer Tochter. Ich war bei ihr in Rumänien.«

»So, so. Worum ging's?«

»Um Bären.«

Der Chef verdrehte die Augen. Er schwieg ein paar Sekunden, blätterte in seinem Notizblock, als ob die Antwort darin zu finden wäre, und sah dann auf die Uhr. »Ich hab gleich um eins eine Besprechung, die den ganzen Nachmittag dauert. Wollen Sie mich heute Abend zu Hause besuchen? Dann können wir in Ruhe reden.«

»Nichts lieber als das«, sagte Schreiber.

Steinkamp kritzelte etwas auf seinen Block, riss die Seite raus und gab sie dem Reporter. »Punkt sieben«, sagte er und griff zum Telefonhörer. Schreiber war entlassen.

Die Adresse, die Steinkamp aufgeschrieben hatte, entpuppte sich als eine Villa in Grünlage von Gelsenkirchen-Buer, zu alt, um noch modern zu sein, zu neu für einen charmanten Altbau. Das eingeschossige Haus hinter dem Vorgarten riegelte das Grundstück komplett zur Straße ab. Statt Fenstern zog sich ein Band von Oberlichtern die Fassade entlang. Die Haustür aus Stahl hätte besser zu einer Trauerhalle gepasst. Schreiber drückte die darin verborgene Klingel. Hubert Steinkamp öffnete selbst.

»Wie is?«, fragte er.

Schreiber wusste, wie er zu antworten hatte. »Muss. Un selbs?« Dies war das Begrüßungsritual an Ruhr und Emscher, ein Austausch von Losungsworten, deren Kenntnis den Eingeborenen vom Fremden schied.

Steinkamp war zufrieden mit der Replik. »Wir gehen ins Jagdzimmer. Da bin ich abends am liebsten.« Er geleitete Schreiber in die Tiefen des Hauses. Am Ende des Flurs befand sich eine Eichentür, über der ein Elch die präparierte Nase rümpfte. Der Kopf und die Schultern des Tieres hätten, was die Größe anging, für ein Pferd gereicht. Mit den Geweihschaufeln konnte man einen Bagger bestücken.

»Alaska?«, fragte Schreiber.

»Wie kommen Sie darauf?«

»Weil da die kapitalsten Elche ihre Fährten ziehen.« Schreiber benutzte die Jägersprache normalerweise nicht. Sie hatte etwas Esoterisches, fand er, einen weihevollen Oberton, der aus dem blutigen Handwerk eine sakrale Veranstaltung machte. Zugleich war ihr Gebrauch ein Erkennungszeichen der Zunft. Wer ›Elche ihre Fährten ziehen‹ ließ, gehörte dazu. Genau das wollte Hannes signalisieren.

»Wie lange sind Sie schon dabei?«, fragte der Alte dann auch.

»Fünfzehn Jotjot.« Jotjot hieß Jahresjagdschein.

Steinkamp musterte ihn ausführlich. »Ein Spätbekehrter.«

Tatsächlich hatte Schreiber erst mit Anfang vierzig die Jägerprüfung abgelegt, für eine *Magazin*-Geschichte über den deutschen Weidmann als solchen. Es war eine kritische Bestandsaufnahme geworden, aber der Reporter war trotzdem an der Jagd hängen geblieben. Sie hatte sein Leben verändert. An die Seite des großstädtischen Journalisten war der Waldschrat getreten. Ohne die Jagd konnte Schreiber sich selbst nicht mehr denken. Er erzählte Steinkamp, wie er zur Jägerei gekommen war und warum er an ihr hing.

Dem Schuhmenschen schien das zu gefallen. »Mein Vater ist schon zur Jagd gegangen. Meinen ersten Bock hat er mir freigegeben, als ich konfirmiert wurde. Ein Teil der Trophäen da drin stammt noch von ihm.« Steinkamp öffnete die Tür zum Allerheiligsten und ließ Schreiber vorgehen.

Der Reporter stoppte auf der Schwelle. Das Jagdzimmer war ein Raum von den Ausmaßen einer Turnhalle, wenn man von der geringeren Höhe absah. Es beherbergte ein Panoptikum der jagdbaren Tiere Europas. Nicht deren Trophäen hatte sich Steinkamp an die Wände gehängt, keine gebleichten Schädelknochen samt Geweih, keine Keilerzähne auf rundem Brett. Die Tiere, die der Alte erlegt hatte, lebten alle noch. Jedenfalls sah es so aus. Ein Präparator von Gnaden hatte das Wild in der Bewegung erstarren lassen.

Ein Steinbock zum Sprung ansetzend, die Hinterläufe

noch auf felsigen Grund, die Vorderläufe bereits angewinkelt in der Luft, den Kopf mit den wulstigen Hörnern leicht schief gehalten, wie wenn er auf einen unter ihm stehenden Nebenbuhler einstoßen wollte. Ein fetter Fuchs, der gerade einen Fasan gerissen hatte. Federn klebten an seinem Fang. Einen Fuß auf die Beute gestemmt, stand er mit durchgedrücktem Rücken im Gras. Seine schwarze Luntenspitze peitschte die Halme. Im nächsten Moment würde er wieder die Zähne ins Brustfleisch des Gockels versenken. Blut und Speichel klebten an seinem Maul. Ein Auerhahn auf einem Kiefernast im Augenblick des Abflugs. Die Flügel ausgebreitet, einen befederten Fuß schon in der Luft, den anderen gerade abstoßend, um ins Reich der Lüfte vorzustoßen. Ein Rehbock, dem der blutige Bast von den Geweihspitzen baumelte. Mit gesenktem Kopf schlug er auf einen Weidenbusch ein, um auch den Rest der schützenden Hülle, unter der seine knöchernen Spieße gewachsen waren, loszuwerden.

Es gab auch einen röhrenden Hirsch. Nicht in Öl an der Wand, im Fell auf einem Stück Wiese stand der König der Wälder. Die Brunftmähne wie eine dunkle Stola um den Hals, den Kopf mit dem riesigen Geweih in den Nacken geworfen, das zahnlos wirkende Maul zum Schrei geöffnet. Nur der im kalten Herbstmorgen dampfende Atem des Sechzehnenders fehlte, und natürlich sein rülpsendes Rufen, flüchtiger, als dass der beste Präparator der Welt es hätte einfangen können.

Schreiber wanderte wortlos durch die Versammlung der toten Tiere. Je länger er diese Nachbildungen des Lebens betrachtete, Kunstwerke, die mit den ausgestopften Pelzwürsten vergangener Zeiten nichts gemein hatten, desto heftiger fragte er sich, warum Jägern wie Steinkamp, und vielleicht auch ihm selbst, der Anblick des lebendigen Tieres in freier Wildbahn nicht reichte, warum sie es erst töten und dann von einem Fachmann scheinbar wieder zum Leben erwecken lassen mussten. Er konnte Leute, die darüber den Kopf schüttelten, verstehen.

Am Ende seines Rundgangs entdeckte Hannes noch einen Bären. Er stand in einer Nische bei der Sitzgruppe. Er war einen Bärenkopf größer als der Reporter und die Spitzen seines Fells schimmerten hell im Licht der Strahler. Steinkamp hatte den Petz nicht in der üblichen Pose präparieren lassen: Pranken drohend erhoben, den zähnefletschenden Fang weit aufgerissen. Dieser Brauni stand zwar auf den Hinterbeinen, aber seine Vordertatzen hingen angewinkelt herab wie bei einem Männchen machenden Hund. Eine Stellung, die Bären einnahmen, um sich einen Überblick zu verschaffen. Der Petz guckte nicht aggressiv, sondern neugierig zu dem Besucher herüber.

»Karpatenbär?«

»Aus dem Geisterwald. Vor knapp zwei Jahren erlegt.«

»Am Luder?« So nannten Jäger Fleischköder wie den toten Gaul, den Schreiber an der Bärenfütterung hängen gesehen hatte.

Steinkamp schüttelte den Kopf. »Ich bin zwar inzwischen ein fetter alter Sack«, sagte er, und es hörte sich nicht so an, als wolle er Widerspruch provozieren, »aber diese Art zu jagen gefällt mir nicht. Der Bär ist mir bei einer Drückjagd gekommen. Ich saß auf meinem dreibeinigen Höckerchen im Altholz und habe Blut und Wasser geschwitzt, als der Kerl auftauchte. Er hat sich genauso auf die Hinterbeine gestellt, wie er da jetzt steht. Gott sei Dank musste ich nicht spitz von vorn schießen. Er rannte auf zwanzig Schritt breit an mir vorbei. Ich hab ihn tiefblatt erwischt. Er sackte im Knall zusammen.«

»Und was hat Ihre Tochter dazu gesagt?«

»Damals interessierte sich Diana noch nicht für Bären.«

Steinkamp fläzte sich in eins der beiden Ledersofas und winkte Schreiber in das andere. Dazwischen stand ein Couchtisch, wie ihn der Reporter noch nicht gesehen hatte. Eine runde Glasscheibe schwebte auf dem entrindeten Wurzelwerk eines Baumes. Ein Tablett mit Karaffen stand darauf. Die Brauntöne der Spirituosen brachen sich in den Kristallfacetten wie Edelsteine. Der Alte griff sich eine viereckige Flasche, nahm den Glasstöpsel ab und schnüffelte. »Kann man noch trinken«, sagte er und goss zwei Whiskygläser halb voll.

»Wasser nehmen Sie sich selbst.« Er schob Schreiber ein Kännchen über den Tisch. All das geschah ohne zu fragen und mit der gleichen Selbstverständlichkeit, mit der man in holländischen Haushalten ein *kopje coffee* bekommt oder eine Linie Kokain in einer Düsseldorfer Werbeagentur. Schreiber nippte an seinem Whisky. Er roch wie ein Ballen Torf und schmeckte wie flüssiger Rauch, mit einem Wort: klasse. Er gab einen Spritzer Wasser ins Glas und nahm gleich noch einen Schluck. Der Geschmack des Single Malts lastete lange auf der Zunge. Das Leben war viel zu kurz, um schlechten Schnaps zu trinken.

»Wie ist Ihre Tochter denn an diesen komischen Bärenflüsterer geraten?«

Steinkamp lachte bitter. »Sie meinen diesen Teddy? Ich weiß nicht, woher Diana den kennt. Vielleicht von dieser unsäglichen Tierschutzorganisation. *Petra,* oder wie die heißt. Lieber nackt als im Pelz. Kennen Sie doch auch, diese Kampagne mit den magersüchtigen Models. Bei denen mischt meine Tochter seit Neuestem mit. Ich hab den Kerl scannen lassen. Von den Sicherheitsheinis, mit denen mein

Unternehmen zusammenarbeitet. Der junge Mann hat sein Biologiestudium erfolgreich abgebrochen. In der Szene erzählt er, dass er sich geweigert hat, an Tierversuchen teilzunehmen. Deshalb hätten sie ihn von der Uni geschmissen. Mumpitz! Der hat an der Uni nur ein Gastspiel gegeben. Viel zu kurz, um an Tierversuchen beteiligt zu werden.«

Schreiber nahm noch einen Hieb von seinem Whisky. Steinkamp auch.

»War er denn wenigstens in den USA?«

»Hat er Ihnen das erzählt? Davon ist mir nichts bekannt. Im Dossier der Securityleute ist von Hilfsarbeiterjobs in Ostdeutschland die Rede.«

»Kann ich das mal lesen?«

Steinkamp hüpfte mit der Behändigkeit, die manchen Dicken eignet, auf die Beine und ging rüber zu seinem Schreibtisch. Er zog Schubladen auf, fand in der dritten, was er suchte, kam mit einer Mappe zurück und schob sie Schreiber über den Tisch. Sie enthielt zwei DIN-A4-Blätter, deren Inhalt der Reporter überflog. Steinkamp füllte ihnen derweil Whisky nach und süffelte grimmig daran herum.

»Sebastian Sellemerten«, sagte Schreiber, mehr zu sich selbst. »Wie sind Sie denn an den Klarnamen unseres Teddys gekommen?«

»Merres«, sagte der Alte, sonst nichts.

Schreiber nahm einen Schluck Whisky ohne Wasser und stöhnte. »Ich soll eine Geschichte über den Typen schreiben. Der tolle deutsche Tierschützer, der den rumänischen Braunbären vorm Aussterben rettet. Ihre Tochter hat sie meinem Chef eingeredet, zusammen mit der Kandidatin. Die beiden scheinen ja dicke Freundinnen zu sein.«

»Ich hab die Schwatten immer gewählt«, sagte Steinkamp, »und eine Zeit lang hab ich denen sogar Geld gespendet.

Damals, als man das noch besser von der Steuer absetzen konnte. Aber damit ist Schluss. Wenn diese Frau zusammen mit der liberalen Schwuchtel an die Macht kommt, erkennen Sie dieses Land in fünf Jahren nicht mehr wieder.« Er nahm einen aufgeregten Schluck. »Man kann über den Dicken ja denken, was man will, aber der wusste genau, dass eine Volkspartei nicht nur Politik für die oberen Zehntausend machen kann. Sonst bricht die Gesellschaft irgendwann auseinander.« Und nach einer Pause, grinsend: »Und meine Kundschaft kann sich keine neuen Schuhe mehr leisten.«

Schreiber traute seinen Ohren nicht. Im Archivmaterial hatte sich Steinkamp noch anders angehört. »Sie lassen Ihre Treter doch auch in Rumänien schustern«, sagte er, »weil die da für'n Appel und 'n Ei arbeiten.«

»Da steh ich auch zu. Sonst könnten die Leute, die in meine Läden kommen, sich die Schuhe gar nicht leisten. Aber ein Viertel der Produktion hab ich in Deutschland belassen. Die schwierigen Nähte, die kriegen die Rumäninnen nämlich nicht hin. Dafür hab ich mein Werk in Gelsenkirchen. Und solange ich hier das Sagen habe, bleibt das auch hier.« Steinkamp war laut geworden. Er schabte mit den ledernen Hausschuhen über den Perser wie Schreiber, wenn er vor'm Fernseher ein Fußballspiel verfolgte. Ihre Gläser schienen leck zu sein. Jedenfalls war schon wieder nichts mehr drin. Steinkamp füllte mit zittriger Hand nach.

»Da kann man Ihren Arbeiterinnen ja nur wünschen, dass Sie noch lange machen«, sagte der Reporter. Dies war ein Test. Er funktionierte.

»Denen schon.« Steinkamp schaute zu seinem Bären hinüber und durch ihn hindurch in die Weiten des Emscherbruchs.

»Ihrer Tochter nicht?«

Steinkamp starrte weiter in die Landschaft. Die Längsfalten in seinem Gesicht zuckten ein wenig. Die Kiefermuskeln mahlten. Nach ein paar Augenblicken riss er sich von seinem Bären los und fixierte Schreiber. »Doch«, sagte er, »der auch.«

Fast hätte Schreiber »Warum?« gefragt. Dann fiel ihm ein, dass es eigentlich die normalste Sache der Welt war, wenn eine Tochter ihrem Vater ein langes Leben wünschte. Also schwieg er.

»Ich befürchte, dass Diana das Unternehmen ruiniert, wenn ich nicht mehr bin.« Steinkamps Satz kam tonlos.

»Denken das nicht viele Eltern von ihren Kindern? Meine Mutter meint, dass ich ihr Haus verkommen lasse, sobald sie unterm Torf ist.«

»Zu Recht?«

»Ich denke nicht. Ich werde da wieder einziehen, wenn ich mit dem *Magazin* fertig bin. Dann wird zwar im Herbst nicht mehr jedes Blatt im Flug gefangen, damit es auf dem Rasen kein Unheil anrichtet, aber verkommen lassen geht anders. Finde ich.«

Steinkamp kratzte sich am Bauch. »Mit Diana ist es schwierig. Ihr genügt es nicht, halbwegs anständige Schuhe an die kleinen Leute zu verkaufen. Das mach ich seit Jahrzehnten und verdien gutes Geld dabei. Diana will was Besonderes, und sie ist ehrgeizig. Das war sie als kleines Mädchen beim Reiten schon. Wahrscheinlich hab ich ihr zu viel ermöglicht. Das teuerste Pferd, die beste Ausbildung. Sogar eine eigene Schuhkollektion habe ich sie entwickeln lassen. Alles streng ökologisch. *Di* hat sie die genannt, in ihrer bescheidenen Art, und mit großem Pressetamtam vorgestellt. Die Schuhe stehen wie Blei im Regal. Kein Aas kauft die teuren Dinger, schon gar nicht bei Steinkamp. Die

Frauen, die so was tragen, kriegen in unseren Filialen lila Pickel im Gesicht.«

Er nahm noch einen Schluck Whisky. »Dianas Kollektion hat mich plus/minus drei Millionen gekostet. Das sind auch für den reichsten Mann von Gelsenkirchen keine Peanuts.«

Hannes hatte genügend Alkohol im Blut, um sich auch als Unternehmensberater fit zu fühlen. »Heften Sie es unter Lebenserfahrung ab«, riet er dem Alten. Mit anderer Leute Millionen ließ sich prima jonglieren.

Der geplagte Vater lächelte milde. »Hab ich schon. Aber meine Tochter hat neue Pläne. Sie will eine Outdoorlinie entwickeln. Schicke Schuhe für das Leben in der Natur. Einen Namen hat sie auch schon. *Bearstone* sollen die Dinger heißen, mit einem possierlichen Petz als Logo.«

»Daher der Name Bratkartoffeln«, zitierte Hannes einen anderen Spruch seines Vaters. »Diana macht die ganze Nummer mit Teddy nur, um ihre neue Marke zu lancieren.«

»Sie haben es erfasst.«

»Und ich soll im *Magazin* die Fanfare für den Auftritt blasen.«

Schreiber schüttete sich ohne zu fragen noch einen Whisky ein. Die Buddel war danach fast leer. Er zwang sich, das edle Gesöff nicht einfach zu kippen, nippte stattdessen und stellte das Glas wieder ab. Die Tischplatte klirrte.

»Eins ist mir noch nicht klar«, sagte er wichtig. »Ihre Tochter riskiert in Rumänien einen Riesenknatsch, wenn herauskommt, dass sie hinter dem Bärenretter steht. Ist das nicht schlecht fürs Unternehmen?«

»Sicher. Und genau das will Diana. Sie will mit der Produktion raus aus Rumänien. Möglichst mit einem Knall, den man in Deutschland noch positiv verkaufen kann. Meine Tochter möchte die ganze Fertigung nach Vietnam verlegen.

Da sind die Lohnkosten niedriger als auf dem Balkan. Die Konkurrenz lässt dort schon arbeiten.«

»Warum verbieten Sie ihr den Quatsch nicht einfach? Noch gehört der Laden doch Ihnen, oder?«

Steinkamp schnaubte. »Was ich Ihnen jetzt sage, ist nicht zur Veröffentlichung bestimmt. Kann ich mich darauf verlassen?« Er sah Schreiber durchdringend an.

»Sicher«, sagte der Reporter, »auch wenn ich die Nummer hasse wie die Pest. In Berlin eilen Sie als Journalist von einem Hintergrundgespräch zum andern. Nachher wissen Sie alles, oder glauben es jedenfalls, aber schreiben dürfen Sie nichts.«

»Jeder hat sein Päckchen zu tragen.« Steinkamp schwitzte inzwischen. Er wischte sich die Perlen mit einem Stofftaschentuch von der Stirn und steckte den Lappen zurück in seine Strickjacke, die über dem Bauch strammte. Es war ein Modell, wie der Dicke es getragen hatte, als er Gorbatschow die DDR abkaufte. »Als meine Frau vor fünf Jahren starb, hat sie ihren Anteil am Unternehmen Diana vermacht.«

»Wie hoch?«

»Fünfzig Prozent.«

»Schöne Scheiße.«

»Dat kannze laut sagen.«

Hannes wusste nicht so recht, was er noch sagen sollte. Gescheites fiel ihm nicht ein, also hielt er den Mund und trank lieber noch einen Schluck. Der tote Oberförster fiel ihm wieder ein. Ob Steinkamp die Geschichte schon kannte? Möglich, dass der Merresmisch sie ihm schon gesteckt hatte. Die beiden schienen einen kurzen Draht zu haben.

»Dass der Forstamtsleiter von Braşov erschossen worden ist, wissen Sie schon, oder?«

Hubertus Steinkamp war mit den Gedanken noch woanders. »Was sagten Sie gerade?«

Schreiber wiederholte seine halbe Frage. Steinkamp nickte. »Ich hab viel bei Ion Hulanu gejagt. Mein Bär kommt auch aus seinem Wald. Ion war ein Schlitzohr. Mit allen Wassern gewaschen. Von allen Hunden gehetzt. Wenn ein bisschen was für ihn hängen blieb, hat er manches möglich gemacht.«

»Haben Sie eine Ahnung, wer hinter der Tat stecken könnte?«

»Ich dachte, die suchen diesen Teddy.«

»Ich glaube, der war es eher nicht.«

Steinkamp leerte sein Glas. »Da bin ich mir nicht so sicher. Im Februar war ich auf der Jagdmesse in Dortmund. Da standen Typen wie Teddy vor der Halle, mit Hass in den Augen pöbelten die die Leute an. Ein Transparent hatten sie auch dabei. *Den Hasen das Leben, den Jägern den Schrot*, stand drauf. Wer so was schreibt, der schießt auch.«

»Diese Häschenstreichler wissen doch gar nicht, was eine Schrotgarbe beim Menschen anrichten kann. Die halten das für witzig. Ein paar Schrotkörner im Jägerarsch, das war's.« Dann erzählte Schreiber dem Alten seine Erlebnisse während der Nacht, in der es den Forstamtsleiter erwischt hatte. Beim Reden fiel ihm auf, das Sebastian Sellemerten alias Teddy sehr wohl Gelegenheit gehabt hatte, diesen Hulanu zu erschießen. Ob auch die Waffe dafür, wusste der Reporter nicht. Er konnte sie irgendwo im Wald versteckt haben.

Weil Schreiber schon ordentlich einen im Tee hatte, ließ er sich zu allerhand Klamauk hinreißen, als er auf seine Flucht zu sprechen kam. Sein langer Marsch auf Socken gefiel dem Unternehmer besonders gut.

»Wir müssen unbedingt mal zusammen jagen gehen, Schreiber«, sagte er. »Wie alt sind Sie eigentlich genau?«

»Siebenundfünfzig.«

»Halbes Kind«, frotzelte Steinkamp. »In dem Alter hab ich noch die Rinde von den Bäumen gepisst.«

»Da wär ich gern dabei gewesen.«

Der Alte beäugte die fast leere Whiskykaraffe. Er verteilte den Rest brüderlich und hob sein Glas wie Admiral von Schneider in *Dinner for One.* »Ich heiße Hubert, und du?«

»Hannes. Nur meine Mutti sagt Hans-Jürgen zu mir.«

»Prost, Hannes.«

»Prost, Hubert.«

Sie verschränkten die Arme beim Bruderschaft-Trinken. Die ganz alte Ruhrpottschule war das.

Schreiber war zu besoffen, um sich große Gedanken über seinen Duzfreund zu machen. Er hing in seinem Sofa, ganz eins mit sich und dem Abend, und fing an, lustige Geschichten aus seinem Jägerleben zu erzählen. Von seinem ersten italienischen Wildschwein schwadronierte er, das sich nach dem Erlegen als Stachelschwein entpuppt hatte. Wie die von Passanten alarmierte Polizei mal seinen Kumpel Werner bei der Kaninchenjagd fast in die Zwangsjacke gesteckt hatte, weil er mit dem Kopf im Karnickelbau steckte und pausenlos »Bärchen, komm!« gerufen hatte. Werner nannte seine Frettchen grundsätzlich Bärchen, und eins von den Biestern hatte mal wieder vor lauter Jagen das Zurückkommen vergessen.

Schreibers neuer Freund hatte auch ein paar hübsche Geschichten auf Lager, die er beim Leeren der nächsten Karaffe zum Besten gab. Am Ende verabredeten sich die beiden zur Jagd in den Karpaten.

»Hulanu wollte eine große Treibjagd auf die Bären in Răcădău veranstalten. Er hatte mich schon eingeladen. Mal schau'n, ob es nach seinem Tod dabei bleibt. Wenn ja, kommst du auf jeden Fall mit, Hannes!«

Schreiber war so besoffen wie begeistert. Erst im Taxi, das ihn zurück nach Wattenscheid brachte, fiel ihm sein Erlebnis mit der Bärenmutter wieder ein. Aber da war es zu spät.

20

Am nächsten Morgen ging es ihm besser als erwartet. Er hatte im Kinderzimmer unterm Dach lange und traumlos geschlafen. Das Frühstück, das seine Mutter ihm vorsetzte, tat ein Übriges. Schwarzbrot mit Quark und Erdbeermarmelade, dann ein Toast mit Gouda. Alles so wie früher, leider auch der Kaffee. Der war ihm inzwischen zu dünn. Berta Schreiber wieselte durch die Küche und las ihrem Einzigen jeden Wunsch von den Augen ab. Die *WAZ*, die sie ihm brachte, legte Schreiber ungelesen beiseite, plauderte stattdessen mit seiner Mutter über die Verwandtschaft, den Gesangsverein und die Alcantara-Bande. So nannte er das Damenkränzchen, mit dem sie um die Häuser zog. Die hochbetagten Mädel trugen gern Kostüme und Übergangsmäntel aus Alcantara-Stoff, einer Art künstlichem Veloursleder, das vor Jahrzehnten modern gewesen war.

Während seine Mutter das Frühstücksgeschirr spülte, überdachte Schreiber seine nächsten Schritte. Nach den Enthüllungen des Weidgenossen Hubertus konnte er die Akte Rumänien eigentlich schließen. *Only a pawn in their game* fiel ihm ein, Dylans früher Song über einen armen Weißen, den sie vorgeschickt hatten, um einen schwarzen Bürgerrechtler loszuwerden. Nur ein Bauer im Schachspiel um die Macht im Hause Steinkamp mochte Hannes nicht sein.

Aber da gab es auch noch einen Herrn namens Bartelmus, dem er vor zwei Tagen zugesagt hatte, nach Rumänien zurückzufliegen. Stefan würde das Rumpelstilzchen geben, wenn Schreiber achtundvierzig Stunden später in Hamburg auftauchte, um ihm die Geschichte auszureden. Das Gebrüll von Rausschmiss ohne Abfindung hatte er noch im Ohr. Besser, er flöge noch mal da hin, und sei es nur, um die Story begründet absagen zu können. Wenn er Diana und ihren Herrn Sellemerten mit den Aussagen des alten Steinkamp konfrontierte, wäre ohnehin Schluss mit der Zusammenarbeit.

Außerdem hatte es ihm dieses raue Land angetan. Für einen Möchtegernnaturburschen wie Schreiber waren die Karpaten ein Berg- und Wäldertraum. Selbst Gämsen sollte es am Königstein geben. Und die Leute in den Dörfern lebten auf eine Art, die Schreiber an seine Kindheit unter Köttern und Kumpeln im Nachkriegsruhrpott erinnerte. Der Abend bei Katharinas Oma in Wolkendorf fiel ihm ein. Er wusste nicht, wer ihm besser gefallen hatte, Oma oder Enkelin. Die Disi ist nur fünfzehn Jahre älter als du, rechnete er sich vor, und Katharina mindestens zwanzig Jahre jünger. Vom Alter her kommt es besser hin, wenn du dich an die Oma hältst, Hannes.

»Wat is mit dir, Hans-Jürgen? Wo bisse mit deine Gedanken?« Schreibers Mutter sah ihren Jungen besorgt an.

»Schon gut, Mutti. Ich muss morgen schon wieder weg nach Rumänien.«

»Und ich hab gedacht, du hilfs mir ma, den Papa fertig machen.«

›Den Papa fertig machen‹ nannte Berta Schreiber die Pflege des Grabes ihres vor bald dreißig Jahren gestorbenen Gatten.

»Das machen wir heute Nachmittag, Mutti.«

Der Rest des Vormittags verging mit Reisevorbereitungen. Er bestellte sich ein Ticket für den Flug nach Rumänien. »Alles außer Sibiu«, sagte er, als ihn die Frau vom Reisbüro nach dem Zielflughafen fragte. Sie buchte ihn auf Bukarest. Einen Mietwagen und ein Hotelzimmer in Braşov ließ Schreiber sich auch reservieren. Dann versuchte er, Katharina Orend zu erreichen. Im Festnetz ging der Ruf durch, aber es nahm niemand ab. Er hinterließ eine Nachricht auf ihrem Anrufbeantworter und probierte es dann auf dem Handy. Eine automatische Dame redete rumänisch. Er hörte keinen Mailboxton.

Seine Mutter hatte natürlich keinen Computer. Also fuhr Schreiber mit dem Bus in die Stadt. Bochum war auch nicht schöner geworden in den letzten Jahren. Selbst im Zentrum machten sich Eineuroläden breit. Am Bahnhof fand er ein Internetcafé und schickte eine Mail nach Braşov.

Hallo Katharina, morgen bin ich wieder in Rumänien. Ich melde mich dann telefonisch bei Ihnen. Gruß Hannes Schreiber.

Wie immer, wenn er in Bochum war, ging er anschließend zum Bratwursthäuschen ins Bermudadreieck, dem Kneipenviertel seiner Heimatstadt. Die Currywurst von *Dönninghaus* galt im Ruhrpott als Kult. Schreiber ließ sich gleich zwei Würste schreddern und mit der scharfen Sauce übergießen. Dazu gab es ein Brötchen. Pommes führte *Dönninghaus* nicht. Hannes spießte die Wurstbrocken mit einem Plastikgäbelchen, mümmelte das Brötchen gegen die Schärfe und konnte es sich nicht verkneifen, die Soßenreste aus der Pappschale zu schlecken.

Die Kneipe gegenüber hieß schlicht *Pinte.* Männer seines Alters hingen dort ab. Er kannte die meisten Gesichter in dem Laden, aber die Namen der Leute fielen ihm nicht mehr ein. Schreiber trank ein schnelles Bier gegen den Durst und nahm den 45er zurück nach Hause.

Seine Mutter hatte ihr Mittagsschläfchen beendet. Sie holte das Einkaufswägelchen mit den Friedhofsutensilien aus dem Keller und gemeinsam zogen die beiden los. Schreiber musste sich an das Tempo einer Siebenundachtzigjährigen erst gewöhnen, sie brauchten eine halbe Stunde für den Kilometer.

Er war lange nicht mehr am Grab seines Vaters gewesen. Ohne seine Mutter hätte er es kaum gefunden. Obwohl er oft an seinen Alten dachte, besonders, wenn er einen seiner Sprüche benutzte, wollte ihm die Stelle, an der er begraben lag, so gar nichts sagen. Zwei abgeblühte Rhododendronbüsche, ein paar spillerige Azaleen, davor das rautenförmige Beet mit den rosa Eisbegonien, die seine Mutter so liebte. An seinen Vater erinnerte ihn das nicht. Unter Anleitung lockerte er die Erde mit der Hacke, zupfte Spurenelemente von Unkraut und holte Wasser von der Zapfstelle. Mit einer Bürste schrubbte seine Mutter die Trittsteine blank.

»Dat würd den Papa getz freuen, wenn er dich hier sehen könnte«, meinte Berta Schreiber. »Aber wat soll bloß aus der Gruft werden, wenn ich mal nich mehr bin? Du bist doch immer unterwegs, Junge.«

»Bis du stirbst, bin ich lange in Rente, Mutti.«

»Ich bin 'ne Frau von ei'm Tag, Hans-Jürgen. Irgendwann inne nächsten zehn Jahre passiert et.«

Schreiber lachte auf. »Zehn Jahre willst du noch machen. Du weißt doch, was Papa der Oma gesagt hat, als sie achtzig wurde. ›Wenn du so weitermachst, müssen wir dich irgendwann einschläfern lassen, Hedwig.‹«

»Ja, so war er«, sagte Berta Schreiber und verdrückte ein Tränchen.

21

Katharinas Briefkasten quoll über. Auf sein Klingeln öffnete sie nicht. Schreiber hatte sie zu erreichen versucht, seit er in Bukarest gelandet war, erhielt aber nur rumänische Antworten vom Band. Er begann, sich Sorgen zu machen, wähnte die Biologin, von Bären angefressen, im Wald bei ihren Fallen liegen. Dann rief er sich zur Ordnung. Sie hatten keinen Termin für seine Rückkehr vereinbart, Schreiber hatte sogar offengelassen, ob er überhaupt noch einmal bei ihr aufschlagen würde. Denkst du, die Frau hat nichts Besseres zu tun, als zu Hause zu sitzen und auf die Rückkehr des großen Reporters zu warten?, fragte er sich. Eine Antwort erübrigte sich.

Schreiber fuhr von Răcădău zurück in die Innenstadt. Dem Hotel, das sie für ihn gebucht hatten, sah man die Sparmaßnahmen des *Magazin*-Verlages an. Ein nach der Revolution hochgezogener Kasten an einer Ausfallstraße der Stadt. Zum Glück gab es einen Parkplatz. Schreiber stellte den gemieteten Opel Corsa nah beim Eingang ab und checkte ein. Sein Zimmer lag im fünften Stock und sah aus wie alle Hotelzimmer dieser Preisklasse in Europa. Wenn man morgens die Augen aufschlug, wusste man nicht, ob man in Helsinki, Hannover oder Hintertupfingen gelandet war. Er räumte den Inhalt seines Koffers in den kieferfurnierten Schrank und verließ die traurige Stätte wieder. Es war Nachmittag, und er sollte irgendetwas tun, um auf andere Gedanken zu kommen. Er bummelte Richtung *centru,* aber die Stadt war so heiß und die Straße so öde, dass er nach wenigen Hundert Metern umkehrte. Schließlich setzte sich Schreiber ins Auto, studierte seine Rumänienkarte und fuhr los.

Er nahm die Straße Richtung Zărneşti, um von dort nach Măgura zu fahren. Es gab einiges mit Diana Steinkamp zu bereden, und er glaubte, dass sie ihn, im Gegensatz zu Katharina, auch erwarten würde. Nicht umsonst hatte sie bei der Kandidatin angerufen und die bei Bartelmus. Gut möglich, dass die Telefonkette auch in umgekehrter Richtung funktionierte.

Auf halber Strecke sah der Reporter ein Hinweisschild, das ihn seine Pläne über den Haufen werfen ließ. *Vulkan 5 km.* Schreiber folgte ihm und hielt eine Viertelstunde später vor dem Haus, in dem es ihm so gut gefallen hatte. Die Gasse lag ausgestorben unter der Nachmittagssonne, die Bank, auf der Katharinas Oma gesessen hatte, war verwaist. Er klopfte an die eiserne Hoftür, niemand antwortete. Er drückte die Klinke, die Tür war verschlossen. Unschlüssig blickte Schreiber um sich. Das blassgelbe Haus fiel ihm auf. *Erbaut von Johannes Guttner AD 1896,* stand auf dem Giebel. Vielleicht wusste der Guttner Miaten, wo Sara Orend steckte. Schließlich sollte er deren Enkelin heiraten.

Der Reporter überquerte die Gasse und klopfte an Guttners Tor. Jemand drinnen rief *»Pufftitti!«*, jedenfalls hörte es sich für Schreiber so an. Zögernd betrat er den Hof. Vom Guttner Miaten, wenn er es denn war, sah er nur eine verdreckte Jeans und am Schaft ausgefranste Gummistiefel. Der Rest des Mannes lag unter dem Traktor und fluchte sächsisch.

»Hannes Schreiber aus Deutschland. Sind Sie Herr Guttner?«

Der Mensch unter dem Trecker brummte Zustimmung.

»Ich suche Sara Orend. Wissen Sie, wo sie steckt?«

»Ist sie nicht daheim?«

»Nein.«

»Dann versuchen Sie's halt beim Herrn Pfarrer. Da ist die Sara zuletzt oft gewesen.«

»Wo find ich den?«

Unter dem Traktor schnaubte es. »Bei der Kirche, wo sonst?«

Schreiber hörte Guttner mit dem Schraubenschlüssel hantieren. »Danke«, sagte er und verließ den Hof. Ob dieser unhöfliche Kerl der Richtige für Katharina wäre, wagte er zu bezweifeln. Aber vielleicht sah der Miaten gewaschen ja wirklich so gut aus, wie die Disi meinte.

Er brauchte eine Weile, um die Kirche von Wolkendorf zu finden. Sie lag etwas abseits der Hauptstraße hinter einer Häuserreihe verborgen. Ein offener Torbogen führte ihn vor eine Ringmauer, die der Kirchturm überragte. Schreiber durchschritt die Tür und bestaunte die hufeisenförmige Befestigungsanlage. Sie schützte eine Kirche mit weißem Turm und gelbem Schiff. Schreiber umrundete das Gotteshaus und stand vor einem zweistöckigen Gebäude, das nach außen Teil der Mauer war, im Innern aber eine Reihe von Vorratskammern beherbergte. Die Turmuhr schlug fünf.

Das Pfarrhaus lag beim Eingang der Glaubensfestung. *Evangelische Kirchengemeinde Augsburgischen Bekenntnisses Gemeinde Wolkendorf,* stand auf dem Schild. Schreiber klopfte an. Wieder rief jemand »*Pufftitti!*«.

Der Raum, den Schreiber betrat, verströmte den spröden Charme eines evangelischen Pfarrhauses alter Schule: weiß getünchte Wände, zwei dunkle, ältliche Holzstühle vor einem Schreibtisch. Einziger Schmuck des Zimmers war ein besticktes Leinentuch an der Wand zwischen den beiden Fenstern. *Ein' feste Burg ist unser Gott,* stand darauf, schwarz auf weiß.

Der Pfarrer, Schreiber nahm an, dass der Mann hinter dem Schreibtisch dieses Amtes waltete, war vielleicht Anfang sechzig. Er trug eine graue Anzugjacke, deren Ärmel an den Ellenbogen wie Speckschwarten glänzten. Das Hemd stand am Halse offen und gab den Blick frei auf einen faltigen Kehlsack. Das Gesicht des Pastors war fahl und knitterig wie sein Hals. Müde Augen unter farblosen Brauen, die Stirn in Falten gelegt wie ein Boxerhund. Wenige, dünne Haare, deren Farbe sich nicht zwischen aschblond und mausgrau entscheiden konnte, klebten an seinem Kopf. Ein Stumpen qualmte unter seiner Nase. Der Hirte der evangelischen Schäfchen Wolkendorfs machte den Eindruck, als sei er des Treibens müde.

Auf dem Besucherstuhl vor seinem Schreibtisch saß Sara Orend und weinte. Schreiber, der selbst nahe am Wasser gebaut hatte, wusste nicht, was tun.

Der Pfarrer sah ihn fragend an. Statt sich ihm vorzustellen, setzte sich der Reporter neben die Weinende. »Was ist mit Ihnen, Frau Orend?«

Sara brauchte etwas, um ihn zu erkennen. Dann drückte sie ihr Taschentuch vor Mund und Nase und schnäuzte schluchzend.

»Ist was mit Katharina?« Schreiber hatte ein ungutes Gefühl, seitdem er vergeblich versuchte, sie zu erreichen.

Die Disi nickte schniefend. Ihre Finger knautschten das Taschentuch.

»Ist ihr was mit den Bären zugestoßen?«

Sara Orend schüttelte den Kopf. Ein neuer Weinkrampf schüttelte sie.

Schreiber legte ihr den Arm um die Schultern und warf dem Pastor einen Hilfe suchenden Blick zu. »Was ist passiert?«

Der Pfarrer drückte seinen Stumpen aus. »Ich weiß nicht,

wer Sie sind«, sagte er mit einer Stimme, noch müder als seine Miene.

Schreiber stellte sich vor. Der Pastor nicht.

»Und in welchem Verhältnis stehen Sie zu Katharina Orend?«

In einer anderen Situation hätte Hannes die Frage eine Weile in seinem Kopf bewegt. Dass sein Interesse an der Biologin übers Berufliche hinausging, war ihm klar. Sonst säße er nicht an diesem Ort. Mit dem Pfarrer von Wolkendorf mochte er sein Gefühlsleben nicht bereden. »Ich hab sie bei der Arbeit kennengelernt«, sagte er. »Ich recherchiere über die Situation der Karpatenbären. Katharina hat mir das Leben gerettet, als mich eine Bärin attackierte.«

Der Kirchenmann wippte mit dem Kopf wie ein Wackeldackel auf der Hutablage. »Sie ist vor vier Tagen verhaftet worden. Man verdächtigt Treni, den Forstamtsleiter von Braşov erschossen zu haben.«

Schreiber schluckte trocken. Ein metallischer Geschmack breitete sich in seinem Mund aus. Er klopfte seine Taschen nach Zigaretten ab, fand sie in der Hose, nestelte mit fahrigen Fingern eine aus der Schachtel und steckte sie an. Das Nikotin machte die Nachricht nicht besser. Nikotin machte überhaupt nichts besser.

»Wie kommt die Polizei ausgerechnet auf Katharina?«, fragte er den Pfarrer.

»Es hat wohl am Tag vor Hulanus Tod Ärger zwischen den beiden gegeben. Auf einer Sitzung im Rathaus. Katharina sei sehr emotional geworden, sagt die Polizei.«

Schreiber lachte bitter. »Wenn ich alle Leute, mit denen ich mal Krach angefangen habe, anschließend erschossen hätte, wäre ich Massenmörder.«

Der Pastor sagte nichts. Er lutschte einen neuen Stumpen

an, und Katharinas Disi zog Tränen und Rotz in der Nase hoch.

»Hat man Beweise? DNA-Spuren, die Tatwaffe, irgendwas? Oder hat jemand sie am Tatort gesehen?« Hannes konnte Katharina nicht als kühle Killerin denken.

Der Seelsorger, von dem Schreiber noch immer nicht wusste, wie er hieß, zuckte mit den Schultern.

»Hat Katharina denn keinen Anwalt?«

Sara Orend hatte sich inzwischen so weit erholt, dass sie wieder sprechen konnte. Ihre brüchige, kleine Stimme erinnerte Schreiber kaum an die selbstbewusste Frau, die er vor einer Woche angetroffen hatte. »Wir haben hier keine Erfahrung mit dem, Herr Schreiber. Advokaten hat es nur in Kronstadt. Das sind geschliffene, studierte Menschen. Die versprechen das Blaue vom Himmel und ziehen dir das letzte Hemd aus.«

»Trotzdem braucht Katharina einen Verteidiger. Kennen Sie keinen zuverlässigen, Herr Pastor?«

»Das Juristische macht der Bischof für uns. Der sitzt in Hermannstadt.«

»Und was ist mit der deutschen Botschaft?«

Der Pfarrer schaute erstaunt. »Dahin haben wir uns noch nicht gewandt. Wir sind rumänische Staatsbürger.«

»Katharina ist Deutsche, nehme ich an. Als sie mit den Eltern nach Deutschland gezogen ist, hat sie sicher die deutsche Staatsangehörigkeit gekriegt.«

Sara Orend nickte.

»Ich setze mich mit der Botschaft in Verbindung«, sagte Schreiber, »und Sie, Herr Pfarrer, sollten sich um einen Besuchstermin bei Katharina kümmern. Als Seelsorger lässt man Sie sicher zu ihr. Wenn's eben geht, möchte ich mitkommen. Zur Not als Ihr Vikar. Ich komm aus einem evangelischen Elternhaus und bin vergleichsweise bibelfest.«

»Wie stellen Sie sich das vor? Ich weiß nicht mal, wo sie sitzt.«

»Dann finden Sie es heraus. Rufen Sie bei der Polizei an. Die müssen Ihnen das sagen.« Der Gottesmann ging dem Reporter langsam auf die Nerven.

Schreiber legte seine Hand auf Sara Orends Hände, die, das verheulte Taschentuch umschließend, in ihrem Schoß ruhten. »Kommen Sie, Frau Orend, ich fahre Sie jetzt nach Hause. Sie müssen sich mal ausruhen. Der Herr Pfarrer und ich, wir kümmern uns um Ihre Enkelin. Wir holen Treni da raus.«

Die alte Frau sah ihren Seelsorger fragend an. Als der nickte, stand sie auf, strich ihre Kittelschürze glatt. »Wir telefonieren morgen, Herr Pastor«, sagte Schreiber und legte seine Visitenkarte auf den Schreibtisch. »Frau Orend wird Ihre Nummer ja haben.« Dann ging er mit Sara zum Wagen und fuhr sie zu ihrem Hof in der Hintergasse. Sie schloss die Tür auf und bat den Reporter hinein.

»Ich mach uns gleich Abendbrot«, sagte sie, »vorher muss ich meine Tierchen füttern. Die können ja nichts dafür, die armen Viecher.«

Sie wieselte über den Hofplatz, warf ihren Hühnern Maiskörner vor und fütterte den Kettenhund mit einem Kanten Brot. Die Katzen strichen um ihre Beine, bis auch sie ihr Fressen hatten. Der schwarze Kater, den die Alte »Othello« rief, bekam noch einen Extrahappen. Schreiber setzte sich auf die Treppe in die Abendsonne, während Sara Orend im Schweinestall wirtschaftete. Dies war immer noch ein toller Ort, aber genießen konnte er ihn nicht. Er rauchte hektisch und drückte die Kippe zwischen den Steinen aus.

Es gab keinen Palukes. Frau Orend nahm ein Brot vor die Brust und säbelte ein paar Scheiben davon ab. Sie stellte

Käse auf den Tisch, legte ein Stück Hartwurst daneben und kochte Tee. »Den sammel ich selbst«, sagte sie. Es war der beste Kräutertee, den Hannes je getrunken hatte. Das wollte nicht viel heißen. Schreiber war nicht der Kräuterteetyp.

Sie aßen schweigend ihr Abendbrot, das heißt, er aß und Sara Orend mümmelte ein wenig an einer Schnitte herum. »Sie würd so was nie tun«, sagte sie schließlich. »Sie ist ein reiner Engel, meine Treni. Sie ist nie mürrisch. Sie hat so fleißige Händchen. Die ist nie müde. Als Mädchen war sie viel bei mir. Die Eltern hatten beide ihren Dienst in Kronstadt. Da ist sie praktisch bei mir großgewachsen. Ich kenn doch meine Treni.«

Hannes hatte fürs *Magazin* viele Menschen porträtiert, die Verbrechen begangen hatten. Er hatte gerichtspsychologische Gutachten über Totschläger studiert und sich den Hintern in Mordprozessen viereckig gesessen. Er fand es spannend, herauszufinden, wie aus Kindern ›Killer‹ geworden waren. Jedenfalls bezeichnete das Blatt mit den ganz großen Überschriften sie gern so. Wie dünn die Firnis der Zivilisation beim Homo sapiens war, überraschte ihn immer wieder.

Mit Sara Orend mochte er das nicht diskutieren. Aber er rief es sich in Erinnerung, um ein böses Erwachen zu vermeiden. Im Grunde kannte er Katharina nur flüchtig. Sie war eine sympathische, junge Frau. Tough genug, um einer attackierenden Bärin mit nichts als einer Dose Pfefferspray entgegenzutreten. Auch tough genug, einen verhassten Menschen zu erschießen? Er glaubte es nicht. Fürs Glauben ist der Pfarrer zuständig, sagte sich Schreiber und trank seinen Tee aus.

»Es ist der alte Hass.« Die Disi legte ihr Brot beiseite. Sie mochte nicht mehr essen. Hannes sah ihr an, dass sie reden musste. »So?«, sagte er.

Frau Orend schniefte. »Ja. Seit dem Krieg denken die Walachen, sie sollten Herr über uns Sachsen sein. Sie haben unsere Höfe weggenommen im 45er mitsamt dem Vieh. Tagelöhner waren wir auf unserem eigenen Grund. Weil die Deutschen den Krieg verloren hatten. Dabei war der Rumäne doch mit uns verbündet. Mit den Unseren haben sie bei Stalingrad gegen den Russen gekämpft. Und verloren. Erst als der Feind vor der Grenze stand, sind sie zu den Russen übergelaufen, die ganze Armee. Da waren sie bei den Siegern, wie kein Krieg mehr war. Schlau ist er, der Walache, viel schlauer als der dumme Sachse.«

»Aber Sie haben Ihren Hof doch zurückbekommen, Frau Orend.«

Die alte Sächsin lachte bitter. »Ja, im 54er. Heruntergewirtschaftet hatten sie ihn, und unser Grund gehörte da schon dem Kollektiv.«

Schreiber wusste, dass die meisten Sachsen mehr oder weniger freiwillig in der Waffen-SS gedient hatten, aber er wollte das an diesem Abend mit der alten Frau nicht diskutieren. Katharinas Verhaftung hatte ihre Bitterkeit wieder geweckt. Gegen Gefühle war schlecht argumentieren. Er ließ Sara reden.

»Im 59er hat der Nachtwächter von Wolkendorf einen Sachsen zu Tode geprügelt. Die Polizei saß im evangelischen Gemeindesaal. Sie wollten, dass es einer von den Unsrigen war, der den Meier Walter erschlagen hatte. Nicht dieser elende Walache. Alle sächsischen Männer wurden verhört. Wir Frauen haben den Knüppel von dem Nachtwächter gesucht. Er lag in der Nähe, wo der Walter erschlagen war. Das Blut klebte noch daran. Den haben wir der *poliţia* gezeigt. Da konnten sie nicht anders. Sie mussten den Walachen verhaften.«

Hannes dämmerte, dass es ihm ähnlich ergehen könnte. Er musste den Mörder des Forstamtsleiters finden, wenn er Katharina freibekommen wollte.

22

»*Bună seară!* Zelle vier angetreten. Zweiundsiebzig Gefangene. Keine besonderen Vorkommnisse.« Die Zellenälteste stand stramm vor dem Etagenbett beim Eingang und schnarrte die Abendmeldung. Die Wärterin mit der lächerlichen Uniformmelone auf dem Kopf würdigte sie keines Blickes. Sie sah keine Gefangene an, auch Katharina nicht, an der die dralle Frau im Dienstblouson nahe vorbeimusste. Katharina stand wie alle anderen Frauen vor ihrem Dreistöcker und starrte geradeaus.

Die Aufseherin marschierte zum vergitterten Zellenfenster. Sie zückte eine Art Degen mit goldener Parierstange zwischen Griff und Klinge. Auf der Spitze der Waffe steckte eine Holzkugel, etwas größer als ein Tennisball. Damit schlug die Dicke gegen das Fenster. Das Glas hielt stand. Das Ritual diente anscheinend dazu, die Sinnlosigkeit von Ausbruchversuchen zu demonstrieren. Nach ihrem Auftritt marschierte der uniformierte Kugelblitz grußlos wieder hinaus. Die Eisentür der Zelle fiel kreischend ins Schloss. Der erste Tag im neuen Leben der Katharina Orend aus Braşov war zu Ende. Jedenfalls sein amtlicher Teil.

Als Neuankömmling hatte sie ein Bett in der obersten Etage eines dreistöckigen Etagenbettes zugewiesen bekommen, mit einem halben Meter Luft zwischen Matratze und Zellendecke. Katharina zog die Schuhe aus, kletterte auf ihre Pritsche, steckte die Beine aus und starrte an die Decke.

Irgendwo rechts in der Ecke grölte ein Fernseher Werbespots. Einer für *Ursus*-Bier war auch darunter.

Katharina schnaufte aus. Hier sollte sie es aushalten, mit siebzig Frauen auf zweihundert Quadratmetern eingesperrt, von der Außenwelt abgeschnitten. Der Gedanke ließ sie frieren, trotz der Hitze, die sich unter der Zellendecke staute. Man konnte den Mief der Meute mit Händen greifen. Katharina hielt es im Sommer kaum in ihrer Wohnung aus. Wenn sie ein paar Stunden am Schreibtisch gehockt hatte, musste sie an die Luft. In den Wald, den sie so liebte, auch weil er im August noch Schatten spendete. Und nun das hier! Tage, Wochen, Monate, vielleicht gar Jahre. Ein Abgrund tat sich auf. Die Tiefe saugte sie an wie einen Menschen mit Höhenangst. Sie versuchte, dem schwarzen Loch zu widerstehen, und stürzte doch hinein. Ein Weinkrampf überkam Katharina. Sie warf sich auf den Bauch und drückte den Kopf ins Kissen. Die anderen Frauen sollten nicht merken, wie elend ihr war. Mit zuckenden Schultern lag sie da und heulte Rotz und Wasser. Das Bett wackelte unter ihr, aber niemand störte sich daran. Keine Hand, die sie hielt, kein Wort, das sie tröstete. Unter so vielen Frauen war Katharina in ihrem Elend allein. »Scheiße«, flüsterte sie in ihr Kissen, »so eine gottverdammte Scheiße. Warum muss ausgerechnet mir das passieren?«

Es gab keine Antwort auf solche Fragen, aber das Fluchen erleichterte sie ein wenig. Langsam ließ das Heulen nach. Katharina drehte den Kopf zur Seite, um besser atmen zu können. Die Luft tat ihr gut, auch wenn sie nach Schweiß und Pipi roch. Mit tiefen Atemzügen versuchte sie, ihre Panik zu besiegen. Sie atmete tief in den Bauch, hielt die Luft an und ließ den Mulm dann zur Nase hinaus. Bis zur Neige leerte sie die Lunge, um sie im nächsten Augenblick wieder vollzupumpen. Langsam gewann sie die Gewalt über sich zurück. So ruhig wie möglich dachte sie über ihre Lage nach.

Sie wollten ihr den Mord an Ion Hulanu anhängen, oder wenigstens eine Mittäterschaft. Der Typ, der die Bärenfütterung vergällt hatte, lief immer noch frei herum. Weil sie ihn nicht zu fassen kriegten, hatte die Polizei sie festgenommen. Morgens um fünf standen sie vor ihrer Wohnungstür, mit einem Durchsuchungsbefehl in der Hand. Drei Bullen stellten ihre Bleibe in Răcădău auf den Kopf. Gesagt hatten sie es nicht, aber die Blauen waren offensichtlich auf der Suche nach der Tatwaffe. Von einer Büchse im Kaliber 8x57 hörte Katharina sie im Nebenzimmer leise reden. Natürlich hatten sie keine Waffe bei ihr gefunden. Alle Aktenordner und Mappen waren trotzdem konfisziert worden, und ihr Computer auch.

Beim Verhör im Polizeipräsidium kamen die Kriminalen immer wieder auf den Mann in Tarnkleidung zurück. Sie hielten ihr das unscharfe Foto vor die Nase wie Hulanu beim Meeting im Rathaus. »Kennen Sie diesen Mann, *doamnă* Orend? Es ist besser für Sie, wenn wir ihn schnell finden. Wo waren Sie in der Nacht von Mittwoch auf Donnerstag? War jemand bei Ihnen? Nein? Eine so hübsche junge Frau schläft nachts sicher nicht allein. Doch? Das ist schlecht für Sie, doppelt schlecht. Sie haben nicht nur keinen Mann, *doamnă* Orend, Sie haben auch kein Alibi.«

In diesem Stil redeten die Bullen auf sie ein. Stundenlang in wechselnder Besetzung. Mal barsch und brutal, mal schmeichlerisch und anbiedernd. Katharina antwortete immer dasselbe: »Ich kenne diesen Mann nicht. Ich habe in jener Nacht allein in meinem Bett geschlafen.« Punkt, aus.

»Aber Sie hassten Ion Hulanu. Sie haben ihn am Tag vor der Tat vor Zeugen übel beschimpft, *doamnă* Orend. Unser *comisar şef* hat selbst mit am Tisch gesessen. Wollen Sie das bestreiten? Wollen Sie behaupten, unser Chef lügt?«

»Ich habe den Forstamtsleiter einen Genossen genannt. Ist das neuerdings ein Schimpfwort? War er nicht in der Partei? Noch vor sechzehn Jahren hätten auch Sie darauf bestanden, als Genosse anredet zu werden, *subinspector* Eminescu.«

»Werden Sie nicht unverschämt, Orend. Von Abkömmlingen deutscher Hitleristen lasse ich mich nicht beleidigen. Wir Rumänen sind ein altes, stolzes Volk. Und wir sind großzügig. Wir geben Ihnen Gelegenheit, über die ganze Sache in Ruhe nachzudenken. Falls Ihnen etwas einfällt, das uns interessieren könnte, sagen Sie es der Gefängnisleitung. Wir kommen Sie dann besuchen, *doamnă* Orend.«

Sie hatten sie in den Frauenknast von Târgşor gebracht. Die Direktorin persönlich nahm sie in Empfang, eine Frau mit rosa Kostüm und rosa Lippenstift. »Ein Viertel unserer Häftlinge sind Mörderinnen«, sagte sie, »Sie sind hier also unter Ihresgleichen.«

Katharina blieb die Spucke weg. »Ich bin keine Mörderin!«

»Das sagen viele. Tatsächlich sind sie oft mehr Opfer als Täter. Die meisten haben ihren Mann umgebracht, nachdem sie jahrelang von ihm im Suff verprügelt worden sind.« Die Direktorin blätterte kurz in der Mappe, auf deren Umschlag Katharinas Name prangte. »Aber bei Ihnen liegt die Sache ja anders. Sie sollen einen Menschen kaltblütig ermordet haben. Schreibt die *poliţia*.«

Katharina meinte, im letzten Halbsatz der Knastchefin einen ironischen Unterton herausgehört zu haben, eine Art subkutaner Botschaft. Vielleicht hatte sie die auch nur hören wollen. Auf ihrem Bett unter der Zellendecke, im Ausdunst von zweiundsiebzig Leibern, half ihr ein Anflug von Ironie im Ton der Gefängnisdirektorin auch nicht. Sie überlegte besser, wer oder was ihr wirklich helfen könnte. Ihr fiel verdammt wenig ein.

Es fing schon damit an, dass vielleicht gar niemand von ihrer Verhaftung wusste. Katharina schüttelte den Kopf. Die Polizei würde ihre Inhaftierung als großen Erfolg verkaufen, da war sie ziemlich sicher. Das würde die Disi natürlich mitbekommen. Die Oma schaute jeden Mittag und Abend die Nachrichten. Wahrscheinlich würde sie weinend zum Pfarrer laufen und ihn um Hilfe bitten. Katharina kannte den Pfarrer von Wolkendorf. Er hatte sie konfirmiert. Dass er mehrfach auf der Kanzel eingeschlafen sei, hielt sie für ein Gerücht, das die orthodoxe Konkurrenz in die Welt gesetzt hatte. Pfarrer Arning bot sich für solchen Spott allerdings an. Mehr als Trost für die Disi erwartete sie von ihm nicht.

Alles kam darauf an, dass ihre Verhaftung in Deutschland bekannt wurde. *Vier Tatzen,* die Tierschutzorganisation, die ihre Stelle finanzierte, würde vielleicht bei der Regierung Radau machen. Sie hatten gute Beziehungen ins Unterholz des Umweltministeriums. Vielleicht würden die sich ans Außenministerium wenden. Rumänien wollte unbedingt in die EU. Einen Justizskandal mit einer deutschen Staatsbürgerin als Opfer konnten die Rumänen zurzeit nicht brauchen.

Stopp, sagte Katharinas Gehirn seiner Besitzerin an dieser Stelle. Werd nicht größenwahnsinnig. Die große Politik hat anderes zu tun, als sich um die kleine Treni im Knast von Târgşor zu kümmern. Du bist nicht der Mittelpunkt der Welt. Die Stimme kam Katharina bekannt vor. Sie hörte sich sehr nach ihrem Vater an. Von dem erwartete sie gar nichts außer: Ich habe dich immer vor den Rumänen gewarnt. Aber du wolltest ja nicht auf mich hören.

Von ihrem Alten hatte das Gehirn es nicht weit zu Hannes Schreiber, dem Reporter, der so alt war wie ihr Vater. Wenn der von ihrer Verhaftung erführe, käme er zurück nach Rumänien. Dessen war sich Katharina sicher. Warum, wusste sie nicht genau.

Sie musste noch einmal zur Toilette, wartete mit einem Dutzend anderer Frauen vor dem Vorhang, der die Kloschüssel vom Rest der Zelle trennte. Es roch streng, aber das war sie vom Plumpsklosett im Garten der Disi gewohnt. Nach dem Pinkeln wusch sie sich am Waschbecken. Das lauwarme Wasser erfrischte sie nicht, aber es spülte das Salz der Tränen aus ihrem Gesicht.

Verkatert und müde wie nach einer durcharbeiteten Nacht schlich sie zurück zu ihrem Bett, den Blicken ihrer Leidensgenossinnen wich sie aus. Sie wollte niemanden sehen, mit keiner sprechen. Katharina hatte mit sich selbst genug zu tun. Sie legte ihre Kleidung bis auf Slip und T-Shirt ab und versuchte einzuschlafen. Es misslang. Die Geräusche der Frauen, jedes für sich mehr oder weniger leise, verbanden sich zur Klangkulisse der Gefängnisnacht. Es gab Seufzer, Schnarcher und Schluchzer. Gestöhnt wurde auch, und ein Etagenbett weiter hinten quietschte rhythmisch. Wie steh ich das nur durch?, dachte Katharina Orend, warf sich auf die andere Seite und legte sich das Kissen auf den Kopf.

23

Die deutsche Botschaft lag in einem feinen Viertel des Bukarester Nordens. Ausgedehnte Parks mit einer Kette kleiner Seen sorgten für eine Abkühlung, während der Rest der Hauptstadt in der baumlosen Ebene schmorte. Mit versenkten Scheiben glitt Schreibers Opel auf einem sechsspurigen Boulevard zwischen Bäumen dahin. Er kam langsam voran, weil offenbar alle neureichen Bukarester ihre Pseudo-Offroader spazieren fuhren. Hannes warf einen Blick auf den Stadtplan, um die *Strada Cpt. Av. Gheorghe Demetriade* nicht zu verpassen. Er fand einen Parkplatz auf einer Parallelfahrbahn und stand ein paar Minuten später vor der Botschaft.

Der hellgraue Stein, mit dem der ganze Schuppen verkleidet war, glänzte wie ein Spiegel. Schreiber trat an eine der Säulen und prüfte sein Outfit. Mit Staatsbesuchen hatte er beim Kofferpacken nicht gerechnet. Aber in hellen Baumwollhosen, blauem Hemd und Blazer empfand er sich als korrekt genug gekleidet für einen Sommernachmittag. Den Anblick einer Krawatte würde der Botschafter entbehren müssen.

Auf der Autobahn nach Bukarest war ihm Dylans Diplomat im Kopf herumgespukt. Der Typ aus *Like A Rolling Stone,* der auf seiner Schulter eine Siamkatze trug.

Dem deutschen Geschäftsträger in Bukarest saß kein Haustier auf der Schulter, er führte nicht mal einen Hund an der Leine. Seine Exzellenz trugen zur dunkelblauen Hose ein weißes, kurzärmeliges Hemd und keinen Schlips. Er tänzelte in braunen Loafer unbestrumpft die Treppe herunter und streckte, schon Meter bevor er bei Schreiber am Empfang angekommen war, den behaarten Arm aus. Sein Händedruck war zu kräftig für einen Büromenschen, wahrscheinlich trieb der Diplomat in seiner Freizeit Sport. Rudern, vermutete Hannes.

»Manfred Becker«, stellte sich der Vertreter der deutschen Interessen in Rumänien vor und kam Schreiber beim Dienermachen zuvor. Der Reporter bedankte sich artig dafür, dass der Botschafter sich Zeit für ihn genommen habe.

»Einen *Magazin*-Reporter haben wir nicht alle Tage hier. Mit ein bisschen mehr Vorlauf hätte ich Sie gern zum Abend eingeladen. So bin ich wieder mal die ganze Woche mit Empfängen eingedeckt. ›Häppchen essen für Deutschland‹ nennt meine Frau diese Disziplin.« Der Botschafter lächelte jungenhaft. Dabei war er nicht viel jünger als Schreiber.

Kluger Kerl, dachte Hannes bei sich, will es sich auf keinen Fall mit den Medien verderben. Irgendetwas an Becker erinnerte Hannes an seinen Chefredakteur, obwohl sich die beiden äußerlich wenig ähnelten. Der Botschafter hatte ein eher breites Gesicht mit kräftigen Wangenknochen und dunkles, glattes Haar, das ihm ganz unzeremoniell ins Gesicht fiel und von seiner Sportlerpratze hin und wieder herausgeschaufelt werden musste. Für einen Karrierediplomaten benahm er sich ziemlich locker. Vielleicht hatte Schreiber auch nur falsche Vorstellungen von den Jungs aus dem Auswärtigen Amt. In Berlin lief er ihnen selten über den Weg.

»Wenn es Ihnen recht ist, machen wir einen Spaziergang durch den Park«, sagte Becker. »Da ist es viel schöner als in meinem Büro, wo ich nur die Wahl habe zwischen Affenhitze und Gefrierschrank. Ein Mittelding kennt die A/C nicht.«

Gemeinsam kreuzten sie den Boulevard, auf dem Schreiber gekommen war, und ergingen sich im *Parcul Kiseleff*, einer mit Schatten spendenden Bäumen gesprenkelten weiten Rasenfläche. Früher hatten Westdiplomaten im Ostblock solche Spaziergänge aus Angst vor Wanzen in der Botschaft unternommen, und Ostdiplomaten im Westen wohl auch.

Dass der Kalte Krieg vorbei war, schien nichts daran geändert zu haben. Wahrscheinlich spionierten sich die

Geheimdienste immer noch aus. Vielleicht hatte sich der Spaziergang auch zum festen Bestandteil des Verhaltensrepertoires im auswärtigen Dienst entwickelt, so wie Hannes' Hund, noch Jahre nachdem er dort einen Rollbraten geklaut hatte, die Terrasse des Nachbarn regelmäßig inspizierte.

»Was kann ich für Sie tun, Herr Schreiber?«, fragte der Botschafter freundlich. »Meine Leute haben mir gesagt, es gehe um einen Mordfall, in den eine Deutsche verwickelt sei.«

»Verwickelt wohl nicht, nur verhaftet, Herr Botschafter.«

»Hört sich spannend an.«

»Ist es auch.« Schreiber hatte sich vorher überlegt, wie weit er den Diplomaten in die Geschichte einweihen sollte, ob er etwa sein nächtliches Abenteuer mit Teddy am Tatort erwähnen sollte oder nicht. Am Ende hatte er sich entschieden, mit offenen Karten zu spielen. Wenn er etwas für Katharina tun sollte, musste der Botschafter wissen, in welchem Film er war. Und zwar von Anfang an. Falls er die Story vom Bärenflüsterer und seinem mysteriösen deutschen Begleiter später von den Rumänen gesteckt bekäme, machte sich das nicht gut. Also berichtete Schreiber, während sie im Park lustwandelten wie Müßiggänger, die ganze Geschichte. Beim Erzählen staunte Hannes, wie viel in den letzten vierzehn Tagen passiert war. Dabei hatte er seine Chefvisite und den bunten Abend beim alten Steinkamp nicht mal erwähnt.

Der Botschafter unterbrach Schreibers Schilderungen nicht, und auch als er am Ende war, schwieg Becker noch eine Weile. »Ein ziemlich vermintes Gelände, in das Sie mich da schicken wollen«, sagte er schließlich und sah den Reporter dabei von der Seite an wie jemanden, der ihm empfohlen hatte, beim nächsten Neujahrsempfang des rumänischen

Staatspräsidenten zur Abwechslung einmal in Frauenkleidern zu erscheinen.

»Ich bitte Sie um nichts anderes, als sich für eine deutsche Staatsangehörige einzusetzen, die hier unschuldig im Knast sitzt. Wo sehen Sie da Tretminen?«

Becker lächelte fein. »In Berlin, Herr Schreiber, nicht hier.« Der Diplomat machte eine kleine Pause und genoss den Anblick des dummen Gesichts, das Hannes gerade machte. »Was ich Ihnen jetzt sage, ist ›off the records‹. Wenn ich Ihnen helfen soll, behalten Sie es besser für sich.« Er strich sich die Haare aus der Stirn. »Die Kandidatin, von der alle annehmen, dass sie die nächste Kanzlerin wird, ist in den Fall involviert. Und die Frau, die vielleicht Deutschlands nächste Umweltministerin wird, hält ihre Hand über diesen Menschen, den Sie den Bärenflüsterer nennen. Er begeht hier Straftaten, indem er die Fütterungen vergällt, und mit dem Mord am Forstamtsleiter könnte er auch zu tun haben. Wenn die Beziehung zwischen diesem Teddy und der deutschen Politik hier in Rumänien bekannt wird, habe ich ein Problem, Herr Schreiber.«

Natürlich hatte der Mann recht. Hannes ärgerte sich, dass er nicht selbst darauf gekommen war. Als Politikjournalist war er tatsächlich eine Fehlbesetzung. Dieses Um-die-Ecke-Denken und Über-Bande-Spielen würde ihm immer fremd bleiben.

»Ich kann Ihre Überlegungen verstehen, Herr Botschafter, folgen kann ich ihnen nicht«, sagte er scharf. »Wollen Sie eine junge Frau im Knast schmoren lassen, aus Angst, sich bei Ihrer künftigen Regierung unbeliebt zu machen? Einer Regierung, die noch gar nicht gewählt ist? Oder wissen Sie schon, wer der nächste Außenminister wird? Dann können wir uns das Wählen ja schenken.« Zum Glück merkte Schreiber noch rechtzeitig, dass er sich in Rage redete. Am liebsten hätte er dem Botschafter an den Kopf geworfen, dass es in puncto Außenminister schlimmer kaum kommen könne. Vom Straßenkämpfer zum Friedensbewegten zum Balkankrieger, was für eine Karriere! Hannes würgte seinen Hass hinunter und hielt den Mund.

»Gemach.« Becker knipste wieder das Lächeln an, das sie ihm in der Diplomatenschule beigebracht hatten. »Wer sagt denn, dass ich nichts für Ihren«, an dieser Stelle zögerte der Botschafter ganz kurz, »Schützling tun will? Wir werden uns des Falles annehmen, so wie wir es immer tun. Ich schicke jemanden, der Frau Orend im Gefängnis besucht. Wir besorgen ihr einen Strafverteidiger und benachrichtigen ihre Angehörigen in Deutschland, falls sie das wünscht. Aus dem Ermittlungsverfahren halten wir uns allerdings heraus. Das ist nicht unsere Aufgabe als Botschaft. Und was die Politik angeht, Herr Schreiber, Sie kennen sich in Berlin doch besser aus als ich. Sie werden Ihre Connections haben, nicht wahr?«

Hannes nickte Zustimmung, obwohl ihm auf die Schnelle niemand einfiel.

»Eine Frage habe ich noch.« Sie waren fast wieder am Ausgangspunkt ihres Geschlenders angekommen. Der Botschafter wartete auf das Ende der Autoschlange, um über die Straße zu kommen. »Hat man Sie irgendwann mit diesem Teddy zusammen beobachtet?«

Hannes fiel der Ort ein, den er bei sich Golgatha genannt hatte, und die Bewegung der Gardine am Fenster des Hochsitzes. In der folgenden Nacht waren sie in Teddys Camp aufgestöbert worden. Es sprach einiges dafür, dass die Förster sie schon tagsüber beobachtet hatten. »Gut möglich«, sagte er.

Becker fasste ihm vertraulich an den Unterarm. »Dann

empfehle ich Ihnen, Rumänien zu verlassen. Mit dem Einsperren sind sie hier noch flott bei der Hand, wie Sie an Frau Orend sehen konnten.«

Diesmal versuchte sich Schreiber an dem Lächeln, das der Botschafter so gut beherrschte. »Sie glauben doch nicht, dass ich mich in Sicherheit bringe und Katharina hier im Knast sitzen lasse?«

»Es war nur ein Rat, Herr Schreiber, mehr nicht. Es hat mich gefreut, Sie kennenzulernen.«

24

Oben in Măgura, auf tausend Metern Höhe, unter dem Wind, der am Kamm des Königstein-Massivs entlangstrich, war es schön kühl. Das Klima in der Villa Diana konnte man getrost frostig nennen. Diana Steinkamp lümmelte telefonierend auf ihrem Sofa und beachtete Schreiber nicht. Sie schwatzte mit einer Freundin namens Cynthia über Partys in Manhattan, wer da gewesen sei und vor allem mit wem. Das Englische floss ihr fehlerfrei von den Lippen, es klang nach New York, nicht nach Gelsenkirchen. Schreiber hörte es sich eine Zeit lang an, registrierte neidvoll, dass Dianas Zunge beim c und th von ›Cynthia‹ nicht einmal ins Stolpern geriet.

Schließlich setzte er sich in den Sessel gegenüber, damit Diana ihn wahrnehmen musste. Sie hatte keine Lust dazu, stand auf und ging, Handy am Ohr, Geschwätz auf der Zunge, aus dem Raum. Als sie nach zehn Minuten noch nicht zurück war, stiefelte Hannes hinterher.

Draußen auf der Koppel grasten ihre Pferde. Mit peitschendem Schwanz vertrieb die Königin von Saba Fliegen von ihrem Milchkaffeefell. Diana stand auf dem Paddock und sah ihr zu. Sie telefonierte nicht mehr.

»Sie haben Besuch, Frau Steinkamp«, sagte Schreiber.

»Wen?«

»Mich.«

Die Jungunternehmerin warf ihm unter hochgezogenen Brauen einen Blick zu. Die Winkel ihres Mundes zeigten zu Boden. »Hat Ihr Chef Sie zurückgeschickt?«, fragte sie. »Wirklich sehen wollte er Sie doch nicht.«

»Sie sind gut informiert.«

»Und Sie haben mich von Anfang an unterschätzt.«

»Aber ich bin lernfähig.«

»So?«

»Ja. Ich weiß inzwischen, wozu die ganze Nummer mit Sebastian Sellemerten dienen soll.«

Die Steinkamp zeigte ihre Überraschung nicht. »Wozu denn?«, fragte sie uninteressiert und betrachtete das Display ihres Mobiltelefons, als stände die Antwort dort schwarz auf blau.

»Sie wollen weg mit der Produktion aus Rumänien. Nach Vietnam, habe ich gehört. Da kommt Ihnen ein Krach mit den Rumänen wegen der Bären gerade recht. In Deutschland können Sie den als gute Ökotat verkaufen und gleichzeitig Ihre neuen Outdoorschuhe pushen. *Bearstone* klingt ein bisschen zu sehr nach *Wolfskin,* wenn Sie mich fragen. Aber mich fragen Sie ja nicht. Mit mir sind Sie an den Falschen geraten, Frau Steinkamp. Für Schmierengeschichten wie die Ihre stehe ich nicht zur Verfügung.«

»Weiß Ihr Chefredakteur das schon?« Diana Steinkamp fixierte Schreiber mit einem Grinsen.

»Nein. Aber er wird es früh genug erfahren.«

»Darauf können Sie sich verlassen.« Ihre Augen, deren

Farbe Schreiber stets undefinierbar erschienen war, leuchteten giftgrün, jedenfalls glaubte er das. Wahrscheinlich lag es an der Abendsonne, die mit einem letzten strahlenden Kraftakt hinter den Kalkwänden des Königsteins versank.

»Wollen Sie mir drohen, Frau Steinkamp?«

»Wie könnte ich kleine Frau einem so großen Reporter drohen?«

»Mir kommen die Tränen.« Hannes hatte genug von dieser Frau. Diana Steinkamp war genau die Sorte Reiche-Leute-Kind, auf die ein Mann seiner Herkunft mit Ausschlag reagierte. Der alte Steinkamp fiel ihm ein. Früher oder später musste der sein Lebenswerk an diese Tochter abgeben. Der Mann tat ihm leid.

Schreiber schaltete einen Gang zurück. Einschüchtern ließ sich Diana ohnehin nicht. »Wir sollten vernünftig miteinander reden«, sagte er. Die Steinkamp antwortete nicht.

»Ich muss mit Teddy sprechen.«

»Worüber?«

»Über den Mord am Forstamtsleiter von Braşov.«

»Was hat Teddy damit zu tun?«

»Genau das will ich ihn fragen.«

Diana schnaubte. Ihre Lippen flapperten wie die ihrer Stute. »Sie waren mit ihm zusammen in der Nacht, als es passierte.«

»Ein paar Minuten bevor der Schuss fiel, habe ich Teddy verloren. Er hat einen anderen Fluchtweg genommen als ich. Das habe ich Ihnen schon erzählt.«

»Und jetzt glauben Sie, er war's?«

»Ich versuche, so wenig wie möglich zu glauben. Ich möchte es wissen.«

»Warum eigentlich? Für Sie hat sich die Sache mit Teddy und mir doch erledigt.« Die Steinkamp versuchte, Hannes nachzuäffen. Weil sie aus Gelsenkirchen kam und er aus

Wattenscheid, gelang ihr das gut. »Für Ihre Schmierengeschichte stehe ich nicht zur Verfügung«, schreiberte sie. Und dann, wieder normal: »Was wollen Sie eigentlich noch hier in Rumänien?«

Der Reporter verdrehte die Augen. »Ich bitte um Ihre Hilfe, Frau Steinkamp. Die Polizei hat jemand anderen für den Mord eingebuchtet. Eine Biologin aus Deutschland, die sich um die Müllbären in Braşov kümmert. Ich nehme an, die Polizei vermutet eine Beziehung zwischen ihr und Teddy und will sie im Knast weichkochen. Wenn Teddy sich stellt, kommt die Frau wahrscheinlich frei.«

»Aber Teddy hat den Forstamtsleiter nicht erschossen.«

»Umso besser.«

Die Sonne war hinter dem Königstein verschwunden. Nur der kahle Gipfel seines großen Bruders, des Bucegi, glühte weiter östlich noch in ihrem letzten Licht. Der Wind frischte auf, Diana Steinkamp fröstelte in ihrer Sommerbluse. Schreiber sah die Gänsehaut auf ihren Armen.

»Warum stellen Sie sich eigentlich nicht?«, fragte sie in den Abendwind. »Sie waren genauso am Tatort wie Teddy.«

Hannes hatte sich diese Frage in den letzten Tagen oft gestellt und kannte seine Antwort gut. »Ohne Sebastian Sellemerten wäre das völlig sinnlos. Wahrscheinlich sperrten sie mich genauso weg wie Katharina.«

»Oh, man ist bereits per Du?«

»Eigentlich geht Sie das nichts an, Frau Steinkamp, aber ich erzähl es Ihnen trotzdem. Es ist das Hamburger Du. Man redet sich dort gern mit Vornamen und Sie an. Das ist sehr hanseatisch und ein bisschen albern, aber ich mache es auch manchmal, bei jungen Leuten.«

»Bei mir nicht. Wahrscheinlich bin ich nicht mehr jung genug. Wie alt ist denn Ihre Biologin?«

»Nun langt's, Frau Steinkamp.« Schreibers Blick nagelte die Frau an die Stalltür. Diesem Prinzesschen von Gelsenkirchen-Buer war von klein auf der Hintern hinterhergetragen worden, wenn nicht gerade jemand damit beschäftigt war, Zucker in denselben zu blasen. Sie hatte vieles, von dem andere Menschen träumten. Geld ohne Ende, einen halben Betrieb und eine ganze Kollektion. Einen Stall voll Pferde und eine Hütte in den Bergen. Aber es reichte ihr nicht. Sie wollte den ganzen Betrieb und ein anderes Firmenimage dazu. Sie wollte auf Naturschutz machen wie Leonardo di Caprio und Umweltministerin werden, wie die Kandidatin es gewesen war. Hannes hätte es nicht gewundert, wenn sie heimlich auch die Kanzlerschaft anstrebte.

»Sagen Sie mir, wo ich Teddy finde. Ich muss mit ihm reden. Wenn er zur Polizei geht, komme ich mit.«

Die Steinkamp erwiderte seinen Blick. Sie lächelte bitter. »Finden Sie ihn doch selbst! Für einen Reporter Ihrer Klasse ist das doch ein Klacks.«

Hannes drehte sich grußlos um und marschierte zu seinem Corsa. Die Almen von Măgura verschwanden im Dunkel, das aus den Tälern kroch. In der Ferne bellte ein Hund gegen die Stille an. Nach ein paar Kläffern sah er ein, dass es sinnlos war. Hannes bedauerte, den Motor anwerfen zu müssen. Aber er wollte weg aus Măgura. Kein Paradies ohne Schlange, sagte er sich und fuhr los.

Weit kam er nicht. Schon in den Spitzkehren, die in die Schlucht Richtung Zărneşti führten, sah er die Scheinwerfer eines anderen Autos hinter ihm in den Wald strahlen. Der Mensch hinter dem Steuer drückte aufs Tempo, und auf dem Talgrund, wo die Straße noch schlechter wurde und Schreiber langsamer, holte das fremde Auto ihn ein. Das Fernlicht des Verfolgers blendete auf. Hannes kniff die

Augenlider zu Schlitzen. Der Rückspiegel blendete ihn dennoch. Nach ein paar Hundert Metern hatte er genug. Er fuhr rechts ran, um den Verrückten vorbeizulassen. Ein dunkler, alter Dacia Pick-up mit Braşover Kennzeichen klemmte sich in die Lücke vor Schreibers Opel und einem Felsbrocken, den Steinbrucharbeiter wer weiß wann liegen gelassen hatten.

Der Motor des Dacia erstarb. Ein Mann stieg aus. Im Licht der Scheinwerfer erkannte Schreiber den Merresmisch. Er brachte den Corsa zur Ruhe und stieg auch aus. »Sie hätten Rallyefahrer werden sollen.«

»So fährt jeder in Rumänien.«

»Stimmt. Der Trip von Bukarest nach Braşov ist ein Albtraum für einen Mitteleuropäer.«

In der Schlucht war es so dunkel, dass Hannes das Gesicht des steinkampschen Faktotums nicht lesen konnte. Der kleine Mann stand mit dem Rücken zu den Kalkfelsen des Steinbruchs. Seine Silhouette zeichnete sich vor dem Hintergrund scharf ab. Auf dem Kopf balancierte ein Tirolerhut, dessen Krempe das Gesicht noch mehr verschattete. Schreiber wartete darauf, was der Merresmisch ihm Wichtiges mitzuteilen hatte. Wegen einer Mondscheinplauderei über den Fahrstil der Völker war er nicht den Berg heruntergerast. Der Reporter steckte sich eine Zigarette an, um die Zeit zu überbrücken. Rumänische Marlboros schmeckten rauer als deutsche.

»Sie haben mit meinem Chef gesprochen«, begann Merres endlich.

Schreiber sagte: »Danke für den Tipp.«

»Dann wissen Sie ja, was hier los ist.«

»Mehr oder weniger.«

»Sie suchen diesen Sellemerten.«

Hannes brummte zustimmend. Zur Not konnte auch er den Schweiger geben.

»Dann fahren Sie hinter mir her.« Der Merresmisch drehte sich um, ging zum Wagen, stieg ein und startete mit durchdrehenden Reifen. Steinchen flogen gegen die Motorhaube des Opels. Das würde Ärger mit der Autovermietung geben, doch Schreiber hatte keine Zeit, sich darüber Gedanken zu machen. Er hatte genug damit zu tun, die Rücklichter des Dacias nicht zu verlieren, während sie über die Schlaglöcher von Zărneşti flogen. Merres nahm die Straße nach Rosenau, bog dort aber nicht Richtung Braşov ab. Er folgte der Passstraße nach Predeal, einer einsamen Strecke, die sich zwischen dem Bucegi und dem Braşover Hausberg namens Schuler durchquälte. Der Mann gab tüchtig Gas. Schreiber folgte gut hundert Meter hinter ihm. Er war froh über den Abstand, als der Merresmisch auf gerader Strecke heftig auf die Bremse trat. Im Näherkommen sah Hannes einen Bären auf der Fahrbahn stehen. Seine Netzhaut reflektierte das Scheinwerferlicht. Der Petz hatte keine Eile, den Autos Platz zu machen. Dies war sein Wald. Seine Sippe hatte hier schon gehaust, als es noch keine Asphaltstraße gab und keine stinkenden Autos. Es schien ein älteres Männchen zu sein, das bewegungslos auf der Piste stand und glotzte. Ein pelziger Höcker überragte seine Schultern wie der Buckel des Glöckners von Notre Dame. Erst als Merres' Dacia hupend auf ihn zurollte, trollte sich der Bär in schlackerndem Trab. Am Fahrbahnrand verharrte er kurz. Dann hatte der Wald ihn verschluckt.

Bei Predeal trafen sie auf die Hauptstraße. Der Merresmisch steuerte nach Süden, auf die Touristenorte im Prahovatal zu. Am Nachmittag, auf dem Rückweg aus Bukarest, hatte sich Schreiber in Schlangen durch die Städtchen unter dem Bucegi geschoben. Jetzt lagen die Straßen ausgestorben im gelben Licht der Laternen. Imbissbuden und Spielhallen säumten die Strecke. Zwischen den Orten lagen Parkplätze mit Bretterbuden wie auf deutschen Weihnachtsmärkten. Tagsüber hielten Händler hier Folklorekitsch zu Fantasiepreisen feil. Zur Nacht hatten sie ihre Hütten verrammelt. Ein paar Straßenhunde schlichen auf der Suche nach Abfällen dazwischen herum.

Sie hatten den Distrikt Braşov längst verlassen, als Merres von der Überlandstraße nach Osten abbog. Die Straße wurde schlechter, und nachdem sie zwei Dörfer durchfahren hatten, ging sie in einen Feldweg über. Der grüne Pick-up stoppte am Ufer eines Baches. Sein Fahrer stieg aus.

»Wir lassen die Wagen besser hier«, sagte der Merresmisch und ging, ohne auf Schreiber zu warten, voraus. Der Weg folgte dem Bach, den Hannes zu seiner Rechten rauschen hörte. Nach einem Kilometer blieb Merres stehen. Er zeigte auf einen Pfad, der von links auf den Bach stieß.

»Gehen Sie da rauf. Da steht eine verlassene *stîna.* Da haust er drin.«

»Erklären Sie mir, was eine *stîna* ist?«

»Eine Schäferei.«

»Wie weit ist es ungefähr?«

Merres überlegte einen Moment. »Zwei Kilometer.«

»Wie haben Sie eigentlich rausgekriegt, wo Teddy jetzt steckt?«

»Ich bin Diana gefolgt.« Der Merresmisch nahm den Weg zurück zu den Autos, ein paar Augenblicke später lösten sich seine Konturen in der Dunkelheit auf.

Hannes hatte seine Kopflampe aus dem Wagen mitgenommen. Er knipste sie an und sah auf die Uhr. Kurz nach elf. Vielleicht nicht die beste Zeit für einen Besuch beim Bärenflüsterer, aber er konnte es sich nicht aussuchen. Tagsüber war Teddy bestimmt auf Achse. Er stapfte durch ein Altholz steil bergan. Es war nicht einfach, den Pfad zu halten, der sich oft verzweigte und wieder zusammenlief. Schreiber verließ sich auf sein Gefühl. Er vermutete die Schäferei auf einer Alm oberhalb des Waldes und kraxelte stur bergauf. Seine Sorge wegen der Bären redete er sich aus. Das Licht auf seiner Stirn würde die Petze vertreiben, hoffte er und hustete dann und wann, um auch akustisch ortbar zu sein. Der Wald wurde dichter. Möglicherweise näherte er sich dem Saum. Wo mehr Licht einfiel, wuchs das Unterholz besser. Der Pfad schlängelte sich schulterbreit hindurch. Hannes blieb stehen und horchte in die Dunkelheit. Alles schien still. Trotzdem räusperte er sich ausgiebig, bevor er weiterging. Er war erleichtert, als er endlich an der Waldkante stand.

Vor ihm lag eine Alm, die scheinbar seit Jahren nicht mehr beweidet wurde. Büsche wuchsen aus dem Gras. Jungfichten standen in Horsten beieinander. Schreibers Augen hatten sich an die Nacht gewöhnt, sie suchten die Fläche nach der Schäferhütte ab und fanden einen schwarzen Klumpen am oberen Ende der Alm. Es brannte kein Licht dort. Sellemerten war entweder vorsichtig oder eingeschlafen. Oder gar nicht da.

Hannes ging auf den Klumpen zu. Im Näherkommen erkannte er eine aus ganzen Stämmen gezimmerte Blockhütte. Zwei kleine Fenster an der Vorderseite und eine Tür, zu der eine Treppe hinaufführte. Ihre Bretter knarrten unter Schreibers Schritten. Er wollte anklopfen und seinen Namen nennen, als die Tür aufflog und das Zischen ihn wie eine Keule traf.

Für einen Moment sah Schreiber eine orange Wolke, danach sah er lange nichts mehr. Er wand sich am Boden wie ein vom Spaten getroffener Regenwurm. Hustete, schnaubte, schrie. Seinen Lungen loderten. Die Augen schmerzten, als ob jemand mit Nadeln zwischen den Fingern auf sie einboxte. Hannes verlor die Kontrolle über seinen Körper. Er würgte und furzte zur gleichen Zeit. Zitterte und wischte mit dem Gesicht durch das Gras, in das er gefallen war. »Wasser!«, wollte er brüllen. Es hörte sich an wie das Röcheln eines Bergarbeiters mit Staublunge im Endstadium.

Hannes drehte sich auf den Rücken und rang nach Luft. Ein Schwall Wasser traf ihn mitten ins Gesicht. Er schrie auf und prustete, aber danach wurde es etwas besser. »Mehr«, keuchte er, »mehr.« Der nächste Guss schwappte auf seinen Kopf. Schreiber hielt die Augen geschlossen und japste wie ein Hund. Hustend wartete er darauf, dass die Schmerzen nachließen. Die Augen zu öffnen, traute er sich nicht. Schreiber schlug die Hände vors Gesicht und weinte. Er hatte kein Gefühl für die Zeit, die verstrich, während er heulend im Gras lag. Etwas klarer im Kopf, setzte er sich auf. Schnaufend versuchte er, die Flamme in seiner Lunge auszupusten. Ganz langsam erlosch das Brennen in den Bronchien. Der Rachen glühte noch nach. So wirkte also Bärenspray.

Schreiber nestelte ein Stofftaschentuch aus der Hose. »Gib mir den Wassereimer«, raunzte er.

»Hier.« Es war Teddys Stimme. Er führte Hannes' Hand zum Eimer.

Der Reporter tauchte das Tuch hinein und wusch sich das Capsaicin aus dem Gesicht. Vorsichtig öffnete er ein Auge. Verschwommen nahm er den Bärenflüsterer wahr. Schreiber wusch das Taschentuch noch mal aus und wischte sich behutsam die Augen aus. Allmählich klarte die Sicht auf.

»Was zu trinken«, verlangte er. Sellemerten drückte ihm eine Plastikflasche in die Hand. Gurgelnd soff Hannes den

Saft. Er setzte ab, rülpste und trank weiter, bis ihm die Brühe am Kinn hinunterlief. Dann stand Schreiber auf. Er stakste auf die Hütte zu und ließ sich auf die Treppe plumpsen. Für mehr reichte seine Kraft noch nicht.

Der Bärenflüsterer stand linkisch vor ihm. Ein gelber Mond hing über dem Wald und beschien das Gesicht des Mannes. Er trug kein Tuch. Blonde Strähnen zottelten um seinen Kopf. Seine Babyspeckbäckchen wirkten schmuddelig unter den Bartstoppeln. Hannes versuchte, seine Wut auf diesen Kerl zu zügeln. Er nestelte seine Zigaretten aus der Hose und steckte sich eine an. Der Rauch fuhr in seine Lunge wie ein Reibeisen. Hustend warf er den Glimmstängel weg. »Scheiße«, zischte er.

»Wie haben Sie mich überhaupt gefunden?« Teddys Stimme hatte schon wieder den pampigen Unterton, der Schreiber von Anfang an aufgeregt hatte.

»Das geht Sie einen Dreck an!«, giftete er und nahm noch einen Schluck aus der Pulle. »Wollen Sie sich nicht wenigstens entschuldigen für die Ladung Chili, die Sie mir in die Fresse gesprüht haben?«

»Konnte ich doch nicht wissen, dass Sie das sind!«

»Sie wissen überhaupt nicht viel, Sebastian Sellemerten. Das ist doch Ihr Name, oder?«

Der Bärenflüsterer fuhr zusammen wie nach einem überraschenden Klaps auf den Kopf. Seine Hände fingerten über die Taschen seiner Cargohose, nestelten an Druckknöpfen, ohne sie zu öffnen. Er sagte nichts. Schreiber umso mehr. In seiner Wut warf er dem Burschen Sätze an den Kopf. Das war seine Art sich zu prügeln. »Sie sitzen bis zum Hals in der Scheiße, großer Bärenflüsterer! Die Polizei hat ein Bild von Ihnen. Das drucken die demnächst auf Fahndungsplakate. Irgendwann haben die Sie am Arsch. Spätestens, wenn Sie Rumänien verlassen wollen. Und glauben Sie bloß nicht, dass Ihre Beschützerin einen Finger für Sie krumm macht! Die will Ministerin werden. Da kommt der Kontakt mit Kriminellen gar nicht gut. Diese Schuhprinzessin hat Sie eh nur benutzt. Die treibt ein ganz anderes Spiel. Sie will weg aus Rumänien mit der Produktion. Der kamen Sie mit Ihrem Bärenquatsch gerade recht. Nur den Mord am Forstamtsleiter hatte sie nicht eingeplant. Das ist eine Nummer zu groß, selbst für die Göttin Diana. Warum haben Sie den Typen überhaupt erschossen?«

»Hab ich ja gar nicht.« Wie ein Schulbub stampfte Teddy mit dem Fuß auf.

»Das kann jeder sagen. Sie waren in der Nähe. Sie hatten genug Zeit. Und Sie hatten ein Motiv: Hass auf den Mann, der Ihre geliebten Bären erlegen lässt.«

Schreiber war kurz vorher das Psychogramm eines verrückten Vogelschützers in die Finger gefallen. Der Kerl hatte einen Jäger mit sechsunddreißig Messerstichen massakriert. Es gab eine Menge Möglichkeiten, Tierliebe und Menschenhass unter einen Hut zu bringen. Mord war eine davon.

»Wo hatten Sie die Waffe versteckt?«, herrschte er Sellemerten an. »In der Speisekammer des Camps? In einer der verbuddelten Metallboxen?«

»Ich hab keine Waffe und ich hab auch niemanden erschossen! Wie oft soll ich Ihnen das noch sagen?«

»Zweimal reicht. Das dritte Mal sparen Sie sich für die Polizei. Wir beide fahren da jetzt nämlich hin und machen unsere Aussage. Sie werden es noch nicht wissen, Teddybär: Die Polizei hat jemand anderen festgenommen. Eine deutsche Biologin, die sich um die Müllbären in Braşov kümmert. Deshalb hatte sie Krach mit dem Forstamtsleiter.

Die Bullen denken, die Frau steckt mit Ihnen unter einer Decke. Das werden Sie denen ausreden, Sellemerten.«

Hannes stand auf und ging einen Schritt auf den Bärenflüsterer zu. Der wich zurück und griff in seine Jackentasche. Er zog eine schwarze Sprayflasche heraus, hielt sie in Schreibers Richtung und krümmte den Zeigefinger auf dem Knopf. Ein bisschen mehr Druck, und die chemische Keule schlüge wieder zu.

»Steck das Ding weg, Sellemerten«, sagte Hannes so ruhig wie möglich. »Beim zweiten Mal wirkt das Zeug nicht mehr.« Er wusste genau, dass das nicht stimmte. Die Bärin, die ihn angegriffen hatte, war von Katharinas zweitem Pfefferstoß ebenso beeindruckt gewesen wie vom ersten. Aber was blieb ihm anderes als pokern? Er machte einen weiteren Schritt auf den Mann mit der Sprühdose zu – und kassierte seine zweite Dosis Capsaicin. Sie wirkte tatsächlich genauso gut wie die erste.

25

Es ging um das Kätzchen. Katharina hatte es unterm Pullover in die Zelle geschmuggelt. Auf dem Gefängnishof gab es eine Menge Katzen. Sie kamen freiwillig in den Knast, weil das Leben dort besser war als draußen – für eine Straßenkatze. Die Frauen fütterten sie mit Essensresten, und irgendeine Mieze hatte immer Junge. Sie spielten auf dem Hof und im Labyrinth der Gefängnisgänge. Nur in die Zellen durften sie nicht.

Katharina hielt ihr Kätzchen verborgen. Es schlief unter ihrer Bettdecke und blieb tagsüber, wenn die Frauen zur Arbeit gebracht wurden, in der Zelle zurück. Abends fütterte Treni den kleinen Kater mit Happen aus der Gefängnisküche. Während die anderen fernsahen, fiel das nicht auf.

Nur Floria ließ sich nicht täuschen. Sie hatte den Karton mit den Papierschnipseln, der als Katzenklo diente, entdeckt. Die Alte erfuhr alles, was in der Zelle geschah. Sie las den Frauen die Zukunft aus der Hand und kassierte dafür ein paar Lei, die sie in einem Beutelchen zwischen den Brüsten aufbewahrte. Floria war die graue Eminenz der Zelle vier, einflussreicher als die Zellenälteste. Sie mochte keine Katzen.

Als Floria Katharinas Katerchen das erste Mal sah, sagte sie nichts. Sie schaute die Sächsin nur an wie die anderen Frauen, die es wagten, sich ihrem Willen zu widersetzen. Floria Titulescu hatte den bösen Blick. So ging die Mär im Frauengefängnis von Târgşor. Krankheiten könne sie heraufbeschwören und Kinder verhexen. Wen das nicht einschüchterte, den mobbte die Matrone. Mit den Wärterinnen stand sie auf gutem Fuß. Floria stammte aus einer Sippe von Roma, die beim Bakschisch nicht knauserten. Ein Wink von ihr, und die widerspenstige Gefangene durfte statt an der frischen Luft zu arbeiten im Knast Latrinen putzen. Katharina ignorierte Florias Blick.

Am nächsten Abend, als sie müde von der Feldarbeit in die Zelle kam, lag das Kätzchen mit durchschnittener Kehle auf ihrem Bett. Das Blut war auf ihr Laken gelaufen und eingetrocknet. Katharina stand auf der Leiter ihres Etagenbettes und schluckte. Tränen kamen ihr nicht. Die hatte sie in den Knastnächten verweint. Wut war ihr geblieben. Wut auf die Menschen, die ihr das alles antaten. Wut auf das Land, in dem so etwas möglich war.

Sie schnappte die tote Katze bei den Hinterpfoten, lief damit durch die Gänge zum Bett der dicken Floria. Die

Frauen, die im Wege standen, wichen vor ihr zurück. Eine, mit der sie sich bei der Arbeit ein wenig angefreundet hatte, versuchte, sie zurückzuhalten. Katharina riss sich los und ging weiter. Es war still in der Zelle. Allein ihre Schritte knirschten auf dem Boden. Treni bog in den Gang mit Florias Bett. Die Alte hockte neben ihrer Pritsche und sah sie wortlos an. Katharina holte aus und klatschte ihr die blutige Katzenleiche mitten ins Gesicht.

»Du-te în pizda mă-tii!«, fluchte Floria. »Geh in die Fotze deiner Mutter. Das wirst du noch bereuen, Sachsenhure!«

26

Nach dem Frühstück ging es ihm besser. Der Kaffee hatte den Eisengeschmack aus dem Rachen gespült. Die Zigarette schmeckte nicht mehr nach Rost. Schreiber saß auf der Terrasse einer *pensiune* an der E 60. Er war der einzige Frühstücksgast des Hauses, und er war froh darüber. Sein Hemd glich einem ungebügelten Faltenrock, die Jeans beulte sich vor den Knien wie eine Bottroper Jogginghose. Er müffelte unter den Achseln und fischelte im Schritt.

Hannes hatte die Nacht auf der Alm verbracht. Nach der zweiten Pfeffersprayattacke war er zu fertig, um nach Braşov zurückzufahren. Als seine Augen es wieder taten, leuchtete er die Schäferei mit der Stirnlampe ab und fand keine Spur von Teddy. Keine Isomatte, kein Schlafsack, kein nichts. Schreiber legte sich auf den Holzboden und hörte den Mäusen zu. Das Rascheln und Rennen erinnerte ihn an die Jagdhütte in der Lausitz, die er mit einer Siebenschläferfamilie teilte. Er schlief schnell ein. Als er aufwachte, stand die Sonne hoch.

Hannes steckte sich noch eine Marlboro zwischen die Zähne. In einer Mischung aus Deutsch, Italienisch und Englisch fragte er die Bedienung, ob er sich in einem der Zimmer der *pensiune* duschen dürfe. Die Frau verstand ihn nicht. Erst als Schreiber seine Hand mit gespreizten Fingern über den Kopf hielt und dazu das Rauschen des Wassers nachahmte, lächelte sie. »Nu problem.«

Die Kellnerin führte ihn in eins der Zimmer im ersten Stock, ging voraus ins Bad, zeigte auf die Handtücher und verschwand wieder. Hannes pellte sich aus den Klamotten. Das Wasser wurde langsam wärmer. Er fand sogar ein Tütchen Shampoo in der Seifenschale. Es roch nach Himbeerbonbons. Schreiber massierte das Zeug überallhin, wo er noch Haare hatte, wusch Schweiß und Sprayreste ab. Er konnte sich nicht erinnern, das Duschen je so genossen zu haben.

Während das Wasser auf seine Glatze prasselte, dachte er über den Bärenbeschützer nach. Wegen Katharina hatte er sich mächtig über Teddy erregt. Hinzu kam, dass der Bursche prima ins Feindbild passte. Ob er den Oberförster von Braşov abgeknallt hatte? Sellemerten mochte feige sein und Jäger als Lustmörder beschimpfen. Auf Demos von Jagdgegnern wilde Sprechchöre anzustimmen, die bei Weidmännern vom Kaliber Steinkamp senior als Aufforderung zum Totschlag ankamen, war die eine Sache. Einen Menschen zu erschießen, eine zweite. Vielleicht war Sellemerten wirklich nur die verkrachte Existenz, für die Hubert Steinkamps Schnüffler ihn hielten. Jemand, der auf Dianas Kosten den Gutmenschen mimte. Einer, dem die Bärennummer über den Kopf gewachsen war, der aus Angst lieber in die Wälder floh, als sich einsperren zu lassen.

Hannes drehte das Wasser ab und rubbelte sich trocken. Mit frischer Wäsche wäre es ein perfekter Morgen gewesen.

Aber Unterhosen in Größe sechs waren im Gasthaus nicht zu kriegen. Er zog seine Sachen wieder an und nahm auf der Terrasse noch einen Kaffee. Im Grunde steckte er in einer Sackgasse wie Teddy. Statt sich über ihn aufzuregen, überlegte er besser, wie es weitergehen sollte mit ihm selbst und dem *Magazin*, für das er immer noch arbeitete.

Die Geschichte, die Bartelmus von ihm verlangte, konnte er nach dem Streit mit Sellemerten endgültig vergessen. Die einzige Chance, Stefan zu besänftigen, wäre eine Enthüllung über Diana Steinkamp und ihren Plan, den Alten loszuwerden. Eine Reportage über die rumänischen Bären und die beiden Deutschen, die sie schützen wollten: Teddy, der Bärenflüsterer, und Katharina, die Biologin. Dazu der Mord am Braşover Forstamtsleiter, der schon unter Ceauşescu Bären für den schießwütigen Diktator gemästet hatte und sie seit der Wende an westliche Jäger verschacherte. Warum der Oberförster sterben musste und von wessen Hand. Eine Menge Stoff für eine *Magazin*-Geschichte. Schreiber hatte so eine Art Gesamtkunstwerk noch nie zustande gebracht. Manchmal, wenn er Geschichten von Edelfedern in anderen Blättern las, wurde er neidisch. Er hätte gern so viel Platz im *Magazin* gehabt, um seine Recherchen auszubreiten. Und einen Stil, der weniger an den Fakten klebte. Er war sich nicht sicher, ob er das könnte: eine Reportage schreiben, die Bartelmus drucken musste, falls noch ein Tropfen Journalistenblut in seinen Krampfadern quoll.

Hannes wusste, wie viel Stoff ihm für diese Art Geschichte noch fehlte. Er bat um die Rechnung und bezahlte umgerechnet fünf Euro für Frühstück und Bad. Dann fuhr er los. Die Straße schlängelte sich zweispurig durchs Prahovatal bergan. Vor ihm kroch, Rußwolken furzend, ein Lastwagen. Hannes hielt Abstand. Zur Strafe überholte ihn ein

Bukarester Mitsubishi. In der nächsten Kurve zog der Hauptstädter auch an dem Laster vorbei, als sei der Gegenverkehr nur eine Ausrede für Bummelanten am Lenkrad.

Am Vortag, auf dem Rückweg von Bukarest, war dem Reporter das rumänische Jagdmuseum in Posada aufgefallen. Schilder mit Hirschgeweih wiesen kilometerweit vorher darauf hin. Diesmal wollte er die Einfahrt nicht verpassen. Das *Muzeul Cinegetic* lag hinter einer Spitzkehre. Hannes bog scharf rechts ab, parkte den Corsa und stiefelte zwischen Tujahecken auf den dreistöckigen Kasten zu. An einem Edelholztresen bezahlte er seinen Eintritt und bat um eine Führung in Englisch. Eine fein gemachte Frau im Kostüm, Filzgaloschen mit Gummizug an den Füßen, schlurfte über das Parkett auf ihn zu. Eine Perlenkette umrundete ihren Hals und verschwand im Ausschnitt. Schreiber zog auch ein Paar von den Filzlatschen über. An lindgrünen Wänden entlang führte sie ihn in die Ausstellung.

Hannes fragte, wann das Museum gebaut worden sei.

»Nach der Revolution«, sagte die Kostümierte.

Trotzdem schien der erschossene Diktator allgegenwärtig in diesem Trophäenkabinett. Es gab zwar eine Abteilung mit Jagdgerät und Zierrat aus vorkommunistischer Zeit, Dinge, die zum Lebensstil der Adelsfamilie gehörten, die an diesem Ort einst gehaust hatte. Das Kernstück der Ausstellung aber bildeten Jagdtrophäen aus den Siebziger- und Achtzigerjahren. Gigantische Geweihe. Gamsgehörne aus den Karpaten, die Alpenjägern die Hose gebeult hätten. Handlange Keilerzähne. Ort und Zeit der Erlegung waren auf kleinen Tafeln festgehalten. Auch die Punktzahl, die der Internationale Jagdrat der Trophäe zuerkannt hatte, war vermerkt. Nur der Name des Jägers fand sich nirgends. Schreiber fragte die Museumsführerin. In einem romano-englischen

Singsang erklärte die Frau, Nicolae Ceauşescu höchstselbst habe fast alle diese Tiere geschossen. In ihrer Stimme schwang eine Mischung aus Stolz und Scham.

Den letzten Saal nannte die Frau »unsere Raubtiergalerie«. Ein Rudel ausgestopfter Wölfe heulte die Decke an. Der Luchs pirschte durchs Unterholz. Zwei Bärenjunge waren im Spiel erstarrt. Schreiber hatte schon bessere Präparatorenarbeiten gesehen, ein größeres Bärenfell als das an der Stirnwand des Saales noch nicht. Es hätte locker als Überwurf für ein Doppelbett gereicht. Der kürbisgroße Kopf des Bären zeigte mit der Nase zum Boden. Die Achseln der Vorder- und Hinterläufe waren mit grünen Filzrosetten an die Wand geheftet. So wie das Fell hing, erinnerte es an ein monströses Flughörnchen.

»Dies ist der größte Braunbär, der je geschossen wurde.« Die Führerin trat einen Schritt beiseite und betrachtete die Bärendecke, als sähe sie das Ding zum ersten Mal.

»Von wem?«, fragte Schreiber der Form halber.

»Ceauşescu.«

»Sie haben den Bären extra für ihn gemästet.« Den Mann, der das sagte, hatte Hannes übersehen. Oder er war in den Saal gekommen, während der Reporter das Fell bestaunte. Der Fremde steckte in Safarikleidern, wie Gregory Peck sie in den Hemingway-Verfilmungen der Nachkriegszeit getragen hatte. *Schnee am Kilimandscharo* und so. Ein Vollbart umwucherte das Kinn des Mannes, graue Haare auf dem Wege, die Oberhand über die schwarzen zu gewinnen. Der Bärtige war einen Tick älter als Schreiber. Er stellte sich als Ovidiu Vandra vor.

»Am liebsten möchte ich das Monster abnehmen lassen«, sagte er. »Nicht nur, weil das Tier für den *conducător* fett gefüttert wurde. Sie haben das Fell auch gedehnt und gestreckt, damit es Weltrekordformat erreichte. Wie auf einer Folterbank im Mittelalter.« Vandra benutzte die Weltsprache Nummer eins: broken English. Er taumelte durch seine Sätze, fiel aber selten hin. »Jeder, der Ahnung von Bärenbiologie hat, merkt, dass die Proportionen nicht stimmen.«

Hannes hatte das nicht erkannt. »Ich bin ein deutscher Journalist«, sagte er und nannte seinen Namen. »Jäger bin ich auch, von Bären verstehe ich allerdings nicht viel.«

Der Kakifarbene sah den Reporter überrascht an. »Sie müssen der Mann sein, von dem Katharina Orend mir erzählt hat.«

»Gut möglich.«

»Ich leite das Wildforschungsinstitut und arbeite mit Katharina zusammen.«

»So?«, sagte Hannes. »Im Gefängnis?«

Die Museumsführerin erwachte aus ihrem Halbschlaf und sah Schreiber wie einen Staatsfeind an. Der Wildforscher pendelte mit dem Kopf. Hannes wusste nicht weiter. Ein guter Fotograf hätte in dieser Situation draufgehalten. Ein Mann mit Bart im Kakidress, eine junge Frau im Kostüm, ein Typ in schmuddeligen Jeans, sprachlos vor dem Fell eines Riesenbären.

Bevor das Schweigen peinlich wurde, fragte Hannes den Biologen, ob er hier noch länger zu tun habe. Vandra nickte. »Ich bin mit dem Museumsdirektor zum Lunch verabredet. Bis dahin ist noch Zeit. Sollen wir einen kleinen Spaziergang durch den Park machen?«

»Gern.«

Sie ließen die Führerin beim Bärenfell zurück und gingen nach draußen. Park war ein großes Wort für den Rasen und die Rabatten, die das Haus umgrünten. Die beiden älteren

Herren bummelten zu einer Bank im Schatten. Anders gekleidet hätte man sie für rumänische Rentner halten können, von ihren Frauen vor die Tür geschickt, damit sie in Ruhe Mittagessen kochen konnten.

»Wir sitzen hier wie auf einer Bühne.« Vandra warf einen Blick aufs Museum. »Ich bin sicher, dass wir aus dem Haus beobachtet werden.«

»Sollen wir woanders hingehen?«

»Nein. Die Führerin wird dem Direktor ohnehin über unser Zusammentreffen berichten.«

Schreiber erschien das merkwürdig. Er hatte aber auch nicht Jahrzehnte unter Ceauşescus Geheimdienst gelebt. »Was halten Sie von Katharinas Verhaftung?«, fragte er direkt.

»It's a frame-up!«

Hannes musste einen Augenblick überlegen. Dylan half. *To see him obviously framed,* hatte der über Rubin ›Hurricane‹ Carter gesungen, den schwarzen Boxer, dem sie einen Mord angehängt hatten. Frame-up war ein abgekartetes Spiel.

»Wer steckt dahinter?«

Der Wildforscher zeichnete mit seinen Schuhspitzen Linien in den Kies. »Die Forstverwaltung und der Jägerverein. Sie wollen Katharina loswerden, weil sie ihre Geschäfte stört. Nicht von jedem Bären, der in Braşov geschossen wird, weiß man in Bukarest. Zehntausend Euro sind eine Menge Geld.«

»Dafür gehen die so weit, ihr einen Mord anzuhängen?«

»Maybe.« Vandra fuhr mit den Fingern durch seinen Bart. »Wahrscheinlich reichte es ihnen, wenn Katharina nach Deutschland abgeschoben wird. Es hängt davon ab, ob sie einen Täter präsentieren können, der ihnen in den Kram passt.«

»Wer könnte das sein?«

»Hat Katharina Ihnen von dem Burschen erzählt, der die Fütterungen vergällt?«

Schreiber brummte Zustimmung.

»Den würden sie gern erwischen. Wenn der auch noch Hulanus Mörder wäre, umso besser.«

»Glauben Sie, dass er es war?«

Der Wildforscher betrachtete das Muster, das seine Schuhe in den Kies gekratzt hatten. Es sah aus wie der Code auf einer Verpackung. Dicke und dünne Striche in wirrer Folge. »Ich kenne den Burschen nicht. Aber warum sollte er den Forstamtsleiter von Braşov umbringen?«

Hannes überlegte, ob er Vandra von Teddy erzählen sollte. Sein Job zwang Hannes oft, sich auf die Schnelle ein Bild von einem Menschen zu machen. Diesen bärtigen Biologen im Safarioutfit hielt er für okay, auch wegen seiner exzentrischen Aufmachung. Ein Mitläufer im Stromlinienformat war Ovidiu Vandra jedenfalls nicht. Hannes entschloss sich, ihm von Sellemerten zu berichten. Er tat das ausführlich. Nur Diana Steinkamp erwähnte er nicht.

»Dann sind Sie der zweite Mann, von dem Hulanu im Rathaus sprach.« Es war eher eine Feststellung als eine Frage, die der Wildforscher aussprach.

Schreiber sagte Ja.

»Und Sie sind immer noch hier?«

»Ich bin Reporter. Ich verstoße nicht gegen Gesetze, wenn ich andere bei Gesetzesverstößen beobachte, um darüber zu berichten.«

»Ich fürchte, für solche Feinheiten ist man in Rumänien zu grob, Mister Schreiber.«

»Mir hat gestern schon jemand geraten, nach Hause zu fliegen. Dem habe ich gesagt, dass ich Katharina etwas schulde. Sie hat mir das Leben gerettet.« Hannes erzählte

Vandra die Geschichte von der Bärenattacke. Dass er weggerannt war, verschwieg er nicht.

Der Biologe murmelte Rumänisches in seinen Bart. Schreiber fragte nach. Vandra nahm den Kopf hoch und lächelte den Reporter an. »Ich sagte: Sie ist eine tolle Frau.«

»Leider ein bisschen zu jung für uns alte Knacker, Ovidiu.«

»What a pity!«

Bevor sie die Last des Alters übermannte, fragte Hannes, wen Vandra für den Mörder halte. Er kenne die Szene besser.

»Darüber denke ich nach, seit Hulanu tot ist. Ich glaube, es hat etwas mit der Jagd zu tun. Einer, der neidisch war auf die Euros und Dollars, die sich Hulanu in die Taschen steckte. Jemand, den er aufs Kreuz gelegt hat. Who knows? Vielleicht ist es auch eine Geschichte aus Ceauşescus Zeit. Hulanu hat damals Karriere gemacht.«

»Wollen Sie Katharina helfen?« Schreiber sah dem Biologen tief in die Augen.

»Sure.«

»Dann versuchen Sie, mehr über Hulanus Feinde herauszufinden. Ich besuche Katharina bald im Knast. Es ist gut für sie zu wissen, dass Sie etwas für sie tun. Anschließend fliege ich nach Deutschland. Ich kenne jemand in Berlin, der helfen könnte, Katharina rauszuholen. Wenn er will. Danach komme ich zurück nach Braşov.«

Schreiber nestelte eine seiner Visitenkarten aus der Tasche. Die Nacht in der Almhütte hatte ihr nicht gutgetan. »Sie können mich jederzeit anrufen, Ovidiu. Kann ich auch Ihre Nummer haben?«

Sie stand auf der Karte, die der Biologe ihm gab. Die Männer reichten sich die Hand. »Good luck, Hannes«, sagte Vandra.

»Ihnen auch.«

Im Gehen wandte sich Hannes noch mal um. »Was wollen Sie eigentlich beim Museumsdirektor?«

Der Biologe grinste gequält. »Ich will ihn überreden, das Bärenfell abzunehmen. Oder wenigstens eine Notiz daneben zu hängen, die auf das Mästen des Tieres und die Dehnung des Fells hinweist.«

»Wird er darauf eingehen?«

»We will see.«

27

Sie war zum ersten Mal seit Tagen allein. Katharina lag auf dem Bett, starrte an die Decke und genoss die Stille. Ihre Mitgefangenen waren nach dem Frühstück zur Arbeit ausgerückt, in die Näherei, auf die Felder, in die Gefängnisküche. Die Wärterin sagte ihr nicht, warum sie zurückblieb. Elena, mit der sich Katharina ein wenig angefreundet hatte, meinte, sie müsse zum Verhör. Die Polizei ließe die Untersuchungshäftlinge immer ein paar Tage schmoren, ehe sie erneut vernommen würden. Elena kannte sich aus im Knast. Sie saß schon sechs Jahre, weil sie ihren versoffenen Mann mit einem Stein erschlagen hatte. Ihre Eltern kümmerten sich um Elenas Kinder. Elena arbeitete in der Näherei und hoffte, bald entlassen zu werden. Bald war für sie etwas anderes als für Katharina. »In ein bis zwei Jahren bin ich wieder draußen«, sagte sie. Die Vorstellung, zwei Jahre Gefängnis für überschaubar zu halten, ließ Katharina frösteln. Sie war seit dreizehn Tagen in Târgşor und weit davon entfernt, sich damit abzufinden.

Die alte Floria hatte die Frauen von Zelle vier gegen

Katharina aufgewiegelt. Niemand außer Elena sprach mit ihr. In der Schlange vor der Toilette wurde sie nach hinten geschubst, bis sie fast in die Hose machte. Beim Essen bekam sie die übelsten Stücke. Wenn sie eingeschlafen war, stahl man ihr die Wäsche. Katharina hatte das Gefühl, das alles sei nur Geplänkel vor der Schlacht. Sie war Tag und Nacht auf der Hut.

Umso mehr gefiel ihr das Alleinsein. Wenn sie ihren iPod hätte, würde sie die Gheorghiu für sich singen lassen, eine Oper lang vergessen, wo sie war. Katharina summte die Arie der Tosca und schloss die Augen. *»Vissi d'arte, vissi d'amore«*, sang sie leise. *»Non feci mai male ad anima viva.«* Sie fasste Vertrauen in ihre Stimme. Das Ende der Arie sang sie aus voller Brust: *»Nell' ora del dolor, perchè, perchè, Signor, ah perchè me ne rimuneri così?«*

Dass jemand die Zellentür aufgemacht hatte, entging ihr. Sie öffnete die Augen, weil sie sich beobachtet fühlte. Die Wärterin, die sie den Kugelblitz nannte, stand vor ihrem Bett und sah sie an wie eine Frau mit Knastkoller. Katharina wurde knallrot.

»Kommen Sie mit, Orend«, schnarrte die Aufseherin.

Katharina schlüpfte in ihre Schuhe und folgte der Melonenträgerin über die Gänge. Was sollte sie der Polizei erzählen? Nichts anderes als beim Verhör im Präsidium. Das würde den Bullen nicht gefallen. Sie würden sie wieder wegsperren lassen. Für wie lange?

Im Besuchszimmer standen ein langer Tisch und Stühle, die noch aus der Ceauşescu-Zeit stammten. Zwei Männer saßen darauf. Sie trugen keine Uniform. Als Katharina hereingeführt wurde, standen sie auf und drehten sich ihr zu. Pastor Arning sah sie verlegen an, Hannes Schreiber lächelte.

Ihre Knie wurden weich. Sie ließ sich auf einen der Stühle

gleiten und schnaufte. Schreiber setzte sich neben sie und nahm ihre Hand. Vergebens kämpfte sie gegen die Tränen, saß schluchzend da und weinte hemmungslos. Das Taschentuch, das der Reporter ihr gab, wurde schnell nass. Er hielt ihr ein neues hin. Sie lächelte unter Tränen und nahm es. Langsam ließ der Weinkrampf nach. Schniefend entschuldigte sie sich.

»Da nich für«, sagte der Reporter mit einem Hamburger Zungenschlag. »Ich muss mich entschuldigen. Ich hab Sie lange warten lassen. Aber es war nicht ganz einfach, hier reinzukommen. Pastor Arning hat das achte Gebot gebrochen, um mich mitnehmen zu können.«

Katharina sah den Mann, der sie konfirmiert hatte, fragend an.

»Du sollst nicht falsch Zeugnis reden wider deinen Nächsten, Treni. Das hast du doch im Konfirmandenunterricht gelernt.« Er lächelte müde über ihre Vergesslichkeit.

»Wen haben Sie denn belogen, Herr Pfarrer?«

»Die Gefängnisdirektorin. Ich habe Herrn Schreiber als Kollegen aus Deutschland ausgegeben, der mich bei der Seelsorge für einige Zeit unterstützen soll.«

Katharina warf Hannes einen Blick zu. »Das war Ihre Idee, oder?«

Schreiber grinste breit. »Sie kennen mich schon ganz gut, Katharina.«

Sollte sie ihm sagen, dass sie seines Auftauchens sicher gewesen war, falls er von ihrer Festnahme erführe? Wenn der Pastor nicht dabei gewesen wäre, hätte sie es getan. Im Beisein des Mannes, der sie von klein auf kannte, mochte sie nicht darüber reden. Gegenüber dem Pastor fühlte sie sich auch mit sechsunddreißig Jahren noch wie die kleine Treni Orend aus Wolkendorf.

»Danke, Herr Pfarrer.«

»Der Herr wird mir's verzeihen«, sagte Arning. Er stand immer noch neben seinem Stuhl und wusste nicht wohin mit seinen Händen. Katharina ließ Schreibers Hand los, nahm die des Pfarrers und zog ihn auf den Platz neben sich.

»Wie geht es dir, Treni?«, fragte Arning. In seinem Kummer sah er noch grauer und verknitterter aus als sonst. Katharina hatte das Gefühl, er brauche mehr Trost als sie.

»Den Umständen entsprechend.« Das war nicht einmal gelogen.

»Wie kommst du mit den anderen Frauen zurecht? Es sind sicher schlimme Fälle darunter.«

Katharina wusste nicht, was sie sagen sollte. Den Zoff mit Floria mochte sie nicht erwähnen. »Sie haben uns doch im Konfirmandenunterricht erzählt, dass Jesus mit den Zöllnern und Verbrechern gut zurechtgekommen ist, Herr Pastor.«

»So war sie schon als Kind«, sagte Arning und sah den Reporter hilflos an.

Schreiber lächelte. »Im Ernst, Katharina, gibt es Probleme, über die wir mit der Direktorin reden können? Die Frau macht einen vernünftigen Eindruck. Auf uns Seelsorger hört sie vielleicht.«

Katharina blies sich eine Strähne aus der Stirn. »Da ist eine Zigeunerin, Floria, mit der habe ich Streit. Sie bringt die anderen Frauen gegen mich auf. Es geht um eine Katze.« Sie erzählte den beiden die Geschichte von dem Kätzchen, was Floria damit gemacht hatte und sie anschließend mit Floria.

»Aber Treni«, sagte der Pfarrer, mehr nicht.

»Wir reden mit der Direktorin darüber. Vielleicht steckt sie Sie in eine andere Zelle.«

»Wäre besser.«

»Okay. Draußen läuft auch einiges. Ich war beim deutschen Botschafter in Bukarest. Die besorgen Ihnen einen anständigen Rechtsanwalt. Außerdem schicken sie einen Beamten vorbei, der die Haftbedingungen überprüft. Dem erzählen Sie bitte von der Geschichte mit der Zigeunerin, falls sie noch aktuell ist.«

Eigentlich mochte sie es überhaupt nicht, wenn Männer ihr Ratschläge erteilten. Wahrscheinlich lag das an ihrem Vater, der ihr pausenlos gesagt hatte, was sie tun und lassen sollte. Bei Hannes Schreiber war es anders. Sie vertraute ihm, obwohl sie sich erst so kurz kannten.

»Morgen fliege ich nach Berlin«, sagte der Reporter. »Ich kenne da einen Politiker aus der Regierungspartei, der helfen könnte, Sie hier rauszuholen. Er kommt aus meiner Heimatstadt. Wir kennen uns seit Achtundsechzig. Damals haben wir gemeinsam demonstriert. Danach sind wir unterschiedliche Wege gegangen. Um es wertfrei auszudrücken. Aber Karsten Groß ist kein schlechter Kerl. Mit dem werde ich über Ihren Fall reden. Die Rumänen wollen schließlich in die EU.«

Genau das hatte sie auch gedacht, in den Zellennächten kurz nach ihrer Einlieferung. Am Ende hatte sie die Hoffnung an eine Intervention aus Deutschland als größenwahnsinnig abgetan. Für Schreiber schien diese Idee normal zu sein. Der Mann machte Mut. Er redete ihr nicht nur gut zu, er tat auch was. Sie hatte die Berlingeschichte kaum verdaut, als der Reporter mit der nächsten Überraschung kam.

»Ich habe Ihren Kollegen Ovidiu Vandra im Jagdmuseum getroffen. Ein ungewöhnlicher Kerl. Wer trägt heute noch Safariklamotten aus den Fünfzigerjahren? Und sein Rauschebart ist auch ein wenig aus der Mode. Aber ich bin ja Hemingway-Fan, wie Sie wissen. Der lief auch so rum.

Ovidiu hält große Stücke auf Sie, Katharina. Und er will helfen. Er glaubt, dass alte Feinde oder neue Neider Hulanu aus dem Weg geräumt haben. Er will sich schlaumachen. Ihre Verhaftung hält er für ein abgekartetes Spiel. Das Forstamt und die Jägervereinigung wollten sie loswerden. Wegen Geschäftsschädigung in Sachen Bärenjagd.«

Katharina traute ihren Ohren nicht. Sie hatte Vandra für einen netten Kollegen gehalten, der es sich aber auf keinen Fall mit der Forstverwaltung verderben wollte. Was er während der Ceauşescu-Zeit getrieben hatte, wusste sie auch nicht wirklich. Und jetzt wollte Ovidiu für sie den Ermittler spielen!

»Was haben Sie mit Vandra gemacht? Der war doch früher nicht so mutig.«

Schreiber lächelte. »Ovidiu mag Sie, Katharina. Sie scheinen einer bestimmten Sorte älterer Herren zu gefallen.«

Wieder wurde sie rot. Dieses Mal hasste sie es besonders, weil Schreiber ihr voll in die Augen sah. Der Pastor räusperte sich. Alle schwiegen.

»Wie hat meine Disi es aufgenommen?«, fragte sie schließlich.

»Sie ist traurig, Treni. Jeden Tag auf dem Weg zum Friedhof kommt sie bei mir im Pfarrhaus vorbei. Ich tröste sie, so gut ich kann.«

»Bringen Sie sie bitte mit, falls Sie noch einmal kommen, Herr Pfarrer. Damit sie sieht, dass ich lebe. Sie hat so viel verloren in den letzten Jahren: den Mann, die Kinder, die sächsischen Nachbarn. Sie war so froh, dass ich zurückgekommen bin.«

»Soll ich deinen Eltern auch Bescheid geben? Deine Disi hat doch sicher eine Telefonnummer.«

Katharina schüttelte den Kopf. »Wir haben keinen Kontakt mehr, seit ich nach Kronstadt gegangen bin.« Was sie jetzt am wenigsten brauchte, waren die Vorwürfe ihres Vaters.

Die Wärterin mit dem Melonenhut öffnete die Tür und baute sich im Rahmen auf. »Die Besuchszeit ist zu Ende.«

Katharina gab Pastor Arning die Hand und bedankte sich. Hannes Schreiber stand unschlüssig dabei. Aus den Augenwinkeln sah sie sein bekümmertes Gesicht. Da nahm sie ihn einfach in die Arme und drückte ihn, bis der Kugelblitz dazwischenfuhr.

»Das ist hier nicht erlaubt, Orend«, schnarrte die Dicke und brachte sie zurück in Zelle vier.

28

Karsten Groß ließ es nicht raushängen, aber er hatte es geschafft. Er war der außenpolitische Sprecher der Fraktion, die den Kanzler stellte. Außenminister konnte er nicht werden, weil der Job dem kleineren Koalitionspartner zustand. Doch Groß hatte das Ohr des Regierungschefs und flüsterte ihm, wenn das Chamäleon im Auswärtigen Amt mal wieder einen Alleingang startete.

Schreiber kannte Groß seit fast vierzig Jahren. 1968 war Karsten Chef der Bochumer Jugendorganisation seiner Partei gewesen. Damals wurde das nur, wer sich links gebärdete. Der kleine Groß hatte das getan. Er zog gegen den Vietnamkrieg zu Felde, geißelte die griechische Militärdiktatur und argumentierte gegen die Notstandsgesetze, die seine Genossen in Bonn mit den Schwarzen durchpeitschten.

Gemeinsam mit den Linksaußen der Stadt, zu denen Hannes Schreiber damals zählte, demonstrierte Groß gegen die Fahrpreiserhöhungen bei Bus und Bahn. Während Schreiber und die Seinen die Straßenbahnen mit Sitzblockaden lahmlegten – und dafür wegen Nötigung verurteilt wurden –, beschränkte sich Groß auf das Redenhalten bei Protestkundgebungen. Statt auf die Schienen begab sich Karsten Groß auf den ›langen Marsch durch die Institutionen‹, wie seinesgleichen – in Anspielung auf den langen Marsch Mao Tse-tungs – ihre Parteikarriere gern nannten. Der Marsch begann links unten und endete rechts oben. Groß und sein Kanzler, der dieselbe Karrierediagonale beschritten hatte, waren an der Macht. Wie lange noch, war eine andere Frage.

Schreiber und Groß waren sich während all der Jahre gelegentlich über den Weg gelaufen. Im Bochumer Stadtrat, im Düsseldorfer Landtag, und schließlich in Berlin. Sie duzten sich immer noch und nannten einander bei den Spitznamen aus alter Zeit: Schreiber war wegen seiner Einsneunzig ›Langer‹. Groß hieß ›Buddy‹, weil seine dunkle Hornbrille die Jungs an Buddy Holly erinnert hatte.

Beide hingen sie an ihrer Heimat. Groß schrieb ab und an in Blättern für kluge Köpfe Besinnungsaufsätze, worin er den Ruhrpott zum deutschen New York verklärte. Schreiber lästerte darüber, wenn sie sich trafen. »Im Grunde hast du recht. Gelsenkirchen sieht inzwischen aus wie die Bronx. Aber wo liegt unser Manhattan, Buddy?«

Hannes hatte aus Rumänien in Groß' Büro angerufen, die Sekretärin unter mehrfacher Nennung des Blattes, für das er schrieb, zum Durchstellen bewegt und Karsten Groß um ein Treffen gebeten.

Groß schlug keinen der Gastronomiebetriebe Berlins vor, in der die Wichtigmenschen der Hauptstadt verkehrten, sondern einen kleinen Italiener im Osten.

»Willst du nicht mit mir gesehen werden?«, ätzte Hannes.

»Hör endlich auf mit deinem Gesetzlosengehabe, Langer. Als linksradikaler Schreiber aus dem Ruhrpott existierst du nur noch in deiner Fantasie. Du bist schon lange wohlbestallter Reporter beim *Magazin.*«

»Mal sehen, wie lange noch.«

»Klingt spannend.«

»Ich erzähl's dir, wenn wir uns treffen.«

Hannes nahm die S-Bahn Richtung Erkner, stieg in Köpenick aus und fand das Lokal in einer Seitenstraße. Von außen wirkte es wie ein Take-away-Pizzaladen. Innen gab es ein paar Tische und eine offene Küche, in der ein älterer Italiener die Pfannen schwang. Hannes hockte sich an den einzigen freien Tisch. Die Kellnerin schoss hinter der Kasse hervor und raunzte ihn an.

»Isse reserviert, diese *tavolo.*«

»Ja. Für mich.«

»Nein, stimmte nich. Für *signor* Groß aus die *parlamento.*«

»Ich bin mit ihm verabredet.«

»Dann isse gut. Soll ich bringen eine *aperitivo?*«

Hannes bestellte einen Cynar mit Orange. Er kam gleichzeitig mit Groß. Karsten trug ein weißes Polohemd zur Jeans. Seine unbestrumpften Füße steckten in Slippern. Die Hornbrille hatte er schon vor Jahren gegen eine randlos runde ausgetauscht. Obwohl er ein Stück älter war als Schreiber, glänzte sein Haar noch voll und schwarz. Groß hatte sich gut gehalten, gestand Hannes sich ein, besser als er selbst.

Die Kellnerin brachte ungefragt einen Prosecco. *»Prego, dottore.«*

Schreiber grinste. »Auf die alten Tage noch promoviert, Buddy?«

»Wetten, dass sie dich gleich auch Doktor nennt? Die Macalusos kommen aus Sizilien. Da wird jeder, der lesen und schreiben kann, mit *dottore* angeredet.«

Die beiden Bochumer in Berlin sahen sich über ihre Gläser an. Es hatte Zeiten gegeben, in denen sie einander ausgewichen waren, wenn sie sich auf Veranstaltungen von ferne sahen. Die Zeiten waren vorbei. Freunde würden sie nicht mehr werden, nicht einmal Kumpel. Zeitgenossen wäre das richtige Wort, dachte Schreiber, stolz auf den Doppelsinn seines Einfalls.

Er bestellte *spaghetti alla norma* und einen grünen Salat vorweg. Groß studierte die Tageskarte auf der Tafel an der Küchenwand. »Ich nehm' eine große Portion *antipasti misti,* Francesca. Mit viel Fisch, bitte.«

Karsten orderte eine Flasche Weißen und sah Schreiber erwartungsvoll an. »Du wirst sicher nicht angerufen haben, um mit einem alten Bekannten in Ruhe essen zu gehen, Langer.«

»Nein«, sagte Schreiber. »Obwohl ... ist doch nett hier. Und wilde Debatten über Weg und Ziel müssen wir zum Glück auch nicht mehr führen.«

»Ist das noch Weisheit oder schon Senilität?«

»Nenn es, wie du willst.«

Es fiel Hannes schwer, Groß um Hilfe zu bitten. Er hatte das noch nie getan, auch nicht in den Jahren ohne Job. Er wollte sich nicht abhängig machen von Leuten wie ihm. Auf die eine oder andere Art werde man irgendwann dafür bezahlen müssen, glaubte er.

Im Flugzeug hatte Hannes darüber nachgedacht, was er Groß anbieten könnte, damit sein Hilferuf als Deal daherkam. Ein Handel, wie er zwischen Journalisten und Politikern üblich war. Was die Regierungspartei dringend brauchte, war Munition für den Wahlkampf. In den Umfragen lagen Groß' Genossen dramatisch zurück. Sie hatten ihre Stammwähler verhartzt und keine Idee, wie man sie zurückgewinnen könnte. Die Kandidatin der Schwarzen und ihr Schattenkabinett boten kaum Angriffsfläche. Wenn man Diana Steinkamps Kampf um die Macht im Unternehmen den richtigen Dreh gab, ließ sich daraus politisches Kapital schlagen: Rücksichtslose Jungunternehmerin drängt verdienten Vertreter der sozialen Marktwirtschaft aus dem Geschäft, finanziert Ökoterroristen in einem EU-Beitrittsland, und alles mit Billigung der Kanzlerkandidatin der Opposition.

Während sie auf ihr Futter warteten, begann Hannes, Groß die Geschichte zu erzählen. »Eins vorweg, Buddy: Was ich dir jetzt erzähle, ist nicht zu verwenden, solange wir uns nicht einig sind. Sonst macht ihr Politiker es mit uns Journalisten so. Diesmal muss es umgekehrt gehen.«

»Mach halblang, Schreiber. Wer von uns beiden ist denn hier die Plaudertasche, du oder ich?«

Hannes hielt sich an die Chronologie der Ereignisse. Er begann mit dem Sommerfest des *Magazins* und dem Auftritt der Kandidatin nebst Umweltministerin in spe. Schilderte seine Abenteuer in Rumänien und den Abend mit dem alten Steinkamp in Gelsenkirchen. Seinen Krach mit Bartelmus wegen der Gefälligkeitsgeschichte für die Kandidatin referierte er mit verteilten Rollen. Er merkte, dass Groß aufhörte, Pistazien zu knabbern, und sehr genau zuhörte. Dann kam der Mord am Forstamtsleiter von Braşov und die Verhaftung Katharinas. Am Ende beschrieb er Buddy den Frauenknast von Târgşor mit seinen Zellen für siebzig Gefangene und wie es der deutschen Biologin dort erging.

»Beim Botschafter in Bukarest bin ich auch gewesen.« Schreiber schüttete den Rest des Cynars in sich hinein. »Der

Mann ist so was von smart, sag ich dir. Der will es sich nicht mit der Kandidatin verderben und beschränkt sich auf die konsularische Betreuung des Falls. Wegen der politischen Seite hat er mich an Berlin verwiesen. ›Sie werden dort sicher Ihre Connections haben.‹ Nach einigem Überlegen fielst du mir ein.«

Die Kellnerin brachte das Essen. Schreiber stocherte in seinem Salat. Groß säbelte ein paar Scheiben von dem Weißbrot ab, das Francesca auf den Tisch gestellt hatte, goss von dem Weißen ein und machte sich über seinen Vorspeisenteller her. Zu Schreibers Geschichte sagte er erst mal nichts.

Hannes schob den essigsauren Salat beiseite und wickelte Nudeln um die Gabel. Sie waren schön bissfest, und die Tomatensoße mit angebratenen Auberginenwürfeln schmeckte gut dazu. »Eins muss man dir lassen«, sagte er, »du weißt, wo man in diesem überdrehten Kaff anständig essen kann.«

»Danke. Ich kann mich nicht erinnern, dass du mich je gelobt hast.«

»Du hast mir keinen Anlass gegeben. Wir hätten weniger über Politik reden sollen und mehr übers Essen.«

Groß schenkte Wein nach. »Wenn ich es richtig sehe, soll ich die Kleine für dich aus dem Knast holen, oder? Lohnt es sich denn wenigstens? Ist sie hübsch?«

»Ach, Buddy. In unserm Alter sollte man wissen, in welcher Liga man spielt. Die Frau hat mir das Leben gerettet, als mich eine Bärin angriff. Ich bin ihr was schuldig.«

Groß sah ihn Meeresfrüchte mampfend an. Er spülte mit einem Schluck Wein nach. »Hör auf mit dem Gesülze«, sagte er dann, »den selbstlosen Senior kauf ich dir eh nicht ab.«

»Musst du auch nicht. Wenn du es schaffst, die Frau aus diesem Loch zu holen, darfst du mich öffentlich einen alten Lustmolch nennen. Nur rausholen musst du sie.«

»Und wie stellst du dir das vor? Karsten Groß fliegt nach Rumänien, stellt die Regierung da kurz in den Senkel, und schon kommt deine Biologin frei?«

»Halt mich nicht für blöder, als ich bin. Ich denke, die Rumänen wollen unbedingt in die EU. Da können sie keinen Justizskandal um eine deutsche Staatsangehörige brauchen. Das werdet ihr ihnen doch deutlich machen können. Auf diplomatischem Weg.«

»Ach, Schreiber«, stöhnte Groß. »Meinst du wirklich, wir nehmen die nicht in die EU auf, weil sie den Rechtsstaat nur vom Hörensagen kennen? Wir wollen denen unsere Produkte verkaufen. *Müllermilch* und *Metro, Praktiker* und *Hochland-Käse,* darum geht's. Die Konkurrenz schläft nicht. Renault hat sich Dacia unter den Nagel gerissen. Die Franzosen lassen in Rumänien ein Billigauto zusammenschrauben. Und die Amis bauen den Rumänen eine Autobahn quer durchs Land. Ohne Ausschreibung haben die den Auftrag an Land gezogen. Weißt du auch, um welche Stadt der Highway einen großen Bogen machen wird?«

Schreiber zuckte mit den Schultern.

»Sibiu. Das frühere Hermannstadt. Weil die einen Siebenbürger Sachsen zum Bürgermeister gewählt haben, der viele deutsche Firmen in der Stadt angesiedelt hat. Sibiu ist das Einfallstor der Deutschen, denkt sich der Ami. Warum sollen wir denen auch noch einen Autobahnanschluss bauen?«

Hannes drehte seine letzten Spaghetti um die Gabel. Die Geschäftswelt war die seine nicht. Als Linker hätte er sich für Ökonomie interessieren müssen. Aber der Wirtschaftsteil der Zeitungen langweilte ihn.

Schreiber legte seine Gabel weg und wartete darauf, dass Groß mit seinen Vorspeisen zu Ende käme. Nach dem

Essen brauchte er eine Zigarette. »Heißt das, du willst der Frau nicht helfen?«, fragte er.

Karsten Groß kaute auf seinem letzten Tintenfischring. Er wischte den Teller mit Weißbrot aus, mampfte auch das, trank Weißwein darauf und sah satt und zufrieden aus. »Hab ich das gesagt?«

Hannes wurde es zu blöd. Er steckte sich eine Marlboro an und blies Buddy den Qualm über den Tisch zu. Groß hüstelte. »Es wird nicht einfach. Irgendwie muss ich an dem Straßenkämpfer im Auswärtigen Amt vorbei. Wenn der mitkriegt, dass ich in seinem Teich angle, bläst er sich im Kabinett auf wie ein Ochsenfrosch. Ich werde es über seinen Staatssekretär versuchen. Der fährt auf unserm Ticket.«

»Was wird der Mann tun?«

»Den rumänischen Botschafter auf den Fall ansprechen. Er wird mit Dackelfalten auf der Stirn sein Missfallen über den Umgang der dortigen Justiz mit einer deutschen Staatsbürgerin zum Ausdruck bringen. Und das kurz vor Abschluss der Verhandlungen über den EU-Beitritt Rumäniens. Dann liegt der Ball in deren Feld.«

»Was meinst du, wie lange er da liegen bleibt?«

»Du stellst vielleicht Fragen, Langer. Woher soll ich das wissen, ob sie reagieren und wie schnell? Ich kann es versuchen, mehr nicht. Erzähl mir lieber von den Steinkamps. Meinst du, der Alte redet mit uns? Das wäre natürlich der Hype: Unternehmer alter Schule wendet sich öffentlich gegen die eigene Tochter und ihre Partei, die er früher selbst finanziert hat. Kannst du bei dem nicht mal vorfühlen? Von Jäger zu Jäger, mein ich. Du darfst die Sache im *Magazin* dann exklusiv verkünden. Vielleicht stimmt das deinen Chefredakteur gnädig.«

Schreiber bekam feuchte Finger. Er merkte, wie glatt das

Parkett war, auf dem er tanzte. Ein falscher Schritt, und er läge auf der Schnauze. Bartelmus wusste nicht einmal, dass er nicht mehr in Rumänien war. Statt Loblieder auf Diana Steinkamp zu singen, kungelte Hannes mit ihren politischen Gegnern in Berlin. Scheiß der Hund drauf, fluchte er innerlich. Seine Situation beim *Magazin* fühlte sich ohnehin an wie Edeka, Ende der Karriere. »Ich kann mal mit dem alten Steinkamp reden«, sagte er. »Er wollte, dass ich ihn anrufe, wenn ich wieder im Lande bin.«

»Prima, Langer. Auf die alten Tage lernst du noch, wie Realpolitik geht. Und ich kümmer mich um deine Perle Siebenbürgens. Abgemacht?« Buddy hielt ihm die Hand über den Tisch. Schreiber blieb nichts anderes als einzuschlagen.

29

Er brauchte einen halben Tag, um Hubertus Steinkamp ans Telefon zu bekommen. Obwohl er seinen Nebenanschluss wählte, landete er immer wieder in der Zentrale. »Ich weiß auch nicht, was mit dem Senior heute Morgen los ist, der hört mit dem Telefonieren gar nicht mehr auf. Ist doch sonst nicht seine Art.«

Gegen Mittag kam Schreiber endlich durch. Er hatte sich vorher gefragt, ob er den Alten duzen sollte, und sich dagegen entschieden. Brechts Stück vom Herrn Puntila war ihm eingefallen. Der finnische Gutsbesitzer war betrunken ein Menschenfreund und nüchtern ein Ausbeuter.

Auf das gebellte »Steinkamp« antwortete er mit: »Hannes Schreiber vom *Magazin.* Tag, Herr Steinkamp.«

Das hätte er besser nicht getan. »Wat soll dat denn jetzt?«, brüllte Steinkamp. »Erst trinken wir mit meinem besten

Whisky Brüderschaft und eine Woche später bin ich wieder Herr Steinkamp? Da hätte ich anderes erwartet von einem Wattenscheider. Aber man guckt den Leuten nur vor den Kopp, nicht rein.«

Schreiber schluckte trocken. Dieser Mensch tat nicht leutselig, er war es. Sogar in nüchternem Zustand. Hannes versuchte, seinen Fehler vergessen zu machen. »Reg dich ab, Hubert«, sagte er. »Ich bin mit den Jahren vorsichtig geworden. Vielleicht hab ich auch eine Überdosis Hamburg in den Knochen. Die ganze Alster ist ein einziges, großes Fettnäpfchen. Als Junge aus dem Ruhrpott latschst du da ständig rein.«

»Red dich nicht raus, Schreiber«, zischelte Steinkamp. »Du hast mich falsch eingeschätzt. Das ist schlecht für einen Reporter. Aber ich weiß ja, woran es liegt.«

»Dann sag mal.«

»Als alter Linker glaubst du doch, Unternehmer sind per se üble Typen.«

»Nicht schlecht, Frau Specht. Haben deine Securityfuzzis mich geröntgt?«

»Dazu brauch ich die nicht. Ich hab dich einfach gegoogelt, Schreiber. Der alte Steinkamp geht nämlich mit der Zeit. Was ich im Internet über dich gefunden hab, reicht mir.«

Na toll, dachte Hannes. Den Deal mit Karsten Groß konnte er vergessen. Er schwieg. Das kam selten vor.

»Biste noch dran?« Steinkamp wieherte ein Lachen in den Hörer. »Oder haste vor Schreck aufgelegt?«

»War nur eine Denkpause.«

»Die sollteste das nächste Mal machen, bevor du mich anrufst.«

»Hab ich ja.«

»Und?«

»Ich hab falsch gedacht.«

»Einsicht ist der erste Weg zur Besserung. Ich will mal nicht so sein und geb dir noch ne zweite Chance.«

»Danke, Papi.«

»Kaum hat er wieder Wind unter den Flügeln, wird er frech. Dabei wollte ich dich grad zur Bärenjagd einladen. Oder bist du dazu auch zu vorsichtig geworden?«

In Gedanken sah Schreiber die Bärin den Hang herunterstürmen. Direkt auf ihn zu. »Einladungen darf man nicht ablehnen«, sagte er, »hat meine Mutter mir beigebracht.«

»Kluge Frau. Übermorgen flieg ich nach Rumänien. Wir treffen uns dann abends in Măgura. Waffe kannste zu Hause lassen. Du kriegst eine von meinen. Und jetzt leg ich dich auf, Schreiber. Ich muss weiter ausbeuten.«

Hannes hüpfte aus dem Schreibtischstuhl und stürmte zur Stereoanlage. Er schob die oberste CD vom Stapel ein. Der Mitschnitt irgendeines Konzerts der *Neverending Tour. Glory, glory, glory, somebody touched me,* krächzte der Meister, *must have been the hand of the Lord.*

Schreiber schnappte seinen Jagdrucksack und ging das Geraffel durch: Fernglas, Entfernungsmesser, Kopflampe, Regencape, Messer, Jagdschein, alles da. Er wollte gerade einen Flug buchen, als das Telefon klingelte. Schreiber meldete sich.

»Hi. This is Ovidiu from Braşov. I have something interesting for you.«

Hannes musste sich setzen. Erst Steinkamp, jetzt Vandra. Es ging Schlag auf Schlag. »Tell me about it, Ovidiu.«

Was er Interessantes herausgefunden hatte, wollte Vandra am Telefon nicht sagen, weil »Comrade C« eine Rolle spiele. Schreiber überlegte, wer mit »Genosse C« gemeint sei. Ihm fiel nur einer ein: Ceauşescu. »Ich komme morgen nach Rumänien«, sagte er. »Wann und wo wollen wir uns treffen?«

»Am Transfogarasch-Highway gibt es kurz vor dem Tunnel einen kleinen See mit einem Restaurant. *Cabana Bâlea Lac.* Ich bin abends um acht da. Okay?«

Hannes stimmte zu und legte auf. Aus den Boxen nölte Dylan: *Mama, you been on my mind.*

30

Mitten in der Nacht wachte sie auf. Sie wusste nicht, wie spät es war. Die Uhr hatten sie ihr gestohlen. Ihr Zellenfenster ging nach Osten. Das Grauen des Morgens war noch nicht über die Gefängnismauer gekrochen. Katharina lag auf dem Rücken und lauschte in den Raum. Sie hörte dem Atmen der Schlafenden zu. Die Frau im Bett unter ihr warf sich auf die andere Seite, stöhnte und begann leise zu schnarchen. Einen Gang weiter lallte jemand mit traumschwerer Zunge.

Sie lag noch immer in Zelle vier. Auch der Besuch des Botschaftsmenschen hatte nichts daran geändert. Der mausgraue Mann war ihr sehr geschäftsmäßig vorgekommen. Kein persönliches Wort, keine Spur von Mitgefühl. Er kramte ein Formular aus seiner Aktentasche und arbeitete es Punkt für Punkt ab: Name, Alter, Beruf, Anschrift, Verwandte in Deutschland, Ansprechpartner in Rumänien, Zeitpunkt der Inhaftierung, zuständige Polizeibehörde, Tatvorwurf.

Als Katharina ihren Fall erläutern wollte, schnitt er ihr das Wort ab. »Die juristische Seite fällt nicht in die Zuständigkeit der Botschaft. Besprechen Sie das bitte mit dem Rechtsanwalt, den wir informiert haben.« Der Beamte nannte den Namen ihres Verteidigers. Er werde sie in den nächsten

Wochen aufsuchen. In den nächsten Wochen. Sie fröstelte beim Gedanken an die Zeit, die sie in dieser Vorhölle verbringen sollte.

Als letzten Punkt auf seiner Liste hakte der Botschaftsmann die Haftbedingungen ab. Sie schilderte ihm ihren Kleinkrieg mit der dicken Floria und dem Rest der Zelle vier. Der Beamte hörte zu, ohne sich Notizen zu machen. Er werde mit der Gefängnisleitung reden, sagte er. Chancen für eine Verlegung sehe er allerdings nicht. Schließlich sei der Streit von ihr ausgegangen.

Der Besuch war zwei Tage her, passiert war nichts. Katharina blieb auf sich allein gestellt. Eigentlich war sie daran gewöhnt. Ihr Einzelkämpferjob in Kronstadt hatte sie gelehrt, ohne fremde Hilfe zu überleben. Ein halbes Jahr war das gut gegangen. Sie hatte Bärenattacken überstanden und Sitzungen überlebt. Am Ende aber hatten ihre Widersacher gesiegt. Statt im Wald Bären zu fangen, saß sie selbst in diesem Käfig und versuchte, nicht verrückt zu werden.

Nachts lag sie oft wach und horchte auf jedes Geräusch. Knarrte da nicht ein Bett, wie wenn jemand aufstünde? Tappten dort nicht Schritte, als ob eine Frau auf sie zuschliche? Meist hörte sie danach die Klospülung und entspannte sich wieder. In dieser Nacht wollte ihr das nicht gelingen. Vielleicht lag es am Wetter. Seit Tagen brauten sich nachmittags dunkle Wolken über der Ebene zusammen. In der Ferne grummelten Gewitter, aber in Târgşor ging keines nieder. Nicht einmal der Wind rührte sich. Die Luft stand zäh wie Palukes. Selbst wenn sie sich nicht bewegte, brach Katharina der Schweiß aus. Sie hätte etwas dafür gegeben, einmal duschen zu dürfen. Oder im Wasser der Burzen zu planschen, wie früher bei der Disi.

Katharina verdrängte die Erinnerung an ihre Kindheit. Erinnerungen machten sie traurig. Sie hatte auch aufgehört, sich Gedanken über ihre Zukunft zu machen. Die Zukunft war bis auf Weiteres beendet. Was allein zählte, waren die Tage in Târgşor, die sie überstehen musste. Sie waren lang genug. Und die Nächte erst! Noch immer drang kein Morgenlicht über die Mauer. Katharina wälzte sich auf die Seite. Mit dem Gesicht zum Gang starrte sie vor sich hin. Merkwürdig, wie gut sich die Augen auf die Dunkelheit einstellen konnten. Sie sah den Gang und die Frauen in den Etagenbetten gegenüber fast wie am Tag. Die Frau, die dazwischen heranschlich, erkannte sie sogar: Floria.

Schritt für Schritt näherte sich die Alte. Hätte Katharina sich mit dem Gesicht zur Wand gedreht gehabt, sie hätte nichts gehört. Sie zog die Beine an. Zentimeter für Zentimeter beugte sie die Knie. Dann stützte sie den Oberkörper auf den rechten Ellenbogen und richtete sich etwas auf. Ihre Armmuskeln zitterten vor Anstrengung. Oder vor Angst.

Zwei Meter vor Katharinas Bett griff Floria in ihren Pyjama. Als die Hand wieder auftauchte, hielt sie ein Messer. Katharina dachte an ihr Kätzchen. Sie spannte alle Muskeln an. Fiebrig pulste das Blut in ihren Ohren. Sie ließ die Alte näher kommen, einen Schritt, und noch einen. Einen halben Meter vor dem Bett hob Floria die Hand mit dem Dolch. Ein Schritt noch, und sie stöße zu.

Katharina wollte diesen Schritt abwarten. Sie schaffte es nicht. Sie explodierte zu früh. Statt am Kopf trafen ihre Füße die Alte am Arm. Sie stolperte nach vorn, aber sie fiel nicht. Floria dreht sich um und stach zu. Katharina fühlte den Schmerz. Schrie nicht. Sie packte zu. Ihre Faust umklammerte das Handgelenk der Zigeunerin. Das Messer stand still zwischen den Körpern der beiden Frauen, zitterte nur unter dem Druck der Arme. Für eine alte Frau war

Floria verdammt stark. Sie spuckte Katharina ins Gesicht. Der Rotz traf ihr rechtes Auge. Sie kniff es zu. Dann trat sie wieder. Ihr Fuß prallte gegen Florias Bauch, nahm der Alten für einen Augenblick die Luft. Katharina drückte nicht mehr gegen den Arm mit dem Messer. Sie riss ihn herunter. Hart schlug das Handgelenk auf das Bettgestell. Floria schrie auf und ließ das Messer fallen. Katharina sprang aus dem Bett.

Sie standen sich gegenüber. Katharina fühlte den Messerknauf an ihrem nackten Fuß. Sie trat darauf. Hinter Floria tauchten andere Frauen auf. Sie drängten in den Gang, um der Zigeunerin beizustehen. Schritt für Schritt kamen sie heran.

Ohne den Kopf zu senken, bückte sich Katharina. Blitzschnell riss sie den Dolch nach oben. Sie spürte den Widerstand. Der Pyjama der Alten war vor dem Bauch zerschnitten. Aus einer Speckfalte rann Blut. Floria schrie, aber sie fiel nicht. Sie griff auch nicht an. Sie stand da wie ein Baumstamm und schrie. Wie lange, wusste Katharina nicht. Sie hielt das Messer in der Hand, bereit, auf jede einzustechen, die ihr zu nahe kam.

Das Deckenlicht flammte auf. Die Zellentür kreischte. Die Wärterin mit der Melone stürmte herein. Die Gefangenen wichen vor ihr zurück. »Was ist hier los?«, brüllte sie. Niemand antwortete. Der Kugelblitz stob von Gang zu Gang, fuchtelte mit einer Taschenlampe herum. Endlich stand sie vor Katharinas Bett.

»Messer fallen lassen, Orend!«, schrie sie.

Katharina warf die Waffe hinter sich.

»Sind Sie verletzt, Floria?«

Die Zigeunerin erwachte aus ihrer Starre. Sie begann zu jammern. »Die Sächsin hat mir in den Bauch gestochen. Hier in den Bauch.« Sie drehte sich um, riss das Loch in ihrer Pyjamajacke weiter auf, heulte.

»Waren Sie das, Orend?«

Katharina nickte. Der Schmerz pulsierte in ihrer Hüfte. Sie fühlte das Blut an ihrem Bein hinunterlaufen. »Ich brauche einen Arzt«, sagte sie, bevor sie umfiel.

31

Der Transfogarasch-Highway begann harmlos. Hinter Scoreiu bog eine Asphaltstraße im rechten Winkel von der E 68 ab. Die Reifen des Corsas, den Schreiber am Flughafen in Sibiu gemietet hatte, surrten auf dem rauen Belag. Nach ein paar Kilometern fiel Hannes auf, was fehlte: Schlaglöcher. Er gab ein bisschen mehr Gas.

Die Straße führte ihn durch ein weites Tal auf die Berge zu. Zu beiden Seiten arbeiteten Familien auf schmalen Streifen Land. Das Kraut der Kartoffeln gilbte bereits. Die Erbsenschoten wölbten sich. Pferdewagen warteten im Schatten der Straßenbäume auf die Heimfahrt. Eine Kette Rebhühner strich über ein schütteres Maisfeld und fiel am Rand ein. Die Sonne des Spätsommernachmittags leuchtete das Land bis in den letzten Winkel aus. Schreiber durchfuhr Dörfer, die in ihrem Licht dösten wie Straßenköter.

Hinter Cârţişoara begann der Wald. Die Straße wurde schmaler und kletterte in Kehren bergan. Ein Bergbach stürzte zu Tal. Auf dem Parkplatz der *Cabana Cascadă* hielt Schreiber an und stieg aus. Außer Flugzeugfutter hatte er noch nichts gegessen. Mit Mühe orderte er einen *cafea Jacobs cu lapte* und ein Paket Waffeln. Der Milchkaffee entpuppte sich als klein und stark.

Hannes war mulmig um die Rosette. Von seiner Stippvisite in Berlin wussten sie beim *Magazin* nichts. Schreiber war nicht im Büro gewesen, und mit Bartelmus hatte er auch nicht telefoniert. Was hätte er Stefan erzählen sollen? Dass die tolle Geschichte über Diana Steinkamp und ihren Bärenflüsterer endgültig geplatzt war? Bartelmus hätte ihn nach Hamburg zitiert und zusammengefaltet. Und ihm verboten, nach Rumänien zurückzukehren. Bestenfalls nur das.

Auf sich allein gestellt turnte Hannes durch dieses Land, dessen Sprache er nicht verstand, dessen raue Sitten ihn beunruhigten, dessen Berge und Wälder er liebte. »Rumänien ist ein schönes Land«, sagten die Siebenbürger Sachsen, wenn kein Rumäne zuhörte, »schade, dass es bewohnt ist.« Hannes mampfte seine letzte Waffel, spülte mit *cafea Jacobs* nach und fuhr weiter.

Steiler stieg der Transfogarasch an. Der Wald wich Latschenkiefern und Almen. Vor ihm türmten sich die Berge wie eine Wand. Schreiber beugte sich über das Lenkrad. Er legte den Kopf in den Nacken und sah dennoch keinen Himmel. Nichts als grauer Fels. In den Haarnadelkurven über ihm kroch ein Laster. Schreiber schlich hinterher. Ein Blick aus dem Fenster: rechts der Stein, links das Nichts. Hannes heftete seine Augen auf den Mittelstreifen. Erst in einer flacheren Passage traute er sich wieder, zur Seite zu schauen. Schäfer hatten ihr Lager an den Hängen aufgeschlagen. Ihre Tiere zogen grasend über die Alm, die Glöckchen an ihrem Hals klunkerten bei jedem Schritt.

Hannes parkte den Wagen auf einem Schotterstummel, der vom Highway abbog, und stieg aus. Hunde, die im Schatten geschlafen hatten, standen auf und kamen auf ihn zu. Die Meute fächerte sich auf und versuchte, ihn einzukreisen. Es waren keine Hütehunde, die Schafe beieinander hielten. Diese sechs Struppis schützten das Vieh vor Bären, Wölfen und Dieben. Sie knurrten humorlos.

Schreiber zog sich ins Auto zurück. Aus dem Fenster beobachtete er das Leben im Camp. Es gab einen Pferch, in dem gerade Schafe gemolken wurden. Die Tiere drängten zu den zwei Durchlässen, in denen die Melker saßen. Stripp, strapp, strull, die Nächste bitte. In einem größeren Pferch standen die Schlafzimmer der Schäfer, mannslange Holzverschläge auf Stelzen, gerade hoch genug, um darin aufrecht zu sitzen. In den Kisten verbrachten die Hirten die Nacht bei der Herde, um den Hunden schnell helfen zu können, wenn ein Bär angriff. Jedes Jahr verloren dabei ein paar Schäfer ihr Leben, hatte Katharina ihm erzählt. In den Städten im Tal interessierte das keinen.

Zwei Eselinnen mit ihren Fohlen turnten zwischen den Schafen herum. Eine war gesattelt. Das waren die Pick-ups der Hirten. Die Fohlen spielten Fangen. Steifbeinig galoppierten sie über die Alm und landeten auf der Straße. Ein Schäfer lief hin und holte sie da weg. Er trug einen randlosen Filzhut. Wie eine schwarze Halbkugel steckte das Ding auf seinem Kopf. Es fiel nicht herunter, als er rannte.

Schreiber fuhr weiter. Er wusste nicht, was ihn vor dem Pass noch erwartete, fand es aber schnell heraus: Spitzkehren, die ihn schwindeln ließen, sobald er den Blick von der Straßenmitte wandte. Hier oben gab es keine Weiden mehr, nur Fels und Moos und Flechten. Bis auf zweitausendfünfhundert Meter stieg das Fogarascher Gebirge an. Hannes sah den Eingang der Röhre, die den Kamm untertunnelte. Ein Schild wies nach links zur *Cabana Bâlea Lac.* Er wartete, bis der Sattelzug aus dem Tunnel an ihm vorbeigekrochen war, und bog dann ab. Vorbei an einem rostigen Müllcontainer und dem ausgebrannten Rohbau eines Hotels schlängelte sich das Asphaltband in ein Kar. Den Talkessel unter den Gipfeln füllte stahlblaues Wasser. Wie die Ränge eines Amphitheaters stieg der Gebirgskamm dahinter auf. Er schirmte den *Bâlea Lac* nach Süden ab. An schattigen Stellen der Nordwand hatten kleine Schneefelder übersommert. Wolkenfahnen flatterten an den Bergspitzen, veränderten ihre Form wie Rauch im Wind.

Schreiber parkte sein Auto neben einem Imbisswagen. *Unsere Hähnchen schmecken immer,* stand darauf. Die Karre stammte aus Burladingen, der Stempel auf dem Nummernschild war abgekratzt.

Schreiber steckte sich eine Zigarette an und betrachtete die Cabana genauer. Für eine Berghütte war sie ganz schön groß. Erd- und Untergeschoss bestanden aus dem grauen Fels, der hier anstand. Ober- und Dachgeschoss waren aus Holz. Die ganze Bude war entweder neu gebaut oder vor Kurzem völlig renoviert worden. Eine Holzterrasse ragte in den Bergsee.

Hannes irrte durch die verwinkelte Gaststube, ehe er die Terrassentür fand. Er setzte sich an einen der Tische unter den grünen Sonnenschirmen von *Gösser*-Bier und wartete auf die Bedienung. Er war der einzige Gast der *Cabana Bâlea Lac.* Das Personal hatte sein Eintreffen anscheinend nicht bemerkt.

Nach einer Viertelstunde ging er rein. Hinter dem Tresen stand eine junge Frau mit weißer Bluse. Eine grüne Schürze wölbte sich über ihrem Bauch. Die Kellnerin war schwanger. Schreiber bestellte Bier und Fanta und ging zurück auf die Terrasse. Drinnen hatte jemand Musik angeworfen. *Candle in the wind,* drang aus den Boxen auf der Fensterbank. Die Akustik im Kar war hervorragend. Wenn es hier irgendwo Murmeltiere gab, würde Elton John in ihren Bauen zu hören sein.

Die Kellnerin brachte die Getränke. Er mischte sich ein Radler. Beim Trinken erinnerte er sich an den Tag mit

Katharina, der seiner Recherche einen anderen Dreh gegeben hatte. War er damals in Răcădău aus dem Ruder gelaufen, wie Bartelmus meinte? Schreiber glaubte, etwas anderes war geschehen: Sein Zynismus war ihm abhandengekommen, die Berufskrankheit des altgedienten Journalisten, der hinter viele Fassaden geschaut und nichts als Abgründe entdeckt hatte. In seiner Beziehung zu der Biologin war für Zynismus kein Platz. Sie hatte ihm das Leben gerettet, er stand in ihrer Schuld. So einfach war das. Notfalls nähme er den Verlust seines Jobs hin, um ihr zu helfen.

Liebte er diese Frau? Schwer zu sagen. Was bedeutete Liebe einem Mann, der auf die sechzig zuging, eine gescheiterte Ehe und ein paar verunglückte Beziehungen hinter sich hatte? *Just a four-letter word,* wie Dylan gedichtet hatte? *Love,* nur ein Schimpfwort mit vier Buchstaben wie *fuck* und *piss?* Sicher nicht.

Beim Schreiben fahndete Hannes stets nach dem einen Wort, das ein Gefühl, eine Sache oder ein Tun haargenau traf. Wenn er es nach langem Versuchen und Verwerfen gefunden hatte, war er stolz und froh. Vielleicht sollte er bei dieser Frau auf Worte verzichten. Ihre Beziehung war kein Text, der poliert werden musste, bis er glänzte. Er nahm sich vor, seinem Gefühl für Katharina keinen Namen zu geben.

Schreiber begrübelte noch das Problem, als Ovidiu Vandra auftauchte. Er trug wieder seine Kakiklamotten, nur die über dem Knie endende Hose war neu im Sortiment.

»Hi, Hannes«, grüßte er, gab ihm die Hand und ließ sich auf den Stuhl fallen. »Sorry, I'm late.«

Schreiber sah auf die Uhr. Es war tatsächlich schon Viertel nach acht. Er fragte den Biologen, was er im Hochgebirge treibe.

»Gämsen zählen«, sagte Vandra. Sie hätten eine Menge

Probleme mit Wilderern hier oben. Der Bestand sei dramatisch gesunken. Die Zeiten, in denen ein Siebenbürger Sachse in den Fogarascher Bergen den Weltrekordgamsbock erlegt habe, seien lange vorbei. »Siebzig Jahre, um genau zu sein.« Zuerst habe Ceauşescu die Bestände zusammengeschossen. Nicht aus der Seilbahn, wie drüben am Bucegi. Hier habe sich der größte Weidmann der Karpaten die Tiere zutreiben lassen. »Im Oktober 1989 waren dreihundert Förster und zweihundert Polizisten und *securitate*-Leute auf den Beinen, alle nur für einen Schützen: Nicolae Ceauşescu. Er saß drüben im Südhang und schoss aus allen Rohren. Wenn ein Magazin leer war, reichte ihm sein *securitate*-Offizier eine neue Waffe mit einem vollen. Am Ende des Gemetzels lagen sechsundvierzig Gämsen auf der Strecke. In den nächsten Tagen wurden noch fünfzig verwundet oder tot gefunden.«

Vandra schmachtete Schreibers Zigarettenschachtel an. »Gibst du mir bitte eine? Wenn ich mich aufrege, kommt die alte Sucht wieder.«

Hannes hielt ihm die Schachtel hin und gab ihm Feuer. Ovidiu paffte wie ein Schuljunge.

»Warst du damals dabei?«

Der Biologe nickte. »Als Treiber. Das ganze Institut wurde abkommandiert. Am Streckenplatz habe ich gehört, wie seine Frau Elena sagte: ›Genossen, diese Jagd wird in die Geschichte eingehen.‹ Zwei Monate später wurde sie an seiner Seite erschossen.«

Vandra nahm noch einen tiefen Zug und drückte die Zigarette aus. »In den Wirren nach der Revolution kamen die Wilderer. Sie jagen wegen des Fleisches. Trophäen interessieren sie nicht.«

Ovidiu bestellte Bier und Lammbraten für zwei. Und eine Suppe vorweg. Während sie auf das Essen warteten, berichtete Schreiber von seiner Stippvisite in Berlin und was er mit Karsten Groß ausgemacht hatte.

»Good job, Hannes«, sagte der Biologe.

»Wenn es funktioniert, ja.«

Die Kellnerin brachte das Bier. Schreiber stieß gegen die leere Fantaflasche. Sie fiel vom Tisch und zerbrach. Er sprang auf, um die Scherben einzusammeln. Die Bedienung schob ihn beiseite. »Fuck you!«, knurrte sie, und als Schreiber wieder nach den Scherben griff, noch einmal schärfer: »Fuck you!«

Hannes sah Vandra entgeistert an. »Ist es bei euch üblich, Gäste mit ›Fuck you‹ zu beschimpfen?«

Ovidiu begann zu lachen. »Du hast sie falsch verstanden, Hannes. Sie hat *fac eu* gesagt. Das ist Rumänisch und heißt: Ich mach's.«

Die Kellnerin hatte den Glasbruch inzwischen in ihrer Schürze versammelt und ging. Ovidiu kicherte noch immer in seinen Bart. Schreiber grinste gequält und wechselte das Thema. »Was hast du denn über Hulanu herausgefunden?«

Der Biologe beruhigte sich wieder. »Es ist eine Geschichte aus den Siebzigerjahren.« Er nahm einen Schluck Bier.

»Lange her«, sagte Hannes, nur um irgendwas zu sagen.

»Damals war Ceauşescu noch nicht ganz so verrückt wie zum Schluss. Er war der *favourite communist* der Amerikaner, weil er Abstand zu den Russen hielt. Damals durften auch Ausländer in Rumänien jagen. Ceauşescu brauchte deren Geld für die Industrialisierung. Die Devisenjäger wurden nur ausgesuchten Forstämtern zugeteilt. Eins davon war Şercaia, das damals einen sehr jungen Chef hatte. Ion Hulanu. Er hatte eine Karriere aus dem kommunistischen Bilderbuch hinter sich. Arbeiterkind aus Zărneşti, Junger Pionier, Gruppenleiter im Studentenverband, Mitglied der KP. Mit Ende zwanzig wurde Hulanu Forstamtsleiter in

Şercaia, einer der jüngsten im ganzen Land. Vom Wald und von der Jagd hatte er keine Ahnung. Die Arbeit mussten andere machen, während er auf Meetings Lobreden auf die Partei und ihren weisen Führer hielt. Für die Jagd war in Şercaia ein Sachse verantwortlich. Ich weiß nur, dass sie ihn Mihai nannten. Seinen richtigen Namen hat mein Gewährsmann vergessen. Es sei einer von diesen komischen deutschen Namen gewesen, die sich kein Rumäne merken kann.«

Schreiber bot noch eine Zigarette an. Der Biologe schüttelte den Kopf.

»Wer ist denn dein Gewährsmann, Ovidiu?«

»Ein alter Wildhüter, der damals dort die Bären gefüttert hat. Ich kenne ihn lange. He is okay.«

Die Kellnerin kam mit der Suppenschüssel. Sie füllte ihre Teller und verschwand. Die Suppe roch säuerlich und fremd.

»Das ist eine Ciorbă«, sagte Vandra. »It's made from the stomach of a cow.«

Tapfer nahm Hannes einen Löffel Pansensuppe. Sie schmeckte ihm gut. Schweigend schlubberten die beiden ihre Teller leer. Ovidiu schien genauso hungrig zu sein wie er. Erst als er auch noch den Löffel abgeleckt hatte, redete er weiter.

»In einem September in den Siebzigern ist ein deutscher Jäger zur Brunft nach Şercaia gekommen. Er wollte einen Karpatenhirsch schießen, koste es, was es wolle. Dieser Mihai ist mit dem Deutschen in die Wälder gezogen. Sie haben Hütten dort, in denen man übernachten kann. Keine Elektrizität, kein Telefon, Wasser aus der Quelle. Sehr schön. Zwei Wochen Zeit hatte der Deutsche und so lange blieben die beiden auch weg.«

Die Kellnerin kam und räumte die Suppenteller ab. »Das Lamm sei fertig, sagt sie. Sollen wir eine Pause machen oder gleich weiteressen?«

»Eine kleine Pause wäre nicht schlecht«, sagte Schreiber.

Ovidiu gab der Bedienung Bescheid und machte dann weiter mit seiner Geschichte. »Während die beiden in den Bergen Hirsche jagten, reifte unten im Tal das Obst. Es gab da eine Plantage, in der sich jeden Herbst die Bären der Umgebung zum großen Obstsalatfressen einfanden. Es waren auch große Bären darunter. Und die brachten Hulanu auf die Idee, den *conducător* persönlich zur Bärenjagd nach Şercaia einzuladen. Die Forstamtsleiter Rumäniens konkurrierten damals um seine Gunst. Wer Ceauşescu auf einen kapitalen Bären zu Schuss brachte, kletterte die Karriereleiter hinauf. Als Hulanus Leute den ersten Haufen Bärenscheiße unter den Obstbäumen fanden und daneben den Abdruck einer riesigen Tatze, rief er in Bukarest an. Zwei Tage später schwebte der *conducător* mit dem Hubschrauber ein. Hulanu organisierte eine Treibjagd in den Tageseinständen der Bären. Zweihundert Leute liefen die Hänge rauf und runter, schlugen gegen die Bäume, klatschten in die Hände. Wer eine Flinte hatte, feuerte sie ab. Aber sie scheuchten keinen Bären auf. Nicht einen. Wie es manchmal so ist auf der Jagd.«

Schreiber wusste, wovon die Rede war. Auch er hatte schon an Jagden teilgenommen, an denen nicht ein Stück Wild auf der Strecke lag. An solchen Tagen dachte er gern an den Satz des Fußballphilosophen Jürgen Wegmann: »Erst hatten wir kein Glück, und dann kam auch noch Pech dazu.« Er konnte sich allerdings denken, dass es Ceauşescu an der Gelassenheit des Revierfußballers mangelte. Ovidius Geschichte gab ihm recht.

»Ceauşescu war außer sich«, erzählte er. »Er schrie Hulanu an wie einen dummen Bauern. Aber unser Freund Ion war um eine Ausrede nicht verlegen. Er schob die Schuld auf seinen Jagdverantwortlichen, diesen Sachsen, der lieber mit einem westdeutschen Kapitalisten Hirsche jagte, als den Genossen Ceauşescu auf einen Bären zu Schuss zu bringen. ›Degradieren Sie den Mann‹, brüllte der *conducător,* ›und nehmen Sie ihm die Waffe ab!‹ Genau das tat Hulanu dann auch.«

»What a rat!«

Vandra wiegte sein weises Haupt. »Ratten sind kluge Tiere. Wahrscheinlich die einzigen, die es mit Homo sapiens an Opportunismus aufnehmen können. Vielleicht hassen wir sie deshalb so sehr. Nicht nur, weil sie unsere Vorräte auffressen. Wenn du mich fragst, werden sie uns als Spezies überleben, Hannes. Also: nichts gegen Ratten!«

Sie waren immer noch die einzigen Gäste auf der Terrasse. Schreiber fragte sich, wie dieser Laden überleben wollte, als die Kellnerin das Lamm brachte. Das Tier erschien ihm recht willkürlich zerstückelt. Die Teile schwammen in einer rotbraunen, fettigen Tunke. Dazu gab es Palukes, den Ovidiu *mămăligă* nannte und über die Maßen zu schätzen schien. Jedenfalls häufte er einen Maisbreiberg auf seinen Teller. Ganz so verschieden waren Rumänen und Sachsen wohl doch nicht.

»Die Geschichte ist noch nicht zu Ende«, sagte er mit vollem Mund. »Aber jetzt erfreuen wir uns erst mal an unserm Fleisch.«

Von zu Hause daran gewöhnt, nur die besten Stücke vom Lamm zu essen, hatte Hannes Mühe mit diesem Allerlei vom nicht mehr ganz so jungen Schaf. Bei Bauern im Burgenland hatte er vor langer Zeit einmal Schafshoden gegessen. Daran gemessen schmeckte das rumänische Ragout noch passabel.

Ovidiu nagte die Knochen ab und nahm einen Schluck Bier. Mit der Serviette fuhr er sich durch den Bart. »Hat es dir geschmeckt, Hannes?«

Schreiber nickte spärlich. »Was ist aus diesem sächsischen Förster geworden?«, wollte er wissen.

»Er ging nach Deutschland. In den frühen Achtzigern.«

»Konnte man das denn damals so ohne Weiteres?«

»Nein. Man musste einen Antrag stellen. Und man brauchte Devisen, um die richtigen Leute zu bestechen.«

Hannes steckte sich eine Zigarette an. Während der Zeit, in der Ovidius Geschichte spielte, hatte er die sozialistischen Länder als Alternative zum Kapitalismus gesehen und in Diskussionen verteidigt. Natürlich war er damals jung gewesen, aber die Ausrede ließ er nicht gelten. *Don't go mistaking paradise for that home across the road,* hatte Bobby schon 1968 gesungen. Er war nicht viel älter als sein Fan Hannes Schreiber und kam aus derselben politischen Ecke. Auf Dylans Rat, das Heim auf der anderen Seite der Straße nicht mit dem Paradies zu verwechseln, hatte Hannes nicht gehört. Er rauchte schweigend zu Ende und drückte den Stummel aus, wütend über seine eigene Dummheit.

»Du hast eine interessante Geschichte ausgegraben, Ovidiu«, lobte er halbherzig. »Aber hilft sie uns weiter?«

»Zumindest haben wir einen Mann mit einem Motiv.«

Schreiber nickte. »Und ich such jetzt ganz Deutschland nach einem Siebenbürger Sachsen ab, der vor dreißig Jahren Förster in Rumänien war und Mihai genannt wurde.«

»Bullshit.« Vandra sah ihn böse an. »Wir müssen hier nach ihm suchen. Bei den Sachsen, die im Land geblieben sind. Şercaia war mal ein sächsisches Dorf. Da gibt es sicher noch ein paar von denen. Vielleicht wissen die, wie er wirklich heißt und was aus ihm geworden ist.«

»Vielleicht.« Insgeheim hatte Hannes mehr von Ovidiu erhofft, besonders nach dem Anruf, der klang, als habe er den Mörder Hulanus so gut wie überführt. Er versuchte, seine Enttäuschung zu überspielen. »Ich frage Katharinas Großmutter. Vielleicht kennt sie jemanden in Şercaia, der uns weiterhelfen kann. So viele Sachsen sind es ja nicht mehr.«

»Sounds good. Und sei nicht so ungeduldig, Hannes. Bei euch Deutschen muss alles immer sofort funktionieren, sonst werdet ihr böse.«

Das Schlimmste an Ovidius Spruch war, dass er stimmte. Schreiber bestellte bei der Kellnerin zwei *ţuică*, und als sie kamen, prostete er seinem rumänischen Kumpel zu. »Cheers, Ovidiu. Wir kriegen Katharina da raus, oder?«

»*Sănătate!*«

»Was heißt das?«

»Gesundheit. Es ist unser Trinkspruch.«

Sie kippten den Schnaps und schüttelten sich wie nasse Hunde.

»Übrigens bin ich übermorgen eingeladen«, begann Hannes vorsichtig. »Auf die Bärenjagd. Kann ich da hingehen, oder beteilige ich mich an der Ausrottung der Braunbären in den Karpaten?«

»Wenn es die Jagd ist, von der ich gehört habe, kannst du guten Gewissens teilnehmen, Hannes. Sie wollen die Müllbären von Răcădău dezimieren. Daran führt kein Weg vorbei.«

»Und was, meinst du, würde Katharina davon halten?«

Der Biologe lächelte in seinen Bart. »Poor boy«, sagte er, »dich hat es ganz schön erwischt.«

32

Er fand Katharinas Oma auf dem Friedhof von Wolkendorf. Sie polierte den Grabstein, den sie ihrem Mann gesetzt hatte, und küsste sein Foto, das darauf klebte.

Hier ruhen in Frieden Gerhard Orend, geboren 9.11.1933, gestorben 14.09.2001, und Sara Orend, geborene Wagner, geboren 14.11.1926, hatte ein Steinmetz in den Marmor gemeißelt und golden ausgemalt. Nur Saras Todestag fehlte noch. Einen Vierzeiler hatte die Witwe daruntersetzen lassen: *Ach, könnte Liebe Wunder tun und Tränen Tote wecken, so würde dich bestimmt nicht mehr die kalte Erde decken.*

Schreiber stand etwas abseits und wartete, bis die alte Frau die welken Blüten aus dem Strauß gezupft hatte, ehe er sie ansprach. Sara Orend erkannte ihn sofort. Sie wischte sich mit dem Handrücken über die feuchten Augen und fiel ihm um den Hals. Hannes musste sich bücken. Katharinas Disi war fast zwei Köpfe kleiner als er.

»Ich bin gestern bei Treni im Gefängnis gewesen«, sagte sie. »Der Guttner Miaten hat mich mit dem Auto hingebracht, der Liebe. Erst wollten sie mich nicht reinlassen, weil der Herr Pfarrer und Sie erst zwei Tage vorher da waren. Aber ich hab so sehr geweint, dass sie mich grad zu ihr gelassen haben.«

Sie schluchzte auf und schlug die Hände vors Gesicht. »Mei, dass ich das noch erleben muss. Meine arme kleine Treni. Der reinste Engel ist sie. Und da kommt diese garstige Zigeunerin und sticht sie ab wie ein Schwein.«

Hannes merkte, wie ihm flau wurde. Das Blut in seinem Kopf sackte weg, er hielt sich an einem Grabstein fest, um nicht umzufallen. Als Kind war er öfter ohnmächtig geworden. Er kannte das Gefühl gut. Tief atmend versuchte er, es zu besiegen.

Sara Orend sah ihn an: »Was ist mit Ihnen? Setzen Sie sich, Herr Schreiber. Sie sind ja weiß wie die Wand.«

»Es geht schon wieder«, sagte er. »Ist Katharina schwer verletzt?«

»Sie hat arg geblutet, die Arme. Aber die Frau Doktor sagt, es ist nur eine Fleischwunde.«

»Wo?«

»Bei der Hüfte. Sie hat Glück gehabt, dass diese Elende sie nicht am Bauch erwischt hat.«

»Ist sie immer noch in derselben Zelle?«

»Nein, nein. Sie haben sie auf die Krankenstation verlegt. Ich hab der Ärztin Geld gegeben, dass sie sie anständig behandelt. Das macht man hier so.«

»Und was sagt Katharina?«

»Sie kennen sie ja, Herr Schreiber. ›Reg dich nicht auf, Disi. Unkraut vergeht nicht.‹ So war sie schon, wie sie noch ganz klein war, meine Treni.«

Schreiber konnte sich denken, dass Katharina gegenüber der alten Frau die Harte gemimt hatte, um sie nicht noch mehr zu beunruhigen. Nach seinem Besuch im Knast glaubte er nicht, dass Katharina die Messerattacke so einfach wegsteckte. Aber davon sagte er der Disi nichts. Er erzählte ihr lieber von seinem Besuch in Berlin und was Karsten Groß ihm versprochen hatte.

»Oijoijoi. So ein berühmter Politiker will sich für uns einsetzen. Dann kommt sie bestimmt bald heraus.«

Schreiber nickte mit dem Kopf, obwohl er nicht daran glaubte. »Wir können Katharina vielleicht noch anders helfen, Frau Orend. Gibt es noch Sachsen in Şercaia?«

»In Schirkanyen?« Die alte Frau überlegte einen Moment. »Beim Sachsentreffen in Birthälm sind immer welche. Ein paar alte Frauen wie ich. Gebockelt mit einer weißen Haube. Eine schöne Tracht haben sie in Schirkanyen.«

»Würden Sie mit mir hinfahren zu den Leuten?«

Hannes erzählte ihr die Geschichte, die Ovidiu herausgefunden hatte. »Wir müssen diesen Mann finden, Frau Orend.«

Die Disi war Feuer und Flamme. »Ich will nur rasch was anderes anlegen. In der Schürze kann ich doch nicht über Hattert fahren.«

Schreiber brachte sie zu ihrem Hof und wartete beim Auto, während die alte Frau sich fein machte. Der Spätsommermorgen auf der Dorfstraße gefiel ihm. Die größte Hitze war vorbei. Ein Lüftchen wie Samt und Seide streichelte seine Glatze. Dass es nach Kuhscheiße roch, störte ihn nicht. Er studierte die Karte wegen des Weges von Wolkendorf nach Şercaia. Es mochten vierzig Kilometer sein. Die Straße machte einen guten Eindruck – auf dem Plan.

»Wir fahren über Zeiden«, bestimmte Sara Orend. Sie steckte in einem Sommerkleid, wie es die alten Frauen in Schreibers Kinderjahren getragen hatten, gedeckte Farben klein gemustert.

Die Straße von Wolkendorf nach Codlea, das Sara Zeiden nannte, zwang Hannes einen Fahrstil auf, den er an heimischen Rentnern hasste. Mit dreißig umschlich er die tiefsten Löcher und war froh, als sie auf die Nationalstraße 1 stießen. Er fädelte den Wagen in den Verkehr auf der großen West-Ost-Verbindung, kroch zwischen neuen Lastern und alten Autos durch die Vorberge der Karpatenkette, die in dieser Gegend nach Norden abknickte, grobe Richtung: Ukraine.

Katharinas Oma hielt ihre Handtasche vor dem Bauch und gab den Fremdenführer. Zu jedem Kaff auf der Strecke fiel ihr etwas ein. Hannes hatte kein Ohr für Saras Geschichten. In seinem Kopf schwirrten Bilder einer verletzten Frau im Gefängnis. Bären auf der Flucht vor den Treibern bestürmten ihn. Förster erkannten ihn als den Mann, der den Futtervergifter begleitet hatte. Ohne zu fragen, steckte er sich eine Zigarette an und blies den Rauch aus dem Fenster. Er war froh, als endlich das Ortsschild *Şercaia* auftauchte. Vor einem Kaufladen hielt er an. Sara ging hinein, um sich nach Sachsen zu erkundigen, mit denen sie sprechen konnten. Nach ein paar Minuten kam sie zurück und dirigierte ihn in eine Seitenstraße.

»Der Hof bei der Brücke ist es. Da soll eine alte Sächsin wohnen.«

Der Putz an der Fassade bröckelte, die Schlagläden lechzten nach einem Schluck Farbe. Sara drückte die Klinke der eisernen Hoftür. Sie traten ein. Auf den Stufen vor der Haustür hockte eine Frau. In ihrer Schürze lag ein Häufchen Erbsen, die sie aus den Schalen gepult hatte. Durch eine Brille sah sie die Besucher großäugig an. Wie Sara Orend trug sie ein Kopftuch. Ihr Gesicht war verrunzelt, die Mundwinkel zeigten zu Boden. Die Frau hatte sicher ihre achtzig Jahre auf dem Buckel. Sie ächzte, als sie aufstand. Sara gab ihr die Hand und redete sie auf Sächsisch an. Die Augen der Alten leuchteten auf. Sie sagte ein paar Sätze, die entschuldigend klangen, und wandte sich dann Schreiber zu. Hannes machte einen Diener beim Handschlag und nannte seinen Namen.

»Ich bin die Rosa Hermannstädter«, sagte die alte Frau. »Ich bin die älteste Sächsin von Schirkanyen. Mich hat der Herrgott vergessen zu holen.«

Sie führte das ungleiche Paar unter einen Maulbeerbaum, in dessen Schatten ein Tisch und ein paar Stühle warteten. Die Erbsen aus ihrer Schürze ließ sie in einen kleinen Eimer rieseln, bevor sie sich setzte.

Schreiber überließ Katharinas Disi das Reden. Sie tat es in ihrer Mundart, von der er immer noch kein Wort verstand. Auf der Sprachinsel Siebenbürgen, weit weg vom deutschen Festland, umgeben von einem Meer aus Rumänisch und Ungarisch, hatte das Moselfränkische der deutschen Siedler die Jahrhunderte überdauert. Hannes fand das schön und verstand plötzlich die Einwanderer daheim, die an ihren Sprachen und Sitten festhielten.

Sara Orend riss ihn aus dem Gegrübel. »Die Rosa kennt den Mann«, sagte sie. »Er war der Sohn des letzten Hann von Schirkanyen.«

Schreiber wusste nicht, was ein Hann war.

»Der Hann ist der Ortsrichter bei uns Sachsen. Er wurde immer für zwei Jahre gewählt. Was er sagte, war das Gesetz im Dorf. Man nahm den tüchtigsten Wirt zum Hann. Den besten Bauern«, erklärte sie auf Schreibers fragenden Blick. »Dieser Sohn muss ein ganz ein kluger Bursche gewesen sein, dass die Kommunisten ihn studieren ließen, trotzdem sein Vater Großbauer war.«

»Weiß sie, wo er hingegangen ist in Deutschland?«

Sara fragte ihre Landsfrau auf Sächsisch. Die Alte schüttelte den Kopf und sagte einen Satz, der Hannes elektrisierte. Er verstand nur den Namen, der darin vorkam.

»Sie weiß es nicht«, sagte Sara, »er hat keinen Kontakt mehr zur Heimat.«

»Hab ich mich gerade verhört oder heißt der Mann Merres?«

»Das ist der Hofname. Bei uns Sachsen hat jeder Hof

einen Namen. Nach dem Hof nennt man die Leute. Der Merresmisch ist der Michael vom Merreshof.«

»Und wie heißt er richtig?«

»Hermannstädter«, sagte Rosa Hermannstädter.

»Sind Sie verwandt?«

Sara Orend lächelte über Schreibers Frage. »Die Burschen durften bei uns früher nur ein Mädchen aus dem Dorf heiraten. Wenn das lange genug geht, sind nachher alle verwandt.«

»Er ist mein Cousin zweiten Grades.« Die alte Sächsin sah den Reporter an. »So ein lieber Junge. Ich tät ihn gern noch mal in den Arm nehmen, den Misch. Ehe sich der Herrgott wieder an mich erinnert.«

33

Die Villa Diana hatte sich verändert seit Schreibers letztem Besuch. Er sah es schon von Weitem. An einem Mast, den er bisher übersehen hatte, flatterte eine Fahne im Abendwind. Zum Glück war es keiner von den schwarz-rot-goldenen Lappen, die neuerdings jedes zweite Schrebergartenhäuschen zierten. *Steinkamp* stand in gelben Lettern auf grünem Tuch, das Signet der Schuhfirma. Hannes musste grinsen. Das Selbstbewusstsein des alten Hubertus schien ungebrochen. Mochte die Villa auch Diana heißen. Wenn der Chef da war, wurde die Fahne gehisst.

Der Senior hockte auf einem Bänkchen vor der Hütte. Wie manche Jäger seines Alters hatte Steinkamp eine Schwäche für alpine Oberbekleidung. Er trug eine speckige Lederhose, die an den Knien endete. Die Hosenträger erinnerten an Pferdehalfter. Steinkamps Füße steckten in Haferlschuhen. Natürlich durfte der Gamsbart am Filzhut nicht fehlen. »Weidmannsheil und Horrido!«, rief der Alte, als Schreiber aus dem Auto stieg.

Hannes bekämpfte seine Anspannung mit einem Spruch. »Auf dem Palais Underberg hissten sie früher auch eine Fahne, wenn der Magenbitterkönig zu Hause war«, sagte er mit Blick auf Steinkamps Wimpel. »Die Leute vom Niederrhein sagten: ›Wenn dä Lappen drussen is, is dä Lump drin.‹«

Er hatte richtig kalkuliert. Der alte Steinkamp lachte sich schlapp. »So gefällst du mir besser, Herr Schreiber«, frotzelte er zurück.

Hannes setzte sich zu seinem Duzfreund auf die Bank und streckte die Beine aus.

»Misch«, brüllte der Alte. Merres steckte den Kopf zum Fenster heraus. »Bring uns mal zwei *Ursus.*«

Dreißig Sekunden später brachte der Sohn des letzten Hanns von Schirkanyen das Bier. Schreiber stieß mit Steinkamp an, nahm einen Schluck aus der Pulle und beobachtete den Mann, der sie gebracht hatte. Wie Mörder aussahen, wusste er nach etlichen Crimestories fürs *Magazin* sehr genau: wie du und ich. Es war sinnlos, in Michael Hermannstädters Gesicht nach harten Zügen um die Mundwinkel oder finster verschatteten Augen zu forschen. Hannes ließ es bleiben und erkundigte sich lieber nach der Jagd am nächsten Tag. »Es geht also auf die Müllbären von Răcădău.«

»Ja, die Jungs von *romsilva* wollen endlich aufräumen mit der verfressenen Bande.«

Schreiber hob die Rechte, rieb Daumen und Zeigefinger aneinander und sah Hubertus fragend an.

»Sagte ich nicht, dass du eingeladen bist? Oder nimmst du von mir nix an?«

»Jagd ist die vornehmste Form der Bestechung«, sagte Hannes. »Wenn schon korrupt, dann stilvoll.« Er hatte nicht vor, einen Bären zu schießen, weder auf Steinkamps Rechnung noch auf seine eigene. Er überlegte, wie er den Alten zu einem Abendspaziergang animieren könnte, um unbelauscht mit ihm über sein Faktotum reden zu können. Der Merresmisch nahm ihm die Arbeit ab.

»Ich muss noch mal runter nach Zărneşti, Chef«, sagte er im Vorbeigehen. »Wir haben keine Butter mehr. Bier ist im Kühlschrank.« Er warf den Dacia an und kurvte auf dem Schotterweg davon. Schreiber sah ihm nach, bis die Staubfahne verschwunden war.

»Wie bist du eigentlich an den Merres gekommen, Hubert?«

»Wieso fragst du? Gefällt er dir nicht?«

Schreiber zuckte mit den Schultern. »Ein bisschen gewöhnungsbedürftig, der Mann. Als Begrüßungsessen haben wir Palukes gegessen. Aus einer Schüssel. Ich war froh, dass er mir wenigstens einen eigenen Löffel gegeben hat. Aber da dachte er auch noch, ich wäre Dianas Mann. Irgendein überkandidelter Journalist, der lieber verhungert, als mit ihm aus einem Pott zu löffeln.«

Steinkamp nahm einen Hieb *Ursus* und stellte die leere Flasche auf dem Boden ab. »Merres ist eine treue Seele. Ich hab ihn in *Wild und Hund* gefunden, unter Stellenmarkt. *Förster aus Siebenbürgen sucht neuen Wirkungskreis,* oder so. Ich hatte damals gerade ein Hochwildrevier im Sauerland gepachtet. Dafür brauchte ich einen Jagdaufseher. Und als ich vor 'nem Jahr diesen Schuppen in Măgura an Land gezogen habe, war Merres natürlich Gold wert. Anfangs hat er sich geziert, nach Rumänien zurückzugehen. ›Da kriegen mich keine zehn Pferde mehr hin, Chef.‹ Aber dann ist er doch mitgekommen. Auf Merres ist Verlass.«

»Wie lange arbeitet er schon für dich?«

»Zwanzig Jahre.«

»Lange Zeit«, sagte Hannes. »Hat er dir gesagt, warum er aus Rumänien weg ist?«

»Er ist mit den Kommunisten nicht zurechtgekommen. Genaues weiß ich nicht. Merres ist kein Mann, der viel von sich erzählt.«

»Den Eindruck hab ich auch.«

Steinkamp sah Schreiber von der Seite an. »Bevor du mir erzählst, was du von ihm weißt, hol ich uns noch ein *Ursus.*« Er hüpfte auf die Beine, verschwand in der Hütte und tauchte mit zwei Flaschen wieder auf. Hannes ließ ihn die Kronkorken weghebeln, bevor er loslegte.

»Es fängt damit an, dass er nicht Merres heißt, sondern Hermannstädter.« Er erzählte Hubert, was er von der alten Sächsin in Schirkanyen erfahren hatte.

»Na gut«, sagte Steinkamp, »das sind lässliche Sünden.«

»So seh ich das auch.« Er trank einen Schluck. »Es geht mir auch nicht um Sünden. Aus der Kirche bin ich lange raus. Mich interessieren Motive. Und dein Merresmisch hatte allen Grund, den Forstamtsleiter von Braşov zu hassen.«

Steinkamp, der gerade die Flasche am Mund hatte, setzte sie ruckartig ab. Ein Schluck Bier schwappte auf seine Lederhose. »Ich hoff, du weißt, wovon du redest, Wattenscheider«, sagte er.

»Ich denke schon. Ich rede von Mord.« Schreiber begann mit der Geschichte von Michael Hermannstädter, Ion Hulanu, Nicolae Ceauşescu und der erfolglosen Bärenjagd. Er hielt sich an das, was Ovidiu ihm erzählt hatte, und widerstand der Versuchung, die Story hochzujazzen. Er saß schließlich nicht in der Konferenz des *Magazins,* wo sich die Themen meist viel toller anhörten, als sie nachher geschrieben standen.

Steinkamp hörte zu. Er stellte keine Zwischenfragen und schwieg, als Hannes mit der Geschichte durch war, noch ein paar Minuten. »Verstehen könnt ich ihn ja«, sagte er dann.

»Ich auch.«

Sie tranken in Ruhe ihre Flaschen leer.

»Und nun?« Hubertus sah Hannes von der Seite an.

»Ich dachte, du hättest 'ne Idee. Schließlich kennst du den Mann ein paar Tage länger als ich.«

»Je länger ich nachdenke, desto klarer wird mir, wie wenig ich von ihm weiß. Merres ist keiner von uns, Hannes. Der trägt sein Herz nicht auf der Zunge wie die Leute im Ruhrpott. Ein Rumäne ist er auch nicht. Die reden dir nach dem Mund, und wenn du dich umdrehst, machen sie, was sie wollen. Merres sagt wenig und tut genau das, was du ihm sagst. Ein guter Jäger ist er auch, keiner von den Hochsitzhockern. Beim Pirschen bringt der dich auf fünfzig Schritt an einen Hirsch. Oder er ruft ihn mit der Muschel. Es gibt nichts Schöneres, als mit ihm zur Brunft durch die Wälder zu strolchen.«

Schreiber konnte sich vorstellen, was es für den alten Steinkamp bedeutete, seinen Leibjäger ans Messer zu liefern. »Meinetwegen müsste Merres nicht in den Knast«, sagte er. »Ich bin nicht die Polizei. Was er getan hat, könnte er von mir aus mit sich selbst ausmachen. Aber die Rumänen haben jemand anderen für den Mord eingesperrt, eine Unschuldige. Ich kenn die Frau noch nicht lange, Hubert. Dass sie mir das Leben gerettet hat, hab ich dir erzählt. Ich glaub, es gibt nur einen Weg, sie bald freizubekommen: Ich muss denen den Täter auf dem Silbertablett präsentieren. Wär schön, wenn du mir dabei helfen würdest. Das Mädchen geht sonst vor die Hunde. Sie hat gerade eine Messerattacke mit Mühe und Not überlebt.«

Steinkamp nahm seinen Jägerhut ab und strich mit den Fingern über die Spitzen des Gamsbarts. »Es hilft nichts«, sagte er, mehr zu sich selbst, »wenn er gleich wiederkommt, sprechen wir ihn darauf an.«

Sie warteten bis Mitternacht. Aber der Merresmisch kam nicht wieder.

34

Katharinas Wunde heilte ganz gut. Sie durfte sich nur nicht auf die linke Seite drehen. Im Schlaf hatte sie es einmal getan und vor Schmerz aufgeschrien. Diese verdammte Hexe hätte sie beinahe umgebracht. Fünf Zentimeter mehr nach rechts, und das Messer wäre in ihrem Unterleib gelandet.

Katharina wollte nicht jammern. Alles Schlimme hat auch sein Gutes, sagte sie sich. Die Messerattacke hatte ihr aus der Zelle geholfen, in der die dicke Floria immer noch lag. Elena besuchte Katharina einmal am Tag nach der Arbeit. Sie erzählte, dass der Alten außer einem Verhör nicht viel passiert sei.

Bei Katharina war die Polizei auch gewesen. Anfangs hörte es sich so an, als ob sie ihr die Schuld an der Messerstecherei in die Schuhe schieben wollten. »Als die Aufseherin in die Zelle kam, hatten Sie das Messer in der Hand, *doamnă* Orend. Und die alte Frau hat genauso eine Fleischwunde wie Sie.«

Von Elena wusste sie, dass Florias Verletzung verglichen mit ihrer ein Kratzer war, und das sagte sie den Polizisten auch. »Außerdem war es Notwehr. Die Alte ist zu meinem Bett geschlichen. Wenn ich nicht wach gelegen hätte, wäre ich heute tot.«

Lustlos protokollierten die Beamten Katharinas Schilderung, ließen sie den Text lesen und unterschreiben. »Und was ist mit meinem Fall?«, fragte sie. »Wie lange wollen Sie mich hier noch unrechtmäßig festhalten?«

»Für den Hulanu-Mord sind wir nicht zuständig. Den untersuchen andere Kollegen.«

»Dann richten Sie Ihren Kollegen aus, dass die deutsche Botschaft und das Außenministerium in Berlin über meinen Fall informiert sind, *inspector.* Die werden in Bukarest intervenieren. Und grüßen Sie *comisar şef* Samabul von mir, er kennt mich. Sagen Sie ihm: Wenn er seine schicke Uniform noch eine Weile tragen will, sollte er, statt unschuldige Ausländer einzusperren, lieber den wirklichen Täter ermitteln.«

Sie hatte richtig auf den Putz gehauen in ihrer Wut. Ob es nur leere Drohungen waren, wusste sie selbst nicht. Katharina klammerte sich daran, dass Hannes Schreiber ihr helfen würde. Manchmal, wenn sie an den Reporter dachte, wurde sie ruhig und gelassen. Manchmal aber auch nicht. Dann schoss das Blut in ihren Kopf und sie war froh, dass es niemand sah.

35

Es war eine schöne Waffe. Das Schaftholz glänzte in warmen Brauntönen, das Schloss hatte ein Graveur mit Arabesken verziert. »Ich hab mir die Browning für die Drückjagd zugelegt«, hatte Steinkamp gesagt, als er Schreiber das Gewehr übergab. »Aber irgendwie bin ich mit dem modernen Ding nicht warm geworden. Ich bleib lieber bei meinem alten Gewehr. Vielleicht kommst du besser damit zurecht.«

Hannes empfand die halbautomatische Büchse als praktisch. Sie erlaubte schnelle Schussfolgen, ohne repetieren zu müssen, ihr Rotpunktvisier war speziell für das Zielen auf Wild in Bewegung entwickelt worden. Wenn Treiber und Hunde eine Rotte Wildschweine aus dem Unterholz drückten, hatte man mit der Browning BAR gute Chancen, gleich mehrere Sauen zu schießen.

Die Schachtel Munition, die Steinkamp ihm dazu gegeben hatte, enthielt Dreizehn-Gramm-Geschosse im Kaliber .30-06. »Merres hat sie auf fünfzig Meter eingeschossen«, versicherte ihm der Alte. »Er sagt, sie haut den stärksten Bären um. Wenn man ihn sauber trifft.«

Zum Frühstück war der Merresmisch wieder aufgetaucht, hatte Kaffee gekocht, Butter, Wurst und Käse auf den Tisch gestellt und Brot geschnitten.

Steinkamp strich sich eine Schnitte. »Hast du die Butter aus Bukarest geholt, Misch?«

»Wieso, Chef?«

»Weil du um Mitternacht noch nicht zurück warst.«

Der Merresmisch sah ihn über die Kaffeetasse an. »Hab einen alten Bekannten getroffen.«

»Wo denn?«, fragte Schreiber. »Zwischen den Augen?«

Hubertus Steinkamp hielt mitten im Kauen inne. Der Merresmisch sagte nichts. Schreiber steckte sich umständlich eine Zigarette an. Er zog den Rauch, so tief er konnte, und ließ ihn nur widerwillig wieder frei. »Neulich ist doch schon ein alter Bekannter von Ihnen getroffen worden. Soll auch 'n Kopfschuss gewesen sein.«

Merres schwieg weiter. Er trank seinen Kaffee und kaute sein Brot, als ginge ihn das alles nichts an.

Also sprach Schreiber. Erzählte dem Merresmisch dessen eigene Geschichte. Hoffte auf ein Geständnis. Wurde enttäuscht. Der Sachse verzog keine Miene. Er stand einfach auf und ging raus. »Ich warte im Wagen«, war alles, was er zu sagen hatte.

Steinkamp und Schreiber sahen sich an. Hubertus zuckte mit den Achseln. Hannes schnaubte. Sie standen auf und machten sich fertig für die Jagd. Sobald sie eingestiegen waren, gab Merres Gas. Er heizte über die Pisten von Măgura und stürzte sich in die Spitzkehren der Schotterstraße nach Zărneşti. Hannes und Hubert schaukelten auf der Rückbank, die Gewehre klemmten ungeladen zwischen ihren Knien.

»Mach halblang«, brüllte Steinkamp und legte Merres eine Hand auf die Schulter. Der Fahrer ignorierte ihn. Er ließ den Dacia über die Schlaglöcher von Zărneşti fliegen.

Draußen huschten heruntergekommene Wohnblocks vorbei. Auf den Brachen Richtung Rasnov bummelte eine Schafherde den Bahndamm entlang. Răcădău lag am anderen Ende von Braşov. Sie quälten sich quer durch die Stadt, ehe der Dacia in die grünen Hügel beim Ragodatal eintauchte. Auf einer Lichtung stellte Merres den Motor ab. Sie waren die Ersten am Treffpunkt. Steinkamp und Schreiber stiegen aus und vertraten sich die Beine. Merres blieb hinter dem Steuer sitzen und rauchte.

Schreiber hoffte inständig, dass keiner vom Forstpersonal ihn als den zweiten Mann aus Teddys Waldversteck erkannte. Seine Glatze hatte er mit einem breitkrempigen Hut kaschiert. Mehr Verkleidungsmöglichkeiten gab sein Koffer nicht her.

Nach einer Minute hörten sie Motorenlärm. Eine Fahrzeugkolonne tauchte auf der Lichtung auf, altertümliche Kastenwagen in Jagdgrün mit dem *romsilva*-Wappen an den Türen. Auf einem Anhänger randalierte ein halbes Dutzend Hunde. Hannes hatte gehofft, eine der seltenen Siebenbürger

Bracken darunter zu finden. Er wurde enttäuscht. Reinrassig war kein einziger Fiffi in der Meute. Ihr struppiges, stumpfes Fell sprach für schlechtes Futter und wenig Pflege.

Die Treiberwehr, die den Autos entstieg, passte zu den Hunden. Sie erinnerte eher an eine Partisaneneinheit als an eine Jagdgesellschaft. Um den Bauch geschlungene Patronengurte, filterlose Zigaretten im Mundwinkel, Stoppelbärte, speckige Hosen, Mützen lässig überm Ohr. Eine Plastikflasche mit *ţuică* ging von Mund zu Mund. Die Männer redeten nicht viel. Sie wussten, was vor ihnen lag: für eine Handvoll Lei durch Dickungen dringen, in denen es von Bären wimmelte. Es herrschte eine Stimmung wie am Abend vor der Schlacht.

Hinter dem Hundeanhänger hoppelte ein Kleinbus auf die Waldwiese. Fünf oder sechs Männer stiegen aus. Naturkautschukstiefel, *Tattersall-Check*-Hemden und *Barbour*-Jacken verrieten sie als zahlende Kundschaft. Die Männer sprachen Italienisch, ihr Dolmetscher hatte Mühe, den Wortschwall in rumänische Bahnen zu lenken. Der Jagdleiter, ein grobschrötiger Mann im Försterblouson, nahm den Hut ab und kratzte sich am Kopf.

Schreiber hatte vor Jahren an Wildschweinjagden in Italien teilgenommen, er ahnte, was von dieser Truppe zu erwarten war: eine fröhliche Ballerei mit wenig Treffern. Hoffentlich stellten sie ihn nicht in der Nähe der Italiener ab! Es würde aufregend genug werden, auch ohne freundliches Feuer aus mediterranen Mündungen.

In Deutschland hätten sie vor der Jagd ein ziemliches Brimborium veranstaltet. Jagdhornbläser wären angetreten, um – Hand in die Hüfte gestemmt – zackige Weisen zu schmettern. Der Jagdleiter hätte über Sicherheitsauflagen und freigegebenes Wild referiert, ehe die Schützen aufgerufen, in Gruppen eingeteilt und von den Förstern zu ihren Ständen gebracht worden wären. In Răcădău ging es ohne Hörnerklang und Reden ab. Der Oberförster schnappte sich die Italiener und zog mit ihnen nach rechts in den Hang. Steinkamp, Schreiber und der Merresmisch stiefelten mit ein paar eingeborenen Jägern nach links. Die Treiberwehr blieb mit den Hunden am Treffpunkt zurück. Einige trugen Flinten auf dem Rücken, zwei Männer hielten die Struppis an Stricken. Vor Aufregung zitternd zerrten die Hunde an der Leine. Ihr Bellen begleitete die Jäger auf dem Weg zu den Ständen.

Hannes ging neben Steinkamp. Trotz seines Übergewichts war der Senior erstaunlich beweglich im Schritt. Der Rumäne, der ihre Gruppe anführte, sprach deutsch. »Es hat heute zwei Treiben«, erklärte der junge Sachse im Steigen. »Wir wollen die Hänge über Răcădău bejagen. Dreißig Stück Bärwild können schon vorkommen.«

Sie stiegen auf halbem Hang durch ein Altholz. Wo Licht an den Boden drang, hatten sich Horste junger Buchen angesiedelt. Sie standen brusthoch und reichten als Tagesversteck für Braunbären allemal.

Ein Jäger nach dem anderen blieb zurück. Es gab keine Hochsitze in diesem Wald. Die Männer setzten sich auf ihr Dreibein, falls sie eins hatten, oder sie warteten an einen Baum gelehnt auf die Bären. Steinkamp, Merres und Schreiber kamen zum Schluss an die Reihe. Zuerst Hubertus, der sich vierzig Schritt von einem Jungbuchenbestand entfernt auf sein Höckerchen niederließ. »Merres meint, sie werden die Bären auf die Italiener zutreiben«, sagte er halblaut zum Abschied. »Die Spaghettis zahlen besser. Aber auf der Jagd weiß man nie, wie's läuft. Weidmannsheil.«

Sechzig Schritt später gab der Ansteller Hannes ein Zeichen. Schreiber sah sich um. Kein schlechter Platz, mitten im Altholz mit viel Schussfeld rundum. Die beiden übrig gebliebenen Jäger zogen weiter. Der *romsilva*-Mann sah sich noch einmal nach ihm um, ehe er auch den Merresmisch absetzte und dann allein weiterzog zu seinem Stand nahe des Hügelrückens.

Hannes richtete sich auf seinem Platz ein. Er holte das schwedische Dreibein aus dem Rucksack, hängte das Glas um und lud die Waffe. Eine Patrone stopfte er in den Lauf. Klatschend schloss sich die Kammer. Zwei Patronen steckte er ins Magazin und schob es von unten ins Schloss. Er schaltete den Rotpunkt an seinem Visier ein, ging in Anschlag und schaute hindurch. Der Leuchtpunkt stand klein und scharf in der Glasscheibe. Bevor er sich setzte, sah er nach rechts und links zu seinen Nachbarn. Ihre orangefarbenen Hutbänder leuchteten wie seins. Steinkamp, Merres und Schreiber winkten sich zu, um zu signalisieren, dass sie wussten, wo die anderen saßen, und nicht in ihre Richtung zu schießen gedachten. Ein Ritual, das neben der Sicherheit auch der Verbundenheit der Jäger diente. So empfand es Schreiber jedenfalls.

Er saß auf seinem Hocker, entsicherte die Browning und wartete. Dies war ein völlig anderes Ballspiel als das Abknallen der Bären vom Hochsitz an der Fütterung. Klar, der Jäger hielt auch hier die besseren Karten, weil er auf Distanz töten konnte und der Bär nicht. Aber was nützte die modernste Waffe, wenn man nicht traf? Oder schlecht traf? Bären nahmen einen schlechten Schuss oft übel und stellten den Verursacher der Schmerzen auf ihre Art zur Rede: mit Prankenhieben.

Er steckte sich eine Zigarette an. Sicher war es vernünftig, die Bären von Răcădău zu erlegen. Selbst Vandra vom Wildforschungsinstitut hielt es für unvermeidlich, und dabei war Ovidiu kein Jäger. Die Lage im Tal war explosiv. Weil es jahrelang gut gegangen war, hatten Menschen und Bären den Respekt voreinander verloren. Die Zweibeiner verwechselten die Petze mit Kuscheltieren, die Bären hatte der Abfall kirre gemacht. Es gab Tote und Verletzte.

Dabei verhielten sich die Bären von Răcădău im Grunde nicht anders als ihre Vettern in Alaska. Wenn dort der Lachs die Flüsse hochzog, fanden sich die Einzelgänger im Dutzend an den Ufern ein und fraßen, bis der Futterstrom versiegte. Das fanden die Menschen klasse. Sie beobachteten das Schauspiel live aus sicheren Käfigen oder fasziniert vorm Fernseher.

Was dem Grizzly der Lachs, war dem Karpatenbären der Müll: leicht erreichbare Beute. Bären waren Allesfresser und Opportunisten, sie gingen dorthin, wo das Leben leicht war. Darin unterschieden sie sich von den Menschen nicht. War es nicht die Aussicht auf ein leichteres Leben, die die Siebenbürger Sachsen nach Ceauşescus Hinrichtung nach Deutschland gelockt hatte?

Schreiber nahm einen letzten Zug und drückte die Kippe am Boden aus. Müllbär, was für ein abfälliges Wort. Vom Braunbären erwarteten wir, dass er für uns den edlen Wilden in den Wäldern mimte. Dass er die Reste fraß, die wir im Konsumrausch übrig ließen, missfiel uns. Eigentlich war der Homo sapiens eine viel merkwürdigere Art als Ursus arctos, fand Hannes.

Im Tal fiel ein Flintenschuss, das Treiben hatte begonnen. Die Hunde waren von der Leine. Ihr Hetzlaut klang den Hang herauf. Sonst blieb alles ruhig. Selbst die Italiener im Gegenhang schossen noch nicht.

Nach einer Weile hörte Schreiber ein Geräusch, das er

nicht sofort einordnen konnte: Ein Stampfen vermischt mit einem rhythmischen Keuchen. Es klang wie die alte Dreschmaschine, die in der Scheune des Bauern Munscheid gedröhnt hatte, als Hannes ein Junge war.

Es war aber ein Bär auf der Flucht. Schreiber sah ihn im Gegenhang rennen, ehe er in einem Dickicht verschwand. Der Bär war unglaublich schnell unterwegs. Das hielt die Italiener nicht davon ab, das Feuer zu eröffnen. Sechs Schüsse zählte Hannes, mindestens. Trotzdem tauchte das Tier – oder war es ein anderes? – auf dieser Seite des Dickichts wieder auf.

Wenn er die Richtung hielte, käme der Bär irgendwo zwischen ihm und Steinkamp durch. Schreiber stand auf. Die Waffe so gut wie schussbereit beobachtete er den Bären. Mitten in der Bewegung bremste das Tier ab. Hunde brachen aus dem Unterholz und umkreisten den Petz. Sie schienen Erfahrung mit Bärwild zu haben, hielten Abstand von den todbringenden Pranken, verbellten den Braunen, ohne ihn zu attackieren.

Das Ganze spielte sich achtzig Meter vor Steinkamps Stand ab. Schreiber sah, wie der Alte das Gewehr anschlug und versuchte, das Blatt des Bären ins Fadenkreuz zu bekommen. Als der Bär sich gegen einen der lästigen Kläffer wandte, brach der Schuss. Hannes meinte, eine kleine Wolke auf der Schulter des Bären zu erkennen: Schnitthaar, Staub, was auch immer. Das Tier warf sich herum und ging auf einen anderen Hund los. Geschickt wich der Köter aus, ließ den Bären ins Leere rennen. Dem Braunen knickten die Vorderläufe ein. Er verharrte einen Augenblick in dieser bizarren Position, der Kopf schon auf dem Waldboden, der Hintern noch in der Luft. Dann kippte er auf die Seite und starb. Die Hunde zauselten das Fell des toten Bären, verloren aber bald das Interesse und machten sich wieder auf die Jagd. Hubertus Steinkamp setzte sich hin und lud nach.

Besonders schwierig war Schreiber die Sache nicht vorgekommen. Im Grunde ging es genauso wie bei einem Wildschwein. Man wartete, bis das Tier breit stand und kein Hund in der Nähe war, und schoss dann möglichst sauber aufs Blatt. Alles Nervensache, dachte er, besonders bei Bären.

Bei den Italienern im Gegenhang setzte wieder das Schießen ein. Eine Bärin mit zwei Jungen vom letzten Jahr drückte sich in die Himbeeren oberhalb von Merres' Stand. Einer der Hunde, semmelfarben, rauhaarig und flink auf den Läufen, kam ihnen über den Hügelkamm entgegen. Die Nase fast am Boden, jagte er stumm dahin. Die Bärin, deren Kopf über dem Beerenfeld aufragte, roch ihn mit dem Wind kommen. Sie ließ sich zurück auf die Vorderläufe fallen und führte ihre Jungen aus dem Verhau. Im Freien stellte sie sich dem Hund.

Schreiber beobachtete die Szene durch sein Fernglas. Die Jungbären wichen nicht von der Seite ihrer Mutter, während der Hund die Gruppe umtanzte. Weil er nicht bellte, kam ihm kein Artgenosse zu Hilfe. Schließlich wurde es der Bärin zu dumm. Mit einem Satz war sie bei dem Plagegeist und versetzte ihm einen Prankenhieb, der den Hund in die Himbeeren fliegen ließ. Seine Därme hingen heraus.

Bevor sich die Bärin wieder ihren Jungen zuwandte, fiel der Schuss. Im Glas konnte Hannes erkennen, dass das Projektil einen der Jungbären knapp hinter dem Schulterblatt traf und umwarf. Ritsch-Ratsch. Hannes hörte den Merresmisch repetieren. Die abgeschossene Hülse flog auf den Waldboden, eine neue Patrone glitt in den Lauf. Zwei Sekunden später brach der zweite Jungbär im Büchsenknall zusammen. Verwirrt blickte sich die Bärin um. Sie sah ihre Jungen am Boden liegen. Schreiber hatte das Gefühl, sie begreife nicht, was los war. Ehe sie es herausbekam, drückte Merres ein drittes Mal ab. Auch die Bärin war auf der Stelle tot.

Hannes wusste nicht, was er denken sollte. Handwerklich hatte Merres alles richtig gemacht: zuerst die Jungbären erlegt, um keine führungslosen Waisen zu riskieren, und dann die Bärin. Seine Schießleistung war bewundernswert. Drei Bären in wenigen Sekunden mit einem normalen Repetierer sauber zu treffen, dazu gehörte einiges. Freude über die Triplette seines Nachbarn kam bei Hannes dennoch nicht auf. Dazu taten ihm die Bären zu leid.

Zeit, sich über seine gemischten Gefühle klar zu werden, blieb ihm nicht. Der nächste Bär stob aus den Himbeeren, fast doppelt so groß wie das Weibchen, das tot im Buchenlaub lag. Mit Riesensätzen raste er auf Merres zu. Der Sachse griff gerade hinter sich in den Rucksack, um sein leer geschossenes Magazin zu füllen. Er hörte den Bären kommen, bevor er ihn sah, riss die Waffe herum und beschoss ihn von vorn. Der Bär brüllte auf, als ihn die Kugel traf. Aber sie stoppte ihn nicht. Zwei, drei Sätze, und er rannte tief geduckt in den Jäger hinein. Merres schrie.

Wie von selbst flog der Schaft der Browning an Schreibers Schulter. Der rote Punkt des Visiers landete auf dem Knäuel, in das sich Merres und der Bär verwandelt hatten. Hannes konnte nicht schießen, ohne den Jäger zu treffen. Nach ein paar Sekunden ließ der Bär von Merres ab. Er stand auf allen vieren schräg neben seinem Gegner und brüllte. Merres blieb liegen. Mit zitternder Hand schwenkte Hannes den Lauf ein Stück nach links. Der Rotpunkt wackelte auf der Schulter des Bären. Er drückte ab. Den Knall an seinem Ohr hörte er kaum. Er starrte auf den Bären. Nichts geschah. Das riesige Tier stand bewegungslos wie sein eigenes Denkmal. Wieder drückte Schreiber den Abzug. Er sah, dass die Wucht des

Geschosses den Bären ins Wanken brachte. Er taumelte zwei, drei Schritte zur Seite und fiel dann steifbeinig um. Hannes sprang auf und rannte rüber zu Merres. Hinter sich hörte er Steinkamp rufen.

Der Sohn des letzten Hanns von Schirkanyen sah schrecklich aus. Der Bär hatte seinen Skalp abgerissen. Er hing an einem Hautfetzen über seinem rechten Ohr. Die Schädeldecke lag frei. Ein Fangzahn hatte ein kreisrundes Loch nahe der Schläfe hinterlassen. Aus einem Riss im Ärmel seiner Jacke ragte das abgebrochene Ende des Oberarmknochens. Merres verlor viel Blut. Er lag mit offenen Augen im Laub, bleckte die Zähne und schnaubte schnell durch die Nase.

Schreiber wurde schlecht beim Blick auf die blutenden Wunden. Er fiel auf die Knie und würgte das Frühstück aus. Steinkamp schob ihn beiseite. »Bleib ruhig liegen, Merres«, sagte er, zog sein Jagdmesser aus der Gürtelscheide und schnitt den zerfetzten Ärmel auf. Aus der Arterie pulste das Blut. Steinkamp zog den Gürtel aus seinem Hosenbund und versuchte, den Oberarm damit abzubinden. Der Blutstrom ließ nach, aber er versiegte nicht. Das Gesicht des Sachsen war weiß wie die Wand. In den Falten seiner Stirn stand Blut. »Lass mich in Ruhe, Chef«, flüsterte er. »Es ist vorbei.« Steinkamp sah Hannes ratlos an.

Der *romsilva*-Sachse, der sie angestellt hatte, tauchte auf. Er hielt das Gewehr schussbereit, als ob er Merres den Fangschuss geben wollte, aber es war wegen der Bären. Das Treiben war noch nicht vorbei. Im Gegenhang fiel ein einzelner Schuss. Ein Hund heulte auf.

Hannes hatte den Hut verloren. Es wäre ihm nicht aufgefallen, wenn der Ansteller ihn nicht so gemustert hätte. Er sah sich um. Zwanzig Meter weg leuchtete das Warnband auf dem Waldboden.

Der Sachse ließ kein Auge von ihm. »Du warst dabei, als der Deutsche mit dem Kopftuch die Fütterung vergiftet hat«, sagte er. »Ich hab euch beide vom Hochsitz aus beobachtet.«

»Richtig.« Schreiber war viel zu erregt, um zu lügen. »Aber ich bin nicht sein Komplize. Ich bin nur ein Reporter, der darüber einen Artikel schreiben soll. Und euren Chef erschossen hat der Mann auch nicht.«

Hannes wandte sich Merres zu. »Herr Hermannstädter«, sagte er, »hören Sie mich?« Der Merremisch nickte kaum merklich. »Können Sie sprechen?«

»Ja«, flüsterte er.

»Jemand anderes sitzt für den Mord an Hulanu im Knast. Eine junge Biologin aus Wolkendorf. Sie ist Sächsin, Herr Hermannstädter.«

Merres verzog das Gesicht und begann zu weinen. Schreiber hatte Schrecklicheres nie gesehen. Er zwang sich, Merres in die Augen zu schauen. Nur in die Augen. Nicht auf den blutverschmierten Schädelknochen mit dem Loch bei der Schläfe. Nicht auf die Kopfschwarte, die über seinem Ohr hing. Nicht auf den gebrochenen Arm. »Sie haben Hulanu erschossen, Merres«, sagte er. »Weil er Ihnen damals die Schuld für Ceauşescus verunglückte Bärenjagd in die Schuhe geschoben hat. Er hat Ihr Leben zerstört, Misch. Ich kann verstehen, dass Sie ihn hassten.«

Merres antwortete nicht sofort. Mit der gesunden Hand tastete er sein Gesicht ab, Mund, Nase, Stirn. Als seine Fingerspitzen die kahle Schädeldecke berührten, stöhnte er auf und ließ die Hand sinken.

»Er hat mir noch Geld abgenommen«, flüsterte er. »Deutsches Geld, damit ich ausreisen durfte. Meine Schwester hat es mir gebracht, damit ich ihn bestechen konnte. Dreißigtausend Mark. Er war Spitzel bei der *securitate.*

Wenn er Nein gesagt hätte, wär ich nicht rausgekommen aus Rumänien.«

Merres schloss die Augen und stöhnte. Ein Zittern durchlief seinen Körper.

»Woher wussten Sie, wo Hulanu an dem Abend war, Merres?«

»Ich bin euch gefolgt«, sagte er von weit weg. »Ihnen und Teddy. Dann kam Hulanu mit seinen Leuten. Er hat sie in die Dickung geschickt, das feige Schwein. Als die anderen weg waren, hab ich ihn erschossen.«

Hannes sah Steinkamp an. Der Alte nahm seinen Hut ab und betete. »Vater unser, der du bist im Himmel, geheiligt werde dein Name. Dein Reich komme. Dein Wille geschehe, wie im Himmel also auch auf Erden. Unser täglich Brot gib uns heute. Und vergib uns unsere Schuld, wie auch wir vergeben unsern Schuldigern. Und führe uns nicht in Versuchung, sondern erlöse uns von dem Übel. Denn dein ist das Reich und die Kraft und die Herrlichkeit in Ewigkeit. Amen.«

Als Schreiber die Augen öffnete, war der Merresmisch tot.

36

Katharina konnte es nicht glauben, nicht nach allem, was passiert war. Sie ließen sie frei. Einfach so. Ohne Begründung, ohne Entschuldigung. »Der Haftbefehl ist aufgehoben«, hatte die Direktorin ihr gestern Abend gesagt, »Sie werden morgen abgeholt. Packen Sie Ihre Sachen, *doamnă* Orend.«

Seit einer Stunde saß sie im Zimmer neben der Pforte. Ihre Augen folgten dem Sekundenzeiger der Wanduhr.

Schrittchen für Schrittchen kreiste er auf dem Zifferblatt, nahm den Minutenzeiger ein Stück mit, wenn er oben angekommen war. Viertel vor zehn.

Ein helles Viereck neben der Uhr markierte die Stelle, an der einst ein Bild gehangen hatte. Katharina ahnte, wer darauf zu sehen gewesen war: der scharfäugigste Falke der Karpaten. So hatte einer ihrer Lehrer in der Honterus-Schule den Diktator genannt. Er meinte es todernst. Überall im Land hatte Ceauşescus Herrschaft Spuren hinterlassen, auf Gefängniswänden und in den Köpfen der Menschen. Wie lange würde es noch brauchen, bis sie verschwanden? Oder würden neue Gespenster auftauchen? Lag es am Land und seinen Leuten, dass in Rumänien immer wieder solche Kreaturen an die Macht gelangten? Verrückte Hohenzollernkönige, faschistische Diktatoren, durchgeknallte Kommunisten. Katharina war hier geboren. War es auch ihr Heimatland? Sollte sie bleiben oder gehen?

Eine Stimme drang in ihr Grübeln, seine Stimme. »Ich möchte Sie abholen, Katharina. Oder wollen Sie lieber noch bleiben?« Hannes Schreiber hatte die Tür so leise geöffnet, dass sie nichts gehört hatte. Er stand im Rahmen und lächelte sie an. Sie ließ ihre Tasche stehen, ging zu ihm, nahm seine Hände und drückte sie. »Danke.« Mehr brachte sie nicht heraus.

»Es war ganz einfach«, sagte er, »ich musste nur einen Bären für Sie schießen.«

Sie sah ihn fragend an, aber er schwieg. So standen sie sich gegenüber, bis die Wärterin hinter der Tür hüstelte.

Katharina holte ihre Tasche. »Ich war hier lange genug.«

Auf dem Platz vor dem Knast parkte sein Wagen. Hannes nahm ihr die Tasche ab und öffnete die Beifahrertür. Vorsichtig setzte sie sich hinein.

»Schmerzen?«, fragte er.

»Nur bei unbedachten Bewegungen.«

Er stieg ein, startete den Motor und fuhr los. Sie drehte den Kopf und sah aus dem Rückfenster, bis der Knast verschwunden war.

Schweigend verließen sie das Kaff, das sie nie wiedersehen wollte. Auf der Landstraße angekommen, legte sie ihre Hand auf seinen Arm. »Erzähl mir, wie es gelaufen ist, Hannes.« Es war das erste Mal, dass sie ihn duzte. Das kalte ›Sie‹ wollte ihr nicht mehr über die Lippen.

»Es ist eine lange Geschichte, Treni«, sagte er, »aber es wird ja auch eine lange Fahrt.«

Dank

Der Autor bedankt sich bei allen, die zum Entstehen dieses Buches beigetragen haben, besonders bei Mario Damolin, Sara Dootz aus Deutsch-Weißkirch/Viscri und ihren Töchtern Caroline und Gerhild, Katharina und Hermann Kurmes aus Măgura, Ioan Christian Mitric aus Reps/Rupea, Barbara Promberger-Fürpass und Christoph Promberger aus Şinca Nouă, Faith Pulestone und natürlich bei Petra Gippert-Törker.

Weitere Krimis von Werner Schmitz

Schreiber und der Wolf

ISBN 978-3-89425-287-8

Im Oderbruch wird ein Wolf von einem adeligen Jäger zur Strecke gebracht. Vor Ort erfährt Hannes Schreiber, Reporter des Hamburger *Magazins,* dass Baron von Vitzewitz dem Tier nur den Gnadenschuss gegeben hat. Wer schoss als Erster auf den streng geschützten Wolf?

»Lesen Sie diesen Krimi nur, wenn vertraute Menschen um Sie sind. Menschen, die sich nicht wundern, wenn Sie beim Lesen vor lauter Begeisterung ein wahrhaft wölfisches Geheul anstimmen.« Brigitte

Auf Teufel komm raus

ISBN 978-3-89425-421-6

Schwarze Messen an der Ruhr. Ein Satanist kommt in den Himmel. Hannes Schreiber wittert den Braten und kommt in Teufels Küche.

»... einer der besten Krimis, die in den letzten Jahren in deutscher Sprache geschrieben wurden.« FAZ-Magazin

Dienst nach Vorschuß

ISBN 978-3-89425-353-0

Eine Leiche im Rathaus-Paternoster sorgt für Schlagzeilen. Die ZEITUNG bläst zur Jagd auf *Die Bestie von Bochum.* Wer hat den mausgrauen Amtmann in die ewigen Jagdgründe geschickt?

»Neben der spannenden Handlung sorgt nicht zuletzt das lakonisch dargebotene Bochumer Lokalkolorit für großes Lesevergnügen ...« Coolibri

grafit

Ein legendäres Filmteam deckt auf

Reinhard Junge

Achsenbruch

ISBN 978-3-89425-354-7

Wenn PEGASUS ermittelt, bleibt kein Rathaus sauber ...

Bochum: Eine Autobombe tötet Lukas Beißner, den Lebensgefährten der Oberbürgermeisterin. War wirklich dieser harmlose Anwalt das Ziel des Attentats? Hauptkommissar Lohkamp tippt auf einen Machtkampf im Rathaus. Doch dann mischt das BKA die Stadt auf: Die Ermittler aus Karlsruhe glauben an ein Werk islamistischer Terroristen.

Einer anderen Spur folgt PEGASUS, das unbestechliche Fernsehteam. Kalle Mager filzt heimlich die Zweitwohnung des Opfers. Was er auf dem Laptop des Anwalts entdeckt, sorgt für neuen Zündstoff und bringt Kalle hinter Gitter …

Wortwitz, Spott und Zynismus – Reinhard Junge zieht geltungssüchtige Lokalpolitiker, korrupte Rathausbeamte und die Macher hinter den Kulissen gründlich durch den Kakao.

grafit

Die junge Detektivin Lila Ziegler

Lucie Klassen (jetzt Flebbe)

Der 13. Brief

ISBN 978-3-89425-349-3

Die 20-jährige Lila Ziegler erschleicht sich bei Privatdetektiv Danner erst einen Schlafplatz, dann einen Job.

»*Intelligent, respektlos, humorvoll.*« Neues Deutschland

Lucie Flebbe (vormals Klassen)

Hämatom

ISBN 978-3-89425-367-7

Lila wird Zeugin, wie eine junge Putzfrau an einem Herzinfarkt stirbt. War das tatsächlich ein natürlicher Tod?

»*Lucie Flebbe schreibt sich ... ganz ungeniert weiter in die Spitzengruppe des deutschen Krimis.*« Focus online

Fliege machen

ISBN 978-3-89425-381-3

Lila mischt sich unter die Obdachlosen und Straßenkids, um einen Mann namens ›Fliege‹ zu finden – ein eiskalter Job!

»*Als Krimi kein Fliegen-, sondern ein Schwergewicht.*« www.krimi-couch.de

77 Tage

ISBN 978-3-89425-411-7

Ungewöhnlich hohe Todesfallzahlen bei einem Pflegedienst, ein mysteriöser Blog und unerwarteter Besuch: Für Lila Ziegler kommt es knüppeldick …

»*Fesselnd, dramatisch, unsentimental und mit viel echtem Herz. Gratulation.*« WDR

Das fünfte Foto

ISBN 978-3-89425-417-9

Detektive im Frühling: Lila Ziegler und Ben Danner ermitteln unter Schrebergärtnern. Wo ist Sabine Kopelski? Hat ihr Mann sie unter dem Gartenteich begraben? Witzig, spannend, einmalig!

grafit

Grappa-Krimis – einfach nur Grappa

Gabriella Wollenhaupt

Grappa und die Toten vom See

ISBN 978-3-89425-418-6

Ein schrecklicher Mord am Lago Maggiore: Eine Familie wird regelrecht hingerichtet. Die Spur führt in die Bierstädter Neonazi-Szene. Reporterin Maria Grappa begibt sich in den braunen Sumpf und stößt auf jede Menge ungesühnter Verbrechen. Als ihre Lieblingsbäckerin Opfer eines glatzköpfigen Schlägertrupps wird, gibt es für Grappa kein Halten mehr.

»Diese Krimi-Reihe ist einfach gut und wird immer besser.«
Petra Samani

»Ein deutsches Sittengemälde also, Aufklärung jenseits von Kriminalistik.« WAZ

Grappa lässt die Puppen tanzen

ISBN 978-3-89425-395-0

Der Bierstädter Straßenstrich wird geschlossen, zurück bleibt eine Leiche. Reporterin Maria Grappa taucht ein in eine ihr fremde Welt und stellt fest: Die tote Romafrau ist erst der Anfang ...

»Ein ebenso spannender wie schockierender Thriller.«
Westdeutsche Zeitung

»Chapeau, Maria Grappa, Chapeau, Gabriella Wollenhaupt, dafür, uns eine fremde Welt auf unterhaltsame Art zugänglich gemacht zu haben – ohne Scheu vor der manchmal schwer zu verdauenden Wahrheit.« WDR

Grappa und die Seelenfänger

ISBN 978-3-89425-385-1

Die Castingshow ›Wir suchen dich, Superstar‹ ist zu Gast in Bierstadt und Reporterin Maria Grappa soll darüber berichten. Dabei würde sie lieber den Machenschaften der Kirche der Erleuchteten auf den Grund gehen. Als jedoch der Chefjuror der Show, Pitt Brett, entführt wird, findet Grappa schlagartig auch WSDS ganz spannend.

»Die Autorin bedient sich hemmungslos aus der Kiste des prallen Lebens.« Westfälische Rundschau